# 大历诗人七律研究

郎晓斌 著

浙江工商大学出版社
ZHEJIANG GONGSHANG UNIVERSITY PRESS
·杭州·

**图书在版编目(CIP)数据**

大历诗人七律研究 / 郎晓斌著. —杭州：浙江工
商大学出版社，2021.3
    ISBN 978-7-5178-4234-7

Ⅰ.①大… Ⅱ.①郎… Ⅲ.①唐诗－七言律诗－诗歌
研究 Ⅳ.①I207.22

中国版本图书馆 CIP 数据核字(2021)第 002405 号

## 大历诗人七律研究
**DALI SHIREN QILÜ YANJIU**

郎晓斌 著

| | |
|---|---|
| 策划编辑 | 陈力杨 |
| 责任编辑 | 王 耀　沈明珠 |
| 封面设计 | 林朦朦 |
| 责任印制 | 包建辉 |
| 出版发行 | 浙江工商大学出版社 |
| | (杭州市教工路 198 号　邮政编码 310012) |
| | (E-mail:zjgsupress@163.com) |
| | (网址:http://www.zjgsupress.com) |
| | 电话:0571-88904980,88831806(传真) |
| 排　　版 | 杭州朝曦图文设计有限公司 |
| 印　　刷 | 浙江全能工艺美术印刷有限公司 |
| 开　　本 | 880mm×1230mm　1/32 |
| 印　　张 | 10.625 |
| 字　　数 | 233 千 |
| 版 印 次 | 2021 年 3 月第 1 版　2021 年 3 月第 1 次印刷 |
| 书　　号 | ISBN 978-7-5178-4234-7 |
| 定　　价 | 58.00 元 |

# 序

　　唐诗是我国古代文学的辉煌,以其数量众多、名家辈出、名作璀璨而著称。唐诗是一座宝库,有很多东西值得挖掘。就体裁而言,七律诗无疑是其中重要的一种。七律经过漫长的时间演变,终于在唐代定型,并留下了很多经典作品,是唐诗中一颗熠熠发光的宝石。康熙时期编纂的《全唐诗》共收诗四万九千余首,据统计,其中五言律诗一万五千余首,七言律诗九千余首,七言律诗约占唐诗总数的 18%,比例不可谓不大。一方面,从体式上讲,七律比长于铺排但往往失之冗繁的排律显得精练;与绝句相比,又能够容纳较多内容,修辞技巧、章法、句法都更加讲究和富于变化。另一方面,七律比五律每句多了两个字,可以容纳更多内容。在写法上,律诗都讲究起承转合,但对七律来讲,用虚词的概率就要多一些,也就是说,变化多一些,腾挪范围大一些。七律在中唐以后是最重要的诗歌体裁之一,是衡量一个诗人写作水平的重要尺码。现在出现近体诗热,很大程度上以写七律作为压轴戏。本着古为今用的原则,历代律诗水平最高的朝代无疑是唐代,学习和研究唐代七律无疑有重要意义。

大历诗人七律不是唐代的典范作品,无法和王维、杜甫、刘禹锡、李商隐等人相提并论。但大历七律有自己的特点,题材范围多数是自己的小圈子,格律也渐严,中规中矩,讲究式法,给人有独到的审美的地方,名篇也时见其中,有值得我人借鉴的地方。考虑到杜甫、李商隐这样的七律大家"前人之述备矣",吾无须赘述,也述不出新意。于是在唐代七律发展史上有一席之地、有鲜明特征的大历七律落入我的眼帘。这次写作,我主要从作品出发,分析内容及艺术得失,并结合时代背景,通过大量的作品分析,欲得出一个较客观的结论。这次写作,可以说冒严冬、忍酷暑,最后却是仓促完成。由于时间有限,加上水平有限,其间遗漏、偏颇与错误之处必定不少,请读者包涵。

作者

2020 年 7 月

# 目　录

# 绪　论

刘勰《文心雕龙·明诗》曰:"汉初四言,韦孟首唱,匡谏之义,继轨周人。孝武爱文,《柏梁》列韵;严马之徒,属辞无方。至成帝品录,三百余篇,朝章国采,亦云周备。而辞人遗翰,莫见五言,所以李陵、班婕妤见疑于后代也。按《召南·行露》,始肇半章;孺子《沧浪》,亦有全曲;《暇豫》优歌,远见春秋;《邪径》童谣,近在成世。阅时取证,则五言久矣。"①刘勰是南朝梁代人,论诗从四言开始,主要是论述五言,七言则未论述,但提到的《柏梁》就是七言,只是当时大家并未关注并预测到七言的魅力。刘勰在《明诗》篇最后论述:"若夫四言正体,则雅润为本;五言流调,则清丽居宗,华实异用,惟才所安。……至于三六杂言,则出自篇什;离合之发,则萌于图谶;回文所兴,则道原为始;联句共韵,则柏梁馀制。"刘勰认为四言"雅润",五言"清丽",七言的柏梁体是联句体。联句体到规范的七律的演变历史何其漫长,有八九百年的历史。其间经过

---

① 刘勰撰,詹锳义证:《文心雕龙义证》,上海:上海古籍出版社,1989年版,第182—187页。

沈约的"四声八病"说,又经过"文章四友""沈宋"等人打磨总结,终渐成完制。

在盛唐诗人中,七律的数量并不多,即使在这不多的七律中,还有不太遵守规范的,或有格律问题的,如王维、高适、岑参等人,可见当时七律在盛唐不是流行主色调。这个现象在中唐时发生了改变,原因很多,其中一个原因是当一种体裁写得频繁到一定程度,或在名篇比较多的情况下,容易难以为继,如盛唐的古体,多到迫使作家朝其他体裁转移注意力。那么,七律无疑是一种合适的体裁,它是一处蕴含丰富的矿藏。如大历诗人刘长卿有七律58首、卢纶48首、钱起45首,而刘长卿、卢纶、钱起诗歌总数分别是518、319、430首,这样七律数量都超过10%。而盛唐时期的作家七律是很少能超过其作品总数的10%的。

盛唐国力强大,经济文化繁荣,诗人们耳濡目染,陶冶了他们积极向上、乐观豪爽的性情,也萌发了建功立业、留名千载的抱负,所作诗篇也大都蓬勃热烈、激昂慷慨,艺术上浑然天成、羚羊挂角,格调上也少低沉颓丧。但安史之乱改变了历史走向,也改变了唐诗的风格走向,皎然《诗式》卷五"复古通变体"曰:"作者须知复、变之道,反古曰复,不滞曰变。若惟复不变,则陷于相似之格,其状如驽骥同厩,非造父不能辨。能知复、变之手,亦诗人之造父也。以此相似一类,置于古集之中,能使弱手视之眩目,何异宋人以燕石为玉璞,岂知周客嘘口而笑哉?又,复变二门,复忌太过,诗人呼为膏肓之疾,安可治也?……夫变若造微,不忌太过,苟不失正,亦何咎哉?……后辈若乏天机,强效复古,反令思扰神沮,何则?夫不工剑术,而欲弹抚干将、太阿之铗,必有伤手之患,宜其戒之哉。"①文学的变通、创新也是本身规律的演变,没有一成不变的发展,文学有其自身的变化特点,但不可否认,外界的改变会加速这种变化。在安史之乱后社会动荡的背景下,大历诗人的诗风发生了很大的改变。贺裳《载酒园诗话》云:"中唐人故多佳诗,不及盛唐者,气力减耳。雅澹则不能高深,雄奇则不能平静,清新则不能深厚。至贞元以后,苦寒、放诞、纤缛之音作矣。"②大历诗人作品普遍收敛,着眼于小景物,用生疏、淡漠的眼光去反观人类与社会,对社会的变革和发展采取旁观者的态度,遁入近似封闭的内心世界。豪情不再,气骨受挫。陆时雍《诗镜总论》云:"中唐诗近收敛,境敛而实,语敛而精。势大将收,物华反素。盛唐铺张已极,无复可加,中唐所以一反而之敛也。"③陆时雍用物的正反的辩证观点解释了中唐诗歌的变化。

当时诗坛可以分为以下几派:一是江南地方官诗人群体,如刘长卿、李嘉祐、皇甫冉、戴叔伦等人,"青山白云""春风芳草"气息较浓,自然景物意象占优势;二是在北方为官的诗人群体,如韩翃、崔峒、李端、皇甫冉、郎士元、卢纶、钱起等,迎来送往多,用律诗来点缀升平安逸,反映社会现实不足;三是吴中诗派,包括秦系、皎然等,心灵皈依佛教,描绘空灵疏淡的意境。另外,由大历、贞元向元和过渡期间,有李益、权德舆、武元衡、窦常等人的七律诗,李益七律留有"奇""婉"之气,权德舆、武元衡有富贵之气,他们的诗作风格与大历诸人还是有较大区别的,显

---

① 张伯伟:《全唐五代诗格汇考》,南京:江苏古籍出版社,2002年版,第331页。

② 郭绍虞编选,富寿荪校点:《清诗话续编》,贺裳著:《载酒园诗话》"李益"条,上海:上海古籍出版社,1983年版,第340页。

③ 陆时雍著,李子广评注:《诗镜总论》,北京:中华书局,2014年版,第179页。

出向元和过渡的特征,留下时代的痕迹。

　　大历诗人倾向雕琢,损害了浑然之气,但在精于格律方面取得重要进展,律体的成就高于古体。正是大历诸人七律在形式、格律的雕琢和内容的内敛方面有鲜明特征,这种新变与开拓,使七律这种从初唐开始的涓涓细流逐渐变大了,在社会上扩大了影响力,大历诗人的拓展和努力是功不可没的。

# 第一章

## 七律概说

# 一、唐前七律萌芽期

七言律诗，是中国古代最重要的诗歌体裁之一，它从萌芽至成熟经历了一个漫长的发展过程。早在上古歌谣和《诗经》中就已经有了七言的诗句，然《诗经》以四言为主，《古诗十九首》是五言，"五言是最有滋味者"的理论一直长期被文人所接受，而七言诗一直不为文人所重视，直到西汉张衡的《四愁诗》、王逸的《琴思》、班固的《咏史》，文人七言诗才略具规模。如张衡《四愁诗》："我所思兮在太山。欲往从之梁父艰，侧身东望涕沾翰。美人赠我金错刀，何以报之英琼瑶。路远莫致倚逍遥，何为怀忧心烦劳。我所思兮在桂林。欲往从之湘水深，侧身南望涕沾襟。美人赠我琴琅玕，何以报之双玉盘。路远莫致倚惆怅，何为怀忧心烦伤。我所思兮在汉阳。欲往从之陇阪长，侧身西望涕沾裳。美人赠我貂襜褕，何以报之明月珠。路远莫致倚踟蹰，何为怀忧心烦纡。我所思兮在雁门。欲往从之雪雰雰，侧身北望涕沾巾。美人赠我锦绣段，何以报之青玉案。路远莫致倚增叹，何为怀忧心烦惋。"①这首七言，有语气词"兮"，助词"之"，这和规范、成熟的七言诗还有距离。第一篇成熟的七言诗当属曹丕的《燕歌行》，这之后七言诗才逐渐发展起来。到了

---

① 逯钦立辑校：《先秦汉魏晋南北朝诗》，北京：中华书局，1983 年版，第 180—181 页。

南朝时期,萧绎、萧纲、庾信、江总以及隋代的隋炀帝和陈子良,他们都创作了一些七言八行体诗,如庾信的《乌夜啼》、隋炀帝的《江都宫乐歌》、陈子良的《于塞北春日思归》,这些诗受到齐梁声律对偶之风的影响,除平仄、粘对还不完全谐律外,在字数、句数、对偶等方面初具七言律诗的规模,从而形成了七言律诗的雏形。胡应麟《诗薮》曰:

> 古诗之难,莫难于五言古。近体之难,莫难于七言律。五十六字之中,意若贯珠,言如合璧。其贯珠也,如夜光走盘,而不失迴旋曲折之妙;其合璧也,如玉匣有盖,而绝无参差扭捏之痕。綦组锦绣,相鲜以为色;宫商角徵,互合以成声。思欲深厚有余,而不可失之晦;情欲缠绵不迫,而不可失之流。肉不可使胜骨,而骨又不可太露;词不可使胜气,而气又不可太扬。庄严,则清庙明堂;沉着,则万钧九鼎;高华,则朗月繁星;雄大,则泰山乔岳;圆畅,则流水行云;变幻,则凄风急雨。一篇之中,必数者兼备,乃称全美。故名流哲匠,自古难之。①

即七律创作难,篇章结构运行要求甚高,在漫长的形成过程中逐渐融合了各种体裁的优势和特点,利于传情达意又具整饬之美,逐渐在历代文人的自觉和不自觉的探索中成型。

七律的渊源,前人大多上溯到梁陈隋时期的七言八句一韵到底、双句押韵(首句可押可不押)、中两联对仗之作。

---

① 胡应麟撰:《诗薮》,上海:中华书局,1958年版,第79页。

　　沈君攸,亦作沈君游,吴兴(今属浙江)人。后梁时官至散骑常侍。
长于写景,音律和谐。沈君攸《薄暮动弦歌》:"柳谷向夕沈余日,蕙楼临
砌徙斜光。金户半入丛林影,兰径时移落蕊香。丝绳玉壶传绮席,秦筝
赵瑟响高堂。舞裙拂履喧珠佩,歌响出扇绕尘梁。云边雪飞弦柱促,留
宾但须罗袖长。日暮歌钟恒不倦,处处行乐为时康。"①全诗十二句,
"光""香""堂""梁""长""康",偶句押韵,中间十句对仗,开排律先河,同
时也是扩展版的七律,在平仄方面还不规范。

　　沈君攸《桂楫泛河中》:"黄河曲注通千里,浊水分流引八川。仙查
逐源终未极,苏亭遗迹尚难迁。眇眇云根侵远树,苍苍水气杂遥天。波
影杂霞无定色,湍文触岸不成圆。赤马青龙交出浦,飞云盖海远凌烟。
莲舟渡沙转不碍,桂楫距浪弱难前。风急金乌翅自转,汀长锦缆影微
悬。榜人欲歌先扣枻,津吏犹醉强持船。河堤极望今如此,行杯落叶讵
虚传。"②偶句押"川""迁""天""圆""烟""前""悬""船""传",除去首尾
联,中间对仗,尽管不是很工整,作者也是有这种意识为之,客观上为七
律规范的产生探索路子。

　　萧纲(503—551),字世缵,小字六通,是南梁第三位皇帝,梁武帝萧
衍第三子。萧纲《乌夜啼》:"绿草庭中望明月,碧玉堂里对金铺。鸣弦
拨捩发初异,挑琴欲吹众曲殊。不疑三足朝含影,直言九子夜相呼。羞
言独眠枕下泪,托道单栖城上乌。"③《乌夜啼》是乐府旧题,属清商曲辞。

---

① 逯钦立辑校:《先秦汉魏晋南北朝诗》,北京:中华书局,1983 年版,第 2110 页。
② 逯钦立辑校:《先秦汉魏晋南北朝诗》,北京:中华书局,1983 年版,第 2110—2111 页。
③ 逯钦立辑校:《先秦汉魏晋南北朝诗》,北京:中华书局,1983 年版,第 1922 页。

此作主要有两个特点:1.偶句押韵,"铺""殊""呼""乌";2.四联全部对仗,而且句数是八句,具备了七律的雏形,这也是为什么唐代七律发展过程中有的七律四联全对仗,可能是萧纲《乌夜啼》对后代有所影响。如杜甫的《季夏送乡弟韶陪黄门从叔朝谒》《登高》《闻官军收河南河北》《送李八秘书赴杜相公幕》《留别公安太易沙门》《黄草》《宇文晁崔彧重泛郑监前湖》等等,都是四联对。从萧纲《乌夜啼》对仗看,有的词运用得也较熟练,如方位词相对,颜色相对,这些和赋的发展也有联系。

王褒(约513—576),字子渊,琅邪临沂(今山东临沂)人,南北朝文学家,东晋宰相王导之后。王褒《燕歌行》:"初春丽晃莺欲娇,桃花流水没河桥。蔷薇花开百重叶,杨柳拂地数千条。陇西将军号都护,楼兰校尉称嫖姚。自从昔别春燕分。经年一去不相闻。无复汉地关山月,唯有漠北蓟城云。淮南桂中明月影,流黄机上织成文。充国行军屡筑营,阳史讨虏陷平城。城下风多能却阵,沙中雪浅讵停兵。属国小妇犹年少,羽林轻骑数征行。遥闻陌头采桑曲,犹胜边地胡笳声。胡笳向暮使人泣,长望闺中空伫立。桃花落地杏花舒,桐生井底寒叶疏。试为来看上林雁,应有遥寄陇头书。"[①]中间从"充国行军屡筑营"到"犹胜边地胡笳声"这八句,"营""城""兵""行""声",偶句押韵。中间两联对仗,"城下风多能却阵,沙中雪浅讵停兵",较工;"属国小妇犹年少,羽林轻骑数征行",不太工,可以看出作者有意作对。中间这八句已经具备七律雏形。

庾信(513—581),字子山,小字兰成,南阳郡新野县(今河南新野)

---

①　逯钦立辑校:《先秦汉魏晋南北朝诗》,北京:中华书局,1983年版,第2334页。

人,南北朝文学的集大成者。庾信《乌夜啼·其一》:"促柱繁弦非《子夜》,歌声舞态异《前溪》。御史府中何处宿?洛阳城头那得栖。弹琴蜀郡卓家女,织锦秦川窦氏妻。讵不自惊长泪落,到头啼乌恒夜啼。"①偶句押韵,八句,中间两联对仗,而且第三联用典,音律上还未完全成熟,二、三句失粘,四、五句失粘。

更多的是,七律的原型未形成,如萧绎的《燕歌行》:"燕赵佳人本自多,辽东少妇学春歌。黄龙戍北花如锦,玄菟城前月似蛾。如何此时别夫婿,金羁翠毦往交河。不闻入汉去燕营,怨妾愁心百恨生。漫漫悠悠天未晓,遥遥夜夜听寒更。自从异县同心别,偏恨同时成异节。横波满脸万行啼,翠眉暂敛千里结。并海连天合不开,那堪春日上春台。乍见远舟如落叶,复看遥舸似行杯。沙汀夜鹤啸羁雌,妾心无趣坐伤离。翻嗟汉使音尘断,空伤贱妾燕南垂。"②前六句偶句押"歌"韵,而且三、四句也对仗,但是缺了颈联,七律原型丧失。还有的是除第一句外,奇数句也押韵,如庾信的《杨柳歌》:"河边杨柳百丈枝,别有长条踠地垂。河水冲激根株危,倏忽河中风浪吹。可怜巢里凤凰儿,无故当年生别离。流槎一去上天池,织女支机当见随。谁言从来荫数国,直用东南一小枝。昔日公子出南皮,何处相寻玄武陂。"③第三句"危",第七句"池",也押韵,这就不是七律的原型了。

江总(519—594),著名南朝陈大臣,文学家,字总持,幼聪敏,有文

---

① 逯钦立辑校:《先秦汉魏晋南北朝诗》,北京:中华书局,1983年版,第2352页。
② 逯钦立辑校:《先秦汉魏晋南北朝诗》,北京:中华书局,1983年版,第2035页。
③ 逯钦立辑校:《先秦汉魏晋南北朝诗》,北京:中华书局,1983年版,第2353页。

才。江总《芳树》："朝霞映日殊未妍,珊瑚照水定非鲜。千叶芙蓉讵相似,百枝灯花复羞然。暂欲寄根对沧海,大愿移华侧绮钱。井上桃虫谁可杂,庭中桂蠹岂见怜。"[1]偶句押韵,第一句也押韵,中间两联对仗,一些副词的运用也有特色,如"暂"对"大"。

江总《闺怨篇》："寂寂青楼大道边,纷纷白雪绮窗前。池上鸳鸯不独自,帐中苏合还空然。屏风有意障明月,灯火无情照独眠。辽西水冻春应少,蓟北鸿来路几千。愿君关山及早度,念妾桃李片时妍。"[2]第一句押韵,偶句押韵,奇句不押韵,除去首尾二联,中间三联都作对。尽管比七律多了一联,也能说明唐前对中间作对这种形式已经有比较自觉的认识,而这是律诗(或七律)的重要特征。

又如江总的《宛转歌》："七夕天河白露明,八月涛水秋风惊。楼中恒闻哀响曲,塘上复有辛苦行。不解何意悲秋气,直置无秋悲自生。不怨前阶促织鸣,偏愁别路捣衣声。别燕差池自有返,离蝉寂寞讵含情。云聚怀情四望台,月冷相思九重观。欲题芍药诗不成,来采芙蓉花已散。金樽送曲韩娥起,玉柱调弦楚妃叹。翠眉结恨不复开,宝鬓迎秋度前乱。湘妃拭泪洒贞筠,笑药浣衣何处人。步步香飞金薄履,盈盈扇掩珊瑚唇。已言采桑期陌上,复能解佩就江滨。竞入华堂要花枕,争开羽帐奉华茵。不惜独眠前下钓,欲许便作后来薪。后来瞑瞑同玉床,可怜颜色无比方。谁能巧笑特窥井,乍取新声学绕梁。宿处留娇堕黄珥,镜前含笑弄明珰。蘘蒵摘心心不尽,茱萸折叶叶更芳。已闻能歌洞箫赋,

---

① 逯钦立辑校:《先秦汉魏晋南北朝诗》,北京:中华书局,1983 年版,第 2573 页。
② 逯钦立辑校:《先秦汉魏晋南北朝诗》,北京:中华书局,1983 年版,第 2596 页。

讵是故爱邯郸倡。"①从"湘妃拭泪洒贞筠"始至"欲许便作后来薪"共十句,除去前两句不作对外,其余八句全部是对句,且押偶句平水韵。《宛转歌》最后十句,"后来暝暝同玉床"首句押韵,后三联都是对句,"蓉施摘心心不尽,茱萸折叶叶更芳",植物相对,叠词相对,文末两句没对。这种形式和江总《闺怨篇》相似。

江总的完整的 100 首诗中,七言 19 首,五言 79 首,杂言 2 首。七言占近 20%,一些篇目具有七律雏形,可以说,江总是唐前七律形成的重要人物。

薛道衡(540—609),字玄卿,河东郡汾阴县(今山西万荣)人,隋朝大臣、诗人。薛道衡《豫章行》:"江南地远接闽瓯,山东英妙屡经游。前瞻叠障千重阻,却带惊湍万里流。枫叶朝飞向京洛,文鱼夜过历吴洲。君行远度茱萸岭,妾住长依明月楼。楼中愁思不开颜,始复临窗望早春。鸳鸯水上萍初合,鸣鹤园中花并新。空忆常时角枕处,无复前日画眉人。照骨金环谁用许,见胆明镜自生尘。荡子从来好留滞,况复关山远迢递。当学织女嫁牵牛,莫作姮娥叛夫婿。偏讶思君无限极,欲罢欲忘还复忆。愿作王母三青鸟,飞去飞来传消息。丰城双剑昔曾离,经年累月复相随。不畏将军成久别,只恐封侯心更移。"②《豫章行》是汉乐府诗题,一般用来表现伤离别,慨叹时间飞逝。曹魏以后,大多采用五言古体,代有所作,而薛道衡用七言。从第一句"江南地远接闽瓯"至第八句,除第一句外,偶句押同一个韵,第三到八句两两相对。

① 逯钦立辑校:《先秦汉魏晋南北朝诗》,北京:中华书局,1983 年版,第 2575 页。
② 逯钦立辑校:《先秦汉魏晋南北朝诗》,北京:中华书局,1983 年版,第 2681—2682 页。

隋炀帝杨广《江都宫乐歌》:"扬州旧处可淹留,台榭高明复好游。风亭芳树迎早夏,长皋麦陇送徐秋。渌潭桂楫浮青雀,果下金鞍跃紫骝。绿觞素蚁流霞饮,长袖清歌乐戏州。"①二、三句失粘,六、七句失粘,格律尚未成熟。

陈子良(?—632),字不详,吴人在隋时,任军事统帅杨素的记室(掌章表书记文檄的官员)。入唐,官右卫率府长史。陈子良《于塞北春日思归》:"我家吴会青山远,他乡关塞白云深。为许羁愁长下泪,那堪春色更伤心。惊鸟屡飞恒失侣,落花一去不归林。如何此日嗟迟暮,悲来还作白头吟。"②中间两联作对有水平,虚词"为许""那堪"相对,"惊鸟""落花"相对,"屡""一"相对。

唐前乐府及一些七言创作具备了七律基本形式,偶句押韵,之间两联作对。但是格律普遍没有形成,失粘很多。

## 二、初唐七律形成期

对于七律的定型与成熟问题,古代学者已有所论述。《新唐书·文艺传·宋之问传》云:"魏建安后迄江左,诗律屡变。至沈约、庾信以音

---

① 逯钦立辑校:《先秦汉魏晋南北朝诗》,北京:中华书局,1983年版,第2664页。
② 彭定求等编:《全唐诗》,郑州:中州古籍出版社,1996年版,第282页。

韵相婉附,属对精密。及之问、沈佺期又加靡丽,回忌声病,约句准篇,如锦绣成文。学者宗之,号为'沈宋'。"①明代胡应麟也说"七言律滥觞沈宋"②。

初唐早期,真正合乎规范的七律几乎没有。如上官仪(608—665),字游韶,陕州陕县(今河南三门峡市陕州区)人,唐朝宰相、诗人,才女上官婉儿的祖父。上官仪《咏画障》:"芳晨丽日桃花浦,珠帘翠帐凤凰楼。蔡女菱歌移锦缆,燕姬春望上琼钩。新妆漏影浮轻扇,冶袖飘香入浅流。未减行雨荆台下,自比凌波洛浦游。"③中间两联作对,但是首颔失粘,根据检测平仄很多不符合规范:第9字"帘"应仄,第10字"翠"应平,第11字"帐"应平,第13字"凰"应仄,第46字"雨"应平,第48字"台"应仄,第51字"比"应平,第53字"波"应仄,第55字"浦"应平。

初唐后期,情况发生很大改观,能写出合律的七律诗的人越来越多,有的无一失误。李适(663—711),唐京兆万年人,字子至,进士出身,有5首七言八行体,均符合格律。如《人日宴大明宫恩赐彩缕人胜应制》:"朱城待凤韶年至,碧殿疏龙淑气来。宝帐金屏人已帖,图花学鸟胜初裁。林香近接宜春苑,山翠遥添献寿杯。向夕凭高风景丽,天文垂耀象昭回。"④粘对规范,完全合律。

韦元旦,京兆万年人,擢进士第,补东阿尉,迁左台监察御史,有5首七言八行体,均符合格律。韦元旦《奉和幸安乐公主山庄应制》:"银

① 欧阳修、宋祁撰:《新唐书》,北京:中华书局,1975年版,第5751页。
② 胡应麟撰:《诗薮》,上海:中华书局,1958年版,第82页。
③ 彭定求等编:《全唐诗》,郑州:中州古籍出版社,1996年版,第287页。
④ 彭定求等编:《全唐诗》,郑州:中州古籍出版社,1996年版,第427页。

河南渚帝城隅，帝辇平明出九衢。刻凤蟠螭凌桂邸，穿池叠石写蓬壶。琼箫暂下钧天乐，绮缀长悬明月珠。仙榜承恩争既醉，方知朝野更欢娱。"①首句和偶句押韵，粘对规范，无失误。

李乂（657—716），《全唐诗》录存其诗 43 首，其中七律 6 首，除《享龙池乐第八章》外，另 5 首全部是以"应制"冠名的应制诗，题材狭小，内容单一，但是皆合乎七律规范，粘对适当。

再看"文章四友"的七律情况。

李峤（约 645—约 714），字巨山，赵州赞皇（今河北赞皇县）人，唐朝时期宰相，有七言八行体诗 4 首，均符合格律，无失误。如《奉和初春幸太平公主南庄应制》："主家山第接云开，天子春游动地来。羽骑参差花外转，霓旌摇曳日边回。还将石溜调琴曲，更取峰霞入酒杯。鸾辂已辞乌鹊渚，萧声犹绕凤凰台。"②虽然写的是应制诗，但融入很多意象，比同时代的一些应制诗要生动些。粘对规范，对仗工整。

苏味道（648—705），赵州栾城（今河北石家庄栾城区）人，唐代政治家、文学家，文章四友之一，存诗 16 首，无七言八行体。

杜审言（约 645—708），字必简，襄州襄阳（今湖北襄阳）人，晋征南将军杜预的远裔，"诗圣"杜甫的祖父，《全唐诗》录其诗 43 首，七言八行体诗 3 首，其中 2 首完全合律，《守岁侍宴应制》和《大酺》，而另一首《春日京中有怀》颈尾联失粘。杜审言《守岁侍宴应制》："季冬除夜接新年，帝子王孙捧御筵。宫阙星河低拂树，殿廷灯烛上熏天。弹弦奏节梅风

---

① 彭定求等编：《全唐诗》，郑州：中州古籍出版社，1996 年版，第 425 页。
② 彭定求等编：《全唐诗》，郑州：中州古籍出版社，1996 年版，第 397 页。

入，对局探钩柏酒传。欲向正元歌万寿，暂留欢赏寄春前。"①粘对正确，合乎规范，是七律中的稳健之作。《大酺》："毗陵震泽九州通，士女欢娱万国同。伐鼓撞钟惊海上，新妆袨服照江东。梅花落处疑残雪，柳叶开时任好风。火德云官逢道泰，天长日久属年丰。"②虽然是应制之作，但中间两联兴味盎然。

崔融（653—706），字安成，齐州全节县（今山东省济南市章丘区）人。唐朝大臣、文学家，存诗 18 首，有 1 首七言八行体，符合格律。崔融《嵩山石淙侍宴应制》："洞口仙岩类削成，泉香石冷昼含清。龙旗画月中天下，凤管披云此地迎。树作帷屏阳景翳，芝如宫阙夏凉生。今朝出豫临悬圃，明日陪游向赤城。"③粘对合乎规范。崔融还有 1 首乐府《从军行》："穹庐杂种乱金方，武将神兵下玉堂。天子旌旗过细柳，匈奴运数尽枯杨。关头落月横西岭，塞下凝云断北荒。漠漠边尘飞众鸟，昏昏朔气聚群羊。依稀蜀杖迷新竹，仿佛胡床识故桑。临海旧来闻骠骑，寻河本自有中郎。坐看战壁为平土，近待军营作破羌。"④一共十四句，如果把它拆成一到八句为 1 首七律，是平起首句押韵式，九到十四句为 1 首七律，为仄起式，则 2 首粘对规范，完全符合格律。这说明崔融对七律规范的意识已经比较明确了。

且看前八句平仄，完全符合七律平起首句押韵式：

穹庐杂种乱金方，武将神兵下玉堂。

---

① 彭定求等编：《全唐诗》，郑州：中州古籍出版社，1996 年版，第 404 页。
② 彭定求等编：《全唐诗》，郑州：中州古籍出版社，1996 年版，第 404 页。
③ 彭定求等编：《全唐诗》，郑州：中州古籍出版社，1996 年版，第 422 页。
④ 彭定求等编：《全唐诗》，郑州：中州古籍出版社，1996 年版，第 421 页。

（平）平（仄）仄仄平平，（仄）仄平平仄仄平。

天子旌旗过细柳，匈奴运数尽枯杨。

（仄）仄（平）平平仄仄，（平）平（仄）仄仄平平。

关头落月横西岭，塞下凝云断北荒。

（平）平（仄）仄平平仄，（仄）仄平平仄仄平。

漠漠边尘飞众鸟，昏昏朔气聚群羊。

（仄）仄（平）平平仄仄，（平）平（仄）仄仄平平

再看后六句，完全符合七律仄起首句不押韵式：

依稀蜀杖迷新竹，仿佛胡床识故桑。

（平）平（仄）仄平平仄，（仄）仄平平仄仄平。

临海旧来闻骠骑，寻河本自有中郎。

（仄）仄（平）平平仄仄，（平）平（仄）仄仄平平。

坐看战壁为平土，近待军营作破羌。

（平）平（仄）仄平平仄，（仄）仄平平仄仄平。

从崔融的乐府《从军行》看，应该说崔融已经熟练掌握了七律规范，和南北朝七言乐府大量失粘比较，七律规范在唐初已经传播得比较广泛了。

综上所述，"文章四友"中李峤、崔融完全掌握七律规范；杜审言3首中有2首完全符合规范，1首失粘，苏味道未写七言八句体。说明唐初"文章四友"中有三人对七律规范已经相当熟悉了。

宋之问（约656—713），唐汾州隰城人（今山西汾阳市）人，一说虢州

弘农（今河南灵宝）人。有七言八句体 9 首，其中 5 首是反七律，1 首平仄严重不规范，1 首三平尾，2 首完全合乎规范。

反七律体裁是平仄韵互押，不作对句，如《军中人日登高赠房明府》："幽郊昨夜阴风断，顿觉朝来阳吹暖。泾水桥南柳欲黄，杜陵城北花应满。长安昨夜寄春衣，短翮登兹一望归。闻道凯旋乘骑入，看君走马见芳菲。"[1] 前四句押"断""暖""满"，第三句平声结尾，后半部分四句是七绝，这样诗中八句是由两部分构成，这不是七律，而是反七律。又如《寒食江州满塘驿》也是一首反七律："去年上巳洛桥边，今年寒食庐山曲。遥怜巩树花应满，复见吴洲草新绿。吴洲春草兰杜芳，感物思归怀故乡。驿骑明朝发何处？猿声今夜断君肠。"[2] 前四句押仄声韵"曲""绿"，后四句是七绝，押平声韵。又如《绿竹引》："青溪绿潭潭水侧，修竹婵娟同一色。徒生仙实凤不游，老死空山人讵识。妙年秉愿逃俗纷，归卧嵩丘弄白云。含情傲睨慰心目，何可一日无此君。"[3] 前四句的一、二、四押"侧""色""识"，押入声韵，后四句是七绝。还有《寒食还陆浑别业》《至端州驿，见杜审言、沈佺期、阎朝隐、王无竞题壁，慨然成咏》也是反七律。

从反七律看，宋之问并非不懂七律规范，似乎是为了提高七言表现力，而故意为之。因为他写有完全合律的七律，如《和赵员外桂阳桥遇佳人》："江雨朝飞溻细尘，阳桥花柳不胜春。金鞍白马来从赵，玉面红妆本姓秦。妒女犹怜镜中发，侍儿堪感路傍人。荡舟为乐非吾事，自叹空闺梦

---

① 彭定求等编：《全唐诗》，郑州：中州古籍出版社，1996 年版，第 349 页。
② 彭定求等编：《全唐诗》，郑州：中州古籍出版社，1996 年版，第 349 页。
③ 彭定求等编：《全唐诗》，郑州：中州古籍出版社，1996 年版，第 349 页。

寐频。"① 这属于仄起首句押韵式，中间两联对仗，颔联还是句中对，粘对规范，合乎七律格律。《奉和春初幸太平公主南庄应制》也完全符合格律。

《函谷关》："至人 □□ 识仙风，瑞霭丹光远郁葱。灵迹才辞周柱下，祥氛已入函关中。不从紫气台端候，何得青华观里逢。欲访乘牛求宝箓，愿随鹤驾遍瑶空。"② 格律基本符合，但第四句是三平尾，这是中唐以后极少出现的，尽管崔颢《黄鹤楼》"黄鹤一去不复返，白云千载空悠悠"，"空悠悠"虽然是三平尾，但前一句是七字六仄，三平尾是拗前一句的仄过多。

宋之问《三阳宫侍宴应制得幽字》："离宫秘苑胜瀛洲，别有仙人洞壑幽。岩边树色含风冷，石上泉声带雨秋。鸟向歌筵来度曲，云依帐殿结为楼。微臣昔忝方明御，今日还陪八骏游。"③ 这是平起首句押韵式，首颔联不粘，平仄问题较多，根据检测结果如下：平仄存在 18 个问题，第 16 字"边"应仄，第 18 字"色"应平，第 20 字"风"应仄，第 23 字"上"应平，第 25 字"声"应仄，第 27 字"雨"应平，第 30 字"向"应平，第 32 字"筵"应仄，第 34 字"度"应平，第 37 字"依"应仄，第 38 字"帐"应平，第 39 字"殿"应平，第 44 字"臣"应仄，第 46 字"忝"应平，第 48 字"明"应仄，第 51 字"日"应平，第 53 字"陪"应仄，第 55 字"骏"应平，除去可平可仄的通融外，错误也在 10 个以上。为什么出自一人之手，有的完全合乎

---

① 彭定求等编：《全唐诗》，郑州：中州古籍出版社，1996 年版，第 355 页。
② 彭定求等编：《全唐诗》，郑州：中州古籍出版社，1996 年版，第 365 页。
③ 彭定求等编：《全唐诗》，郑州：中州古籍出版社，1996 年版，第 358 页。

规范,有的却合律地方很少?说明作者是懂的,只是七律规范的遵守还未形成压倒性的风气,不遵守规范的好处是可以灵活表达自己的情感,因此遵守规范和不遵守规范并行。

沈佺期(约656—716),字云卿,相州内黄(今河南安阳市内黄县)人,祖籍吴兴(今浙江湖州)。《全唐诗》录其七言八句体共15首,13首合乎七律规范,可见比例很高。如《奉和春初幸太平公主南庄应制》:"主家山第早春归,御辇春游绕翠微。买地铺金曾作垆,寻河取石旧支机。云间树色千花满,竹里泉声百道飞。自有神仙鸣凤曲,并将歌舞报恩晖。"①完全符合平仄,中间两联对仗较工整,典型的中规中矩的应制诗。沈佺期《独不见》:"卢家少妇郁金堂,海燕双栖玳瑁梁。九月寒砧催木叶,十年征戍忆辽阳。白狼河北音书断,丹凤城南秋夜长。谁谓含愁独不见,更教明月照流黄。"②完全符合七律规范,是一首写思妇思飘千里边塞,又倍含柔情色彩的作品,一方面是金戈铁马,一方面是熏香缭绕的居室,形成强烈对比,取得显著艺术效果,对唐代边塞诗影响很大。《独不见》艺术上的极大成功,是神来之作,与沈佺期借用乐府写法密不可分,乐府旧题"独不见"就是写怨妇的,沈佺期用乐府写七律是常用手法,初唐及唐前即屡次被文人所尝试。胡震亨《唐音癸签》:"沈诗篇题原名《独不见》,一结翻题取巧,六朝乐府变声,非律诗正格也。不应借材取冠兹体。"③"非律诗正格",正是文人从乐府中得到启发而转向律诗,是律诗

---

① 彭定求等编:《全唐诗》,郑州:中州古籍出版社,1996年版,第566页。
② 彭定求等编:《全唐诗》,郑州:中州古籍出版社,1996年版,第567页。
③ 陈伯海编:《唐诗汇评》,杭州:浙江教育出版社,1996年版,第220页。

萌芽、形成的重要原因和途径。清汪师韩《诗学纂闻》:"七言律诗,即乐府也。《旧唐书·音乐志》载《享龙池乐章》十首:一、姚崇,二、蔡孚,三、沈佺期,四、卢怀慎,五、姜皎,六、崔日用,七、苏颋,八、李乂,九、姜晞,十、裴璀。十人之作,皆七言律诗也。沈佺期'卢家少妇'一诗,即乐府之'独不见'。陈标'饮马长城窟',亦是七言律诗。谢偃《新曲》、崔融《从军行》、蔡孚《打毬篇》,俱直是七言长律。杨升庵《草堂词选序》曰:'唐人之七言律,即填词之《瑞鹧鸪》也;七言之仄韵,即填词之《玉楼春》也。尝考《三百篇》之声歌,亡于东汉,而绝于晋。汉魏之乐府,亡于东晋,变于唐宋之长短句,而乱于金元之南北曲。前此《文心雕龙》虽分诗与乐府为二,然其论元、成以后之乐章,辞虽典文,而律非夔、旷;又论子建、士衡之篇,俗称乖调。'"① 这种互相借鉴的方法本是诗歌界的寻常之事,写乐府旧题,用七律的规范去写,不可避免地借用乐府的写作方法、风格等,从这个角度称这种七律为乐府诗是恰当的,说它是近体七律也是恰当的,因为从形式上看,符合七律规范。如果从七律发展的角度讲,则乐府是七律的重要渊源。

从以上分析看出,李适、李乂、李峤、崔融、杜审言、宋之问、沈佺期都写过完全合乎七律规范的七律,李适、李峤100%合律,沈佺期合律近90%,崔融的乐府《从军行》几乎是两首合律的七律合并而成,宋之问的5首反七律达到炉火纯青的地步,这几个人特点很明显。说明七律在初唐后期已基本定型,只是有的人不一定遵守。他们在715年前基本都去世了,那时初唐已经结束。

---

① 陈伯海编:《唐诗论评类编》,济南:山东教育出版社,1993年版,第289页。

# 三、论盛唐七律

　　盛唐疆域广大,经济繁荣,国力强盛,对外交流频繁,促进了文化艺术的高度繁荣,其中也包括诗歌。明胡应麟曾盛叹:"甚矣,诗之盛于唐也。其体则三、四、五言、六、七杂言、乐府、歌行、近体、绝句,靡弗备矣。其格则高卑、远近、浓淡、浅深、巨细、精粗、巧拙、强弱,靡弗具矣。其调,则飘逸、浑雄、沉深、博大、绮丽、幽闲、新奇、猥琐,靡弗诣矣。其人则帝王、将相、朝士、布衣、童子、妇人、缁流、羽客,靡弗预矣。"① 这是从体裁、风格、作家等方面对唐诗做出的一个总结。

　　盛唐七律在各方面进一步发展,在题材、内容、风格上有进一步开拓,从应制诗为主到涉及边塞战争、闺怨怀思、赠寄送别、山水田园、怀古抒情等,表现手法也在发展,呈现一种浑厚圆熟、高远壮丽的意境。

　　崔曙(?—739),一名崔署,宋州(今河南商丘)人,原籍博陵(今河北安平)。存诗 15 首,七律 1 首,《九日登望仙台,呈刘明府》:"汉文皇帝有高台,此日登临曙色开。三晋云山皆北向,二陵风雨自东来。关门令尹谁能识,河上仙翁去不回。且欲近寻彭泽宰,陶然共醉菊花杯。"② 格律规

---

　　①　胡应麟撰:《诗薮》,上海:中华书局,1958 年版,第 157 页。
　　②　彭定求等编:《全唐诗》,郑州:中州古籍出版社,1996 年版,第 870 页。

范,前六句写登临所见,意境阔大,用典较多,内涵丰富。

祖咏(699—746),字、号均不详,唐代诗人,洛阳(今河南洛阳)人。七律1首,《望蓟门》:"燕台一望客心惊,箫鼓喧喧汉将营。万里寒光生积雪,三边曙色动危旌。沙场烽火连胡月,海畔云山拥蓟城。少小虽非投笔吏,论功还欲请长缨。"[①]格律规范,是边塞之作,"万里""烽火""胡月""海畔",已呈壮阔气象。

崔曙、祖咏,皆以1篇七律横亘盛唐,皆非应制之作,气象逐渐宏大,已不同于初唐。

崔颢(?—754),汴州(今河南开封)人,原籍博陵安平(今河北安平县),诗作创造清刚劲健之美,存诗40余首,七言八句体4首,其中1首是反七律,《黄鹤楼》虽格律不谨严,但因其具有的美学意蕴仍被称为"七律第一"。《行经华阴》,格律谨严,是怀古之作,"借问路傍名利客,无如此处学长生",韵味深长。《雁门胡人歌》顾虑谨严,对仗工整,是边塞之作。还有一首反七律,《七夕》:"长安城中月如练,家家此夜持针线。仙裙玉佩空自知,天上人间不相见。长信深阴夜转幽,瑶阶金阁数萤流。班姬此夕愁无限,河汉三更看斗牛。"[②]前四句中一、二、四句押仄声韵,后四句是七绝,避免对仗。

崔曙、祖咏、崔颢七律作品不多,但题材不再是宴会上的题咏,不再雕镂字句,风格已经大变,变得浑朴高远。

李颀(?— 约753),汉族,东川(今四川三台)人(有争议),唐代诗

---

① 彭定求等编:《全唐诗》,郑州:中州古籍出版社,1996年版,第724页。
② 彭定求等编:《全唐诗》,郑州:中州古籍出版社,1996年版,第719页。

人。有7首七律，全部符合格律，被明代嘉靖诸子奉为"正鹄"，其七律题材有些单一，寄赠类2首，送别类2首，表明其在格律上非常重视，在达意上却有所忽视。如《宿莹公禅房闻梵》："花宫仙梵远微微，月隐高城钟漏稀。夜动霜林惊落叶，晓闻天籁发清机。萧条已入寒空静，飒沓仍随秋雨飞。始觉浮生无住著，顿令心地欲皈依。"①律法森严，中规中矩，最后一联结尾有点教条化。又如《题璿公山池》："远公遁迹庐山岑，开士幽居祇树林。片石孤峰窥色相，清池皓月照禅心。指挥如意天花落，坐卧闲房春草深。此外俗尘都不染，惟馀玄度得相寻。"②第一句"庐山岑"是三平尾，是由于地名造成的，但这在中唐后很少见，说明这时格律仍然在形成中，最后一联结尾稍弱。

另外李颀也有2首反七律，即《双笋歌送李回兼呈刘四》《魏仓曹东堂桤树》。且看《双笋歌送李回兼呈刘四》："并抽新笋色渐绿，迥出空林双碧玉。春风解箨雨润根，一枝半叶清露痕。为君当面拂云日，孤生四远何足论。再三抱此怅为别，嵩洛故人与之说。"③李颀这首反七律有点特殊，首尾联押仄声韵，中间两联押平声韵，一般反七律前两联押仄声韵，后两联押平声韵。再看《魏仓曹东堂桤树》："爱君双桤一树奇，千叶齐生万叶垂。长头拂石带烟雨，独立空山人莫知。攒青蓄翠阴满屋，紫穗红英曾断目。洛阳墨客游云间，若到麻源第三谷。"④这首反七律也有些特别，平声韵在前，仄声韵在后。李颀还有一些七言，平仄声互押，可以推

①　彭定求等编：《全唐诗》，郑州：中州古籍出版社，1996年版，第739页。
②　彭定求等编：《全唐诗》，郑州：中州古籍出版社，1996年版，第739页。
③　彭定求等编：《全唐诗》，郑州：中州古籍出版社，1996年版，第734页。
④　彭定求等编：《全唐诗》，郑州：中州古籍出版社，1996年版，第735页。

测李颀在七言领域积极探索。

　　王昌龄(?—756),字少伯,唐朝时期大臣,著名边塞诗人。合乎七律规范的有 2 首:《九日登高》和《万岁楼》。看《九日登高》:"青山远近带皇州,霁景重阳上北楼。雨歇亭皋仙菊润,霜飞天苑御梨秋。茱萸插鬓花宜寿,翡翠横钗舞作愁。漫说陶潜篱下醉,何曾得见此风流。"[①]格律谨严,笔调腾挪,意蕴悠扬。然而有 1 首七言八句体平仄错误较多,《奉赠张荆州》:"祝融之峰紫云衔,翠如何其雪崭岩。邑西有路缘石壁,我欲从之卧穹嵌。鱼有心兮脱网罟,江无人兮鸣枫杉。王君飞舄仍未去,苏耽宅中意遥缄。"[②]平仄错误达十余次。

　　苏颋(670—727),字廷硕,京兆武功(今陕西武功)人,唐朝宰相、文学家。存诗 55 首,其中七言八句体 13 首,皆符合七律规范,没有失误,题材大部分是应制,仍传承初唐风气,如《奉和春日幸望春宫应制》:"东望望春春可怜,更逢晴日柳含烟。宫中下见南山尽,城上平临北斗悬。细草偏承回辇处,轻花微落奉觞前。宸游对此欢无极,鸟哢声声入管弦。"[③]格律循规蹈矩,非常标准,但内容上无多大可取之处。有 1 首写登高之作也有说教意味,《九月九日望蜀台》:"蜀王望蜀旧台前,九日分明见前川。北料乡关方自此,南辞城郭复依然。青松系马攒岩畔,黄菊留人籍道边。自昔登临湮灭尽,独闻忠孝两能传。"[④]最后一句"独闻忠孝两能传"说教意味浓厚。

---

①　彭定求等编:《全唐诗》,郑州:中州古籍出版社,1996 年版,第 784 页。
②　彭定求等编:《全唐诗》,郑州:中州古籍出版社,1996 年版,第 781—782 页。
③　彭定求等编:《全唐诗》,郑州:中州古籍出版社,1996 年版,第 440 页。
④　彭定求等编:《全唐诗》,郑州:中州古籍出版社,1996 年版,第 441 页。

　　张说(667—731),字道济,一字说之,河南洛阳人,唐代政治家、军事家、文学家,《全唐诗》录存其诗268首,其中七言八行体诗12首,10首合律,《扈从温泉宫献诗》《先天应令》2首有失粘之处,12首中绝大部分是应制诗,可见七律在盛唐早期仍然存在这个情况,有2首的题材是室外写景抒情之作。《同赵侍御巴陵早春作》:"江上春来早可观,巧将春物妒馀寒。水苔共绕留乌石,花鸟争开斗鸭栏。佩胜芳辰日渐暖,然灯美夜月初圆。意随北雁云飞去,直待南州蕙草残。"①写的是早春景色,景物欣欣向荣,充满期待。另1首是纪游作品,《灉湖山寺》:"空山寂历道心生,虚谷迢遥野鸟声。禅室从来尘外赏,香台岂是世中情。云间东岭千寻出,树里南湖一片明。若使巢由知此意,不将萝薜易簪缨。"②写出了因自己仕途不顺,皈依佛门也是不错的选择,当然作者只是借佛教表达自己的不顺,并非真的要出家,这种表达手法比应制诗已经高一等。

　　孟浩然(689—740),名浩,字浩然,号孟山人,襄州襄阳(今湖北襄阳)人,唐代著名的山水田园派诗人,七律4首,除《登安阳城楼》第二句"江嶂开成南雍州"因地名"南雍州"造成三平尾外,这4首高度合乎七律格律,且无应制诗,2首登高,1首抒情,1首描写女子,体现了盛唐七律题材有非常明显扩大的一面,也显示了艺术手法的成熟。《登安阳城楼》:"县城南面汉江流,江嶂开成南雍州。才子乘春来骋望,群公暇日坐销忧。楼台晚映青山郭,罗绮晴娇绿水洲。向夕波摇明月动,更疑神女弄

---

①　彭定求等编:《全唐诗》,郑州:中州古籍出版社,1996年版,第522页。
②　彭定求等编:《全唐诗》,郑州:中州古籍出版社,1996年版,第522页。

珠游。"① 后四句写景抒情清新自然，柔婉蕴长，以美丽的神话作结，增添浪漫色彩。《登万岁楼》："万岁楼头望故乡，独令乡思更茫茫。天寒雁度堪垂泪，日落猿啼欲断肠。曲引古堤临冻浦，斜分远岸近枯杨。今朝偶见同袍友，却喜家书寄八行。"② 表达思乡之情，写景、哀景、乐景相融合。《春情》："青楼晓日珠帘映，红粉春妆宝镜催。已厌交欢怜枕席，相将游戏绕池台。坐时衣带萦纤草，行即裙裾扫落梅。更道明朝不当作，相期共斗管弦来。"③ 写的是一个天真活泼的女子在春天的情思，充满春天的气息，展现出孟浩然的另一面才情，即不但会写恬淡的山水诗，也会写柔情香艳的闺情诗。

另外孟浩然还有 2 首反七律很有名，《夜归鹿门歌》："山寺钟鸣昼已昏，渔梁渡头争渡喧。人随沙岸向江村，余亦乘舟归鹿门。鹿门月照开烟树，忽到庞公栖隐处。岩扉松径长寂寥，惟有幽人自来去。"④ 可以避免对仗，后半部分押仄声韵，写出一个藏掖尘俗、隐迹山林的隐士形象。《长乐宫》："秦城旧来称窈窕，汉家更衣应不少。红粉邀君在何处，青楼苦夜长难晓。长乐宫中钟暗来，可怜歌舞惯相催。欢娱此事今寂寞，惟有年年陵树哀。"⑤ 诗作抒发人世沧桑之感，秦城汉墓引起多少人的怀古之思。

高适（约 700—765），字达夫，沧州渤海县（今河北省景县）。唐朝时

---

① 彭定求等编：《全唐诗》，郑州：中州古籍出版社，1996 年版，第 900 页。
② 彭定求等编：《全唐诗》，郑州：中州古籍出版社，1996 年版，第 900 页。
③ 彭定求等编：《全唐诗》，郑州：中州古籍出版社，1996 年版，第 900 页。
④ 彭定求等编：《全唐诗》，郑州：中州古籍出版社，1996 年版，第 888 页。
⑤ 彭定求等编：《全唐诗》，郑州：中州古籍出版社，1996 年版，第 888 页。

期大臣、边塞诗人,有七律 7 首:《东平别前卫县李寀少府》《夜别韦司士》《同陈留崔司户早春宴蓬池》《重阳》《同陈留崔司户早春宴蓬池》《送李少府贬峡中王少府贬长沙》《金城北楼》。《东平别前卫县李寀少府》《夜别韦司士》这 2 首平仄违规较多,其余 5 首完全符合规范。《东平别前卫县李寀少府》:"黄鸟翩翩杨柳垂,春风送客使人悲。怨别自惊千里外,论交却忆十年时。云开汶水孤帆远,路绕梁山匹马迟。此地从来可乘兴,留君不住益凄其。"① 根据检测,结果如下:第 16 字"别"应平,第 18 字"惊"应仄,第 20 字"里"应平,第 23 字"交"应仄,第 24 字"却"应平,第 25 字"忆"应平,第 27 字"年"应仄,第 30 字"开"应仄,第 32 字"水"应平,第 34 字"帆"应仄,第 37 字"绕"应平,第 39 字"山"应仄,第 41 字"马"应平,第 44 字"地"应平,第 46 字"来"应仄,第 51 字"君"应仄,第 53 字"住"应平,第 55 字"凄"应仄。可见不符七律之多。又如《夜别韦司士》:"高馆张灯酒复清,夜钟残月雁归声。只言啼鸟堪求侣,无那春风欲送行。黄河曲里沙为岸,白马津边柳向城。莫怨他乡暂离别,知君到处有逢迎。"② 经检测结果如下:第 30 字"河"应仄,第 32 字"里"应平,第 37 字"马"应平,第 39 字"边"应仄,第 41 字"向"应平,第 46 字"乡"应仄,第 47 字"暂"应平,第 51 字"君"应仄,第 52 字"到"应平,第 53 字"处"应平,第 55 字"逢"应仄。

另外 5 首粘对无误,完全合律。

《重阳》:

---

① 彭定求等编:《全唐诗》,郑州:中州古籍出版社,1996 年版,第 1212 页。
② 彭定求等编:《全唐诗》,郑州:中州古籍出版社,1996 年版,第 1212 页。

节物惊心两鬓华，东篱空绕未开花。

(仄)仄平平仄仄平，(平)平(仄)仄仄平平。

百年将半仕三已，五亩就荒天一涯。

(平)平(仄)仄平平仄，(仄)仄平平仄仄平。

岂有白衣来剥啄，一从乌帽自欹斜。

(仄)仄(平)平平仄仄，(平)平(仄)仄仄平平。

真成独坐空搔首，门柳萧萧噪暮鸦。①

(平)平(仄)仄平平仄，(仄)仄平平仄仄平。

格律完全符合，像这样的有 5 首，占 7 首的 70%，说明高适比较熟练地掌握了七律格式。又如《金城北楼》：

北楼西望满晴空，积水连山胜画中。

(平)平(仄)仄仄平平，(仄)仄平平仄仄平。

湍上急流声若箭，城头残月势如弓。

(仄)仄(平)平平仄仄，(平)平(仄)仄仄平平。

垂竿已羡磻溪老，体道犹思塞上翁。

(平)平(仄)仄平平仄，(仄)仄平平仄仄平。

为问边庭更何事，至今羌笛怨无穷。②

(仄)仄平平平仄仄，(平)平(仄)仄仄平平。

---

① 彭定求等编：《全唐诗》，郑州：中州古籍出版社，1996 年版，第 1212 页。
② 彭定求等编：《全唐诗》，郑州：中州古籍出版社，1996 年版，第 1212 页。

高适的七律题材已经脱离应制色彩,善用虚字,运脱轻妙,意境悠远。另高适还有 2 首反七律,《渔父歌》:"曲岸深潭一山叟,驻眼看钩不移手。世人欲得知姓名,良久问他不开口。笋皮笠子荷叶衣,心无所营守钓矶。料得孤舟无定止,日暮持竿何处归。"[①]《送别》:"昨夜离心正郁陶,三更白露西风高。萤飞木落何渐沥,此时梦见西归客。曙钟寥亮三四声,东邻嘶马使人惊。揽衣出户一相送,唯见归云纵复横。"[②]盛唐写七律的诗人还不是很多,盛唐这些诗词名家才气宏溢,所以在写七律的同时,也创作了数量颇多的反七律,说明当时诗歌创作体裁样式活跃。

王维(701? —761),字摩诘,号摩诘居士,唐朝杰出诗人、画家。存 20 首七律,10 首合律,10 首失粘,应制诗 7 首,酬赠送别诗 5 首,山水田园诗 4 首,佛理禅悦诗 2 首,边塞诗 1 首,娱乐诗 1 首。

虽然王维的七律应制诗只占七律总数的三分之一,但突破了初唐应制诗繁缛的藩篱,唐初七律应制诗大多没有感情,缺乏个性,雷同现象严重,王维的七律改变了这个情况。如《大同殿柱产玉芝龙池上有庆云神光照殿百官共睹圣恩便赐宴乐敢书即事》合律:"欲笑周文歌宴镐,遥轻汉武乐横汾。岂知玉殿生三秀,讵有铜池出五云。陌上尧樽倾北斗,楼前舜乐动南薰。共欢天意同人意,万岁千秋奉圣君。"[③]语气格调不同于初唐,以自豪的口吻写"欲笑周文歌宴镐,遥轻汉武乐横汾","陌上尧樽倾北斗,楼前舜乐动南薰"是雍容典雅,在颂扬中有自信雄放。

---

① 彭定求等编:《全唐诗》,郑州:中州古籍出版社,1996 年版,第 1208 页。
② 彭定求等编:《全唐诗》,郑州:中州古籍出版社,1996 年版,第 1205—1206 页。
③ 彭定求等编:《全唐诗》,郑州:中州古籍出版社,1996 年版,第 702 页。

《送方尊师归嵩山》:"仙官欲往九龙潭,旌节朱幡倚石龛。山压天中半天上,洞穿江底出江南。瀑布杉松常带雨,夕阳苍翠忽成岚。借问迎来双白鹤,已曾衡岳送苏耽。"[1]写景欣欣大气,洋溢乐观向上的气氛,没有黯淡萧瑟的氛围。《早秋山中作》:"无才不敢累明时,思向东溪守故篱。岂厌尚平婚嫁早,却嫌陶令去官迟。草间蛩响临秋急,山里蝉声薄暮悲。寂寞柴门人不到,空林独与白云期。"[2]前四句议论,表明自己弃官归隐的愿望;五、六句写早秋景色,时光飞逝;最后书写空林、白云似乎在等着自己回去。

许学夷云:"摩诘七言律亦有三种:有一种宏赡雄丽者,有一种华藻秀雅者,有一种淘洗澄净者。"[3]清人方东树在其《昭昧詹言》中云:"辋川于诗,亦称一祖,然比之杜公,真如维摩之于如来,确然别为一派。寻其所至,只是意象超远,浑然元气,为后人所莫及;高华精警,极声色之宗,而不落人间声色,所以可贵……又如画工,图写逼肖。"[4]王维以其豪宕富丽成为盛唐七律的重要代表。

盛唐七律从创作倾向看,暂可分为两类:一是严整派,如李颀、祖咏、崔曙,格律严整,严拘规范;二是写意派,如李白、高适、岑参,规范遵守相对通融一些,着重诗意抒发。王维则兼之两类。

盛唐七律在格律、题材、内容、艺术手法上比初唐有较大进步。

1.盛唐写出格律谨严七律的人数大为增加,如祖咏、崔曙、李颀、李乂、

---

① 彭定求等编:《全唐诗》,郑州:中州古籍出版社,1996年版,第703页。
② 彭定求等编:《全唐诗》,郑州:中州古籍出版社,1996年版,第704页。
③ 许学夷撰:《诗源辩体》,北京:人民文学出版社,1987年版,第161页。
④ 方东树撰:《昭昧詹言》,北京:人民文学出版社,1961年版,第387—388页。

苏颋、张说、孟浩然、高适、岑参、王维等。2.题材上,初唐主要是应制诗,写宴会,而盛唐七律几乎涉及所有领域:赠友送别、述怀言志、登高怀古、山水田园、归隐幽居、军旅塞外、咏禅述等,极大地扩大了表达范围。3.艺术手法上,从单一的歌颂描绘开拓到浑厚高远、壮丽浓烈的艺术境界。

# 第二章

## 江南地方官七律创作

# 一、江南地方官的群体特征

　　江南地方官诗人,指大历贞元年间在长江以南地域辗转各级担任地方行政官员包括幕府从事的一批诗人。傅璇琮先生曾指出,大历时代的诗人大致可以分为两大群:"一是以长安和洛阳为中心,那就是钱起、卢纶、韩翃等'大历十才子'诗人,他们的作品较多地呈献给当时的达官贵人。一是以江东吴越为中心,那就是刘长卿、李嘉祐等人,作品大多描写山水风景。"[①]这批作家大多有进士身份,熟读经史百家,对创作有欲望,处在一个大致相同的环境里,作品有类似之处。

　　大历诗人任职地点主要集中在长安和江南,因为长安是首都,虽被安史叛军占领过,但很快被收复,这时,需要大量文职人员,这些文官大多有进士头衔,或为饱读诗书之人。还有一个地方就是江南。江南在安史之乱中基本没有受到军队袭扰,尽管赋税增加,社会凋零,但比北方损失要小得多,"缘溪花木偏宜远,避地衣冠尽向南"。江淮之间、河南、河北、山西等地受叛军侵害最重,官军和叛军在这些地区反复争夺,双方死伤惨重,十室九空,战后又陷入藩镇割据,朝廷政令不畅,所以任用朝廷文官很有限。刘长卿、戴叔伦、李嘉祐、独孤及、戎昱等人均有着

---

　　① 　傅璇琮撰:《唐代诗人丛考》,北京:中华书局,1980年版,第232页。

长期在江南任州县官员或幕府僚属的经历,这些经历让他们能够深入
到当时国运攸关的财经活动中去,而且他们从政的文化环境也有相似
之处,江南秀丽的山水景致和国家动荡不安的不和谐,使他们内心产生
震动,国运的衰弱、个人的坎坷重叠相加,使他们已经唱不出雄放恢宏
之歌了。

　　安史之乱导致富庶的北方经济受到沉重打击,唐朝要维持国家继
续运转,必须要有财富来源,相对破坏程度较轻的江南无疑就成为政府
财税的重要来源了。在征收江南赋税中,江南诗人是一支重要的朝廷
力量,或者说江南诗人的重要任务是征收赋税。《旧唐书·刘晏传》载:
"时新承兵戈之后,中外艰食,京师米价斗至一千(钱),官厨无兼时之
积,禁军乏食,畿县百姓乃接穗以供之。晏受命(按指领度支盐铁转运
租庸使)后,以转运为己任,凡所经历,必究利病之由。"①《中兴间气集》
卷上戴叔伦诗评载:"(叔伦)在租庸幕下数年,夕惕靡怠。吏部尚书刘
公与祠部员外郎张继书,博访选才,曰:'揖对宾客如叔伦者,一见称
心。'"②地方官经营管理朝廷命脉——赋税,直接参与了国家大事的实
施,了解了朝廷的疾难困苦,锻炼了自己观察社会、剖析社会的能力,扩
大了社会接触面,有利于了解民众的困难和呼声,无疑为诗歌创作提供
了丰富真实的第一手材料,对诗人作品的主题酝酿和提升有极大的帮
助。他们对江南农村的凋敝和战后士兵复原等问题有相当的书写和揭
露。他们继承和沿用了杜甫的现实主义批判精神,把社会矛盾以艺术

---

① 　刘昫等撰:《旧唐书》,北京:中华书局,1975 年版,第 3512 页。
② 　元结等编:《唐人选唐诗十种》,上海:上海古籍出版社,1978 年版,第 306 页。

化的形式录入诗中。如李端《题故将军庄》:"曾将数骑过桑干,遥对单于饬马鞍。塞北征儿谙用剑,关西宿将许登坛。田园芜没归耕晚,弓箭开离出猎难。唯有老身如刻画,犹期圣主解衣看。"①描绘了一个老军凄惨孤单的晚年,揭露了朝廷对待士兵的寡恩,反映了尖锐的社会问题。

地方官诗人对国家社会关注的同时,对自己的遭遇和经历也进行了理性思考,在作品里揉进旅途的艰辛、官场的坎坷、内心的挣扎、理想的失意,用作品表达喜怒哀乐。他们在诗中一次次地表达退隐山林,寻求内心平静的愿望,虽然不能说这种愿望一定是真的,但至少能说明他们在现实中的无奈和无助。

地方官诗人任官往往有升迁、贬谪、平调,在不同的地方任职,见识不同的风土人情,体验不同的思想感情,这些丰富的经历为诗歌提供了深广的社会现实内容,能体现细腻的情感,表现出心理上迷惘自失的感觉和惆怅落寞的心态。比起那些在庙堂过着"笙歌归院落,灯火下楼台"生活的官员,地方官诗人更加能体验到社会的疾苦。

地方官诗人首先在艺术上比较全面,能创作各种诗型,在各种诗体创作中,水平落差在合理区间,没有大起大落。他们擅长近体,和盛唐诗人如李白、孟浩然、王维、高适、岑参更多擅长写古体不一样。大历诗人最擅长五律,他们都有为数不少的整篇精彩的五律。其次,他们的七律艺术水平很高,袁枚《随园诗话》卷六:"七律始于盛唐,如国家缔造之初,宫室粗备,故不过树立架子,创建规模;而其中之洞房曲室,网户罘罳,尚未齐备。至中、晚而始备,至宋、元而愈出愈奇。明七子不知此

---

① 彭定求等编:《全唐诗》,郑州:中州古籍出版社,1996 年版,第 1770 页。

理,空想挟天子以临诸侯;于是空架虽立,而诸妙皆捐。《淮南子》曰:
'鹦鹉能言,而不能得其所以言。'"①除"七律始于盛唐"不可取外,其余
大体允当。

　　胡应麟《诗薮》曰:"唐七言律自杜审言、沈佺期首创工密,至崔颢、
李白时出古意,一变也。高、岑、王、李,风格大备,又一变也。杜陵雄深
浩荡,超忽纵横,又一变也。钱、刘稍为流畅,降而中唐,又一变也。大
历十才子,中唐体备,又一变也。乐天才具泛澜,梦得骨力豪劲,在中、
晚间自为一格,又一变也。张籍、王建略去葩藻,求取情实,渐入晚唐,
又一变也。李商隐、杜牧之填塞故实,皮日休、陆龟蒙驰骛新奇,又一变
也。许浑、刘沧角猎徘偶,时作拗体,又一变也。至吴融、韩偓,香奁脂
粉,杜荀鹤、李山甫,委巷丛谈,否道斯极,唐亦以亡矣。"②唐七律数变,
大历十才子是其中一变,即大历诸家是一变,是七律的一极,在盛唐转
入中唐的过程中留下自己特有的色彩。大历地方官诗人七律的书写特
色鲜明,七律规范遵守的比例更高,手法倾向细致刻画,语言雕琢,是杜
甫同时期和以后的重要七律书写群体,下章将依次展开论述。

---

①　陈伯海编:《唐诗论评类编》,济南:山东教育出版社,1993 年版,第 449 页。
②　胡应麟撰:《诗薮》,上海:中华书局,1958 年版,第 81—82 页。

## 二、刘长卿、韦应物、李嘉祐的七律创作

### （一）华美蕴藉的刘长卿

刘长卿（？—约789），字文房，宣城（今属安徽）人，郡望河间（今河北献县），寓居京兆（今陕西西安）。天宝中，登进士第。至德中，江东选补使崔涣选授长洲尉，摄海盐令。因事陷狱，贬南巴尉。广德中，为监察御史。大历中以检校祠部员外郎为转运使判官，知淮西、鄂岳转运留后，为观察使吴仲孺诬奏，贬睦州司马。因其主要活动于天宝末年至贞元初年的江南，傅璇琮、蒋寅等学者一致认为刘长卿是一个地道的"大历诗人"，并把他归到大历时的"江南地方官诗人"这个群体中去。作为一个从盛唐往中唐的过渡性人物，刘长卿被公认为大历诗人之冠，是"诗至大历而一变"的代表人物。长卿擅长五言，尤工五律，自许"五言长城"。宋以前对刘长卿的七律持冷淡态度，唐《极玄集》《又玄集》皆选其五言，七律一首不收。宋朝开始七律受到重视，乔亿说"文房固五言长城，七律亦最高，不矜才不使气，右丞、东川以下，无此韵调也"①。王士祯也认为"唐人七言律，以李东川、王右丞为正宗，杜工部为大家，刘

---

① 乔亿选编，雷恩海笺注：《大历诗略笺释辑评》，天津：天津古籍出版社，2008年版，第63页。

文房为接武"(《师友诗传录》)。

刘长卿现存的 518 首作品中,七律 63 首,据今人佟培基《全唐诗重出误收考》中所述有 5 首与同时代或稍后的人重出,这样就是 58 首,比钱起 45 首、卢纶 46 首都多。

| 分类 | 题目 | 数量 |
|---|---|---|
| 寄赠类 | 非所留幽系寄上韦使君、岁日见新历因寄都官裴郎中、使次安陆寄友人、汉阳献李相公、自夏口至鹦鹉洲夕望岳阳寄源中丞、戏题赠二小男、闻虞沔州有替将归上都登汉东城寄赠、献怀宁军节度使李相公 | 8 |
| 记游类 | 赴南中题褚少府湖上亭子、将赴岭外,留题萧寺远公院、寻龙井杨老、温汤客舍、过裴舍人故居 | 6 |
| 写景咏物类 | 上巳日越中与鲍侍御泛舟耶溪 | 1 |
| 抒情类 | 狱中闻收东京有赦、自江西归至就任官舍赠袁赞府、登余干古县城、初闻贬谪续喜量移登干越亭赠郑校书、谪官后卧病官舍简贺兰侍御、感怀、登松江驿楼北望故园 | 7 |
| 怀古咏史类 | 上阳宫望幸、长沙过贾谊宅 | 2 |
| 送别类 | 别严士元、哭陈歙州、送侯中丞流康州、送宇文迁明府赴洪州张观察追摄丰城令、送卢侍御赴河北、送李录事兄归襄邓、送皇甫曾赴上都、送马秀才落第归江南、送孙逸归庐山、送常十九归嵩少故林、送开府侄随故李使君旅梓却赴上都、送陆澧仓曹西上、江州重别薛六柳八二员外、送耿拾遗归上都、送柳使君赴袁州、饯王相公出牧括州、送灵澈上人还越中、子婿崔真父归长城、青溪口送人归岳州、郧上送韦司士归上都旧业、双峰下哭故人李宥、避地江东留别淮南使院诸公、送杨于陵归宋州别业、喜朱拾遗承恩拜命赴上都、送台州李使君兼寄题国清寺、送惠法师游天台、因怀智大师故居、见故人李均所借古镜恨其未获府斯人、送崔使君赴寿州、送孔巢父赴河南军、题灵祐和尚故居 | 29 |
| 酬和类 | 北归入至德州界、偶逢洛阳邻家李光宰、和樊使君登润州城楼、奉酬辛大夫湖南腊月连日降雪见示之作、观校猎上淮西相公、酬屈突陕 | 5 |
| 总计 | | 58 |

### 1.送别类

《送耿拾遗归上都》："若为天畔独归秦,对水看山欲暮春。穷海别离无限路,隔河征战几归人。长安万里传双泪,建德千峰寄一身。想到邮亭愁驻马,不堪西望见风尘。"①耿拾遗,即耿湋,湋大历中奉使江淮括图书,尝至湖州,与刺史颜真卿联句。上都,古代对京都的通称,这里指唐代首都长安。首联讲到友人归秦,即长安,时间是暮春。这个时间不是直接讲出来的,而是用路途中众多山水这样的情形叙述出来的。第二联继续写路途漫长与艰苦,从"征战"看,当时边疆战事吃紧,安史之乱后边疆异族不再服从唐中央政府,与唐朝的战事不断。全诗格调抑郁,愁云惨淡,从中折射出时局暗淡,前途未卜。"《诗源辩体》:刘如'建牙吹角''征西诸将''十年多难''若为天畔'等篇,在中唐声气为雄;其他气虽有降,无不称工。"②"《昭昧詹言》:起句先点耿归上都,次句带叙时令。三、四从自己衬跌出,作羡之之词,以起送归意。五、六分写两边。结句送后情事,当时实象。"③

《别严士元》："春风倚棹阖闾城,水国春寒阴复晴。细雨湿衣看不见,闲花落地听无声。日斜江上孤帆影,草绿湖南万里情。东道若逢相识问,青袍今日误儒生。"④"严士元",冯翊人,严损之之子,严武从兄弟。"阖闾",指苏州;"水国",指江南。"春寒",色调阴暗,不鲜艳热烈,暗淡

---

① 彭定求等编:《全唐诗》,郑州:中州古籍出版社,1996 年版,第 848 页。
② 陈伯海编:《唐诗汇评》,杭州:浙江教育出版社,1995 年版,第 486 页。
③ 陈伯海编:《唐诗汇评》,杭州:浙江教育出版社,1995 年版,第 486 页。
④ 彭定求等编:《全唐诗》,郑州:中州古籍出版社,1996 年版,第 851 页。

氛围渐显。蒙蒙细雨悄无声息，打湿了行人衣服，春花已经不再娇艳，无奈地枯萎了、凋落了，景色是灰蒙蒙的，含着淡淡的忧愁。第三联"孤帆"是友人形单影只的象征，孤单落寞，但是青青细草就像作者一样含着深情。这是刘长卿善于利用七言的前四字和后三字相对的独立性来进行描述，"看不见""听无声"这样抑郁的环境里表达了作者失落迷茫的情绪。青袍，泛指品位低级的官吏，据《刘长卿诗编年笺注》，至德二年（757），指严士元赴京任大理司直、历京兆府户曹参军、殿中侍御史、虞部员外郎，拜河南令，不复再至苏州，时刘长卿任长洲县尉，二人职位较低，不能施展抱负。①《别严士元》是被高仲武选入《中兴间气集》的唯一一首七律，历来评价较高。几乎全用写景来抒发一种落寞的情感，景物之间的大小、高低、阔窄的搭配空白达到一个很高的审美阶梯。这是刘长卿在七律上的一个探索，即用大部分写景来表达情感，用一幅幅画来展示内心。

《送李录事兄归襄邓》："十年多难与君同，几处移家逐转蓬。白首相逢征战后，青春已过乱离中。行人杳杳看西月，归马萧萧向北风。汉水楚云千万里，天涯此别恨无穷。"②从题目上看，此诗作于乱平之后。"十年多难"，自天宝十四载起计，应在广德二年（764）前后，"十年"也不是确数，只是大致范围。录事，在唐代两都、都护府、都督府，诸州及京县均设录事。"李录事"，名不详。"襄邓"，指襄州、邓州一带。第一句"与君同"，一下子拉近了两人的距离，"同是天涯沦落人"，其间的磨难

---

①　刘长卿撰，储仲君笺注：《刘长卿诗编年笺注》，北京：中华书局，1996 年版，第 125 页。

②　彭定求等编：《全唐诗》，郑州：中州古籍出版社，1996 年版，第 849 页。

曲折只有亲身经历的人才知道有多苦。颔联"白首"表明二人都上了年纪,青春在乱离中失去了,喟叹之情浓重。"西月",指长安在西边,唐玄宗也曾逃难到西蜀,唐肃宗也在西边的甘肃灵武即位,方位都在西边,"看西月"是老百姓对朝廷的希望,对叛贼的否定。"向北风"化用《古诗十九首》中的"胡马依北风"句,表明对故乡的依恋,希望结束流离失所的生活,也和第二句"几处移家逐转蓬"相呼应。颈联用叠字"杳杳""萧萧",增加了音乐感。最后一联回到题目,又是送别,分别之后路途遥远,难以再见,遗憾之情溢于言表。诗作格调凄伤,是时代氛围的忠实记录,是安史之乱造成千千万万个普通人流离失所的痛苦记录,是一面小镜子,照出的世界很大:狼烟突起,百姓四逸。正是这一首首饱含深情与热泪的诗篇,串成一幅社会风貌画卷。诗作行云流水,境界深远,意象凄苦,反映了百姓普通但深刻的心灵之痛。《唐七律隽》:"张南士云:读诗至上元、宝应后,顿觉衰减,如长安贵戚,车如流水、马如游龙之后,一旦改换门第,人情物色皆非旧时。惟随州尚具少陵遗响,然亦萧萧矣。"①

《题灵祐和尚故居》:"叹逝翻悲有此身,禅房寂寞见流尘。多时行径空秋草,几日浮生哭故人。风竹自吟遥入磬,雨花随泪共沾巾。残经窗下依然在,忆得山中问许询。"②刘长卿大历初任职扬州,尝访灵祐,有《题灵祐上人法华院木兰花》:"庭种南中树,年华几度新。已依初地长,独发旧园春。映日成华盖,摇风散锦茵。色空荣落处,香醉往来人。菡

---

① 陈伯海编:《唐诗汇评》,杭州:浙江教育出版社,1996年版,第488页。
② 彭定求等编:《全唐诗》,郑州:中州古籍出版社,1996年版,第848页。

苔千灯遍,芳菲一雨均。高柯傥为楫,渡海有良因。"《题灵祐和尚故居》
是当作者贞元初再至扬州,而灵祐已逝时作。首联缓缓道来,作者来到
灵祐的禅房。"浮生",《庄子·刻意》:"其生若浮,其死者休。""秋草",
象征一种衰败和枯死的意象;"几日",是说自己余日不多。颔联渲染凄
凉的气氛,用到"哭",心情之沉痛,也说明二人之间友情深厚。"雨花",
《楞严经》:"即时天雨百宝莲花,青黄赤白,间错纷糅。"按清《一统志》卷
七四,江宁县城南三里有雨花台。传梁武帝时有灵光法师讲经于此,感
天雨花,故名。① 颈联上句巧妙地将周围的景物揽入诗中,下联则用虚
景衬托,还用"泪"等重情感色彩的字。"许询",字玄度,高阳人,尝隐居
越州山阴,善谈玄言。尾联再次睹物思人,愈增其悲,"问许询"暗指志
行高洁。本诗情感深沉婉转,凄苦痛彻,以情胜;实景和虚景妙合无垠,
意境高妙。

## 2. 寄赠类

《献淮宁军节度使李相公》:"建牙吹角不闻喧,三十登坛众所尊。
家散万金酬士死,身留一剑答君恩。渔阳老将多回席,鲁国诸生半在
门。白马翩翩春草细,郊原西去猎平原。"②"李相公",即李希烈,一路击
溃梁崇义的抵抗,直捣襄阳,梁崇义兵败自杀,割据荆、襄十九年的局面
方告结束。建中元年(780),长卿迁任随州刺史。建中二年(781),淮西
节度使李希烈奉命讨伐梁崇义,刘长卿的献诗颂扬,是对维护统一的这
种行为的肯定。"牙"旗,将军之旗。"登坛",用韩信登坛为帅的典故,

---

① 刘长卿撰,储仲君笺注:《刘长卿诗编年笺注》,北京:中华书局,1996年版,第495页。
② 彭定求等编:《全唐诗》,郑州:中州古籍出版社,1996年版,第848—849页。

暗喻李希烈的神武,三十岁就镇守一方了。首联叙述比较平缓,感情色彩起点不高,为下面蓄势,这是诗歌高手的通用写法。"家散万金"用战国平原君散万金得死士三千的典故,"一剑"用战国冯骥客孟尝君的典故,"冯先生甚贫,犹有一剑耳"。颔联用两个典故赞扬李希烈报国杀敌的雄心壮志。"渔阳老将",安禄山在范阳造反,渔阳郡属于范阳节度使节制,"渔阳老将"指归顺的资格较老的将领。"鲁国诸生",汉初孙叔通曾征选鲁国诸生三十多人,这里指进士或有学问的名士。颈联写李希烈召集了天下的文武人才,精英众多。"白马",借用曹植《白马篇》中的白马英雄形象。最后一联写练兵。全诗用典甚多,几乎句句用典。风格雄壮,金戈铁马之声闻犹在耳。胡应麟《诗薮》内编卷五评:"'家散万金酬死士,身留一剑答君恩',李端、韩翃之先鞭也;'渔阳老将多回席,鲁国诸生半在门',王建、张籍之鼻祖也。结语更是王维、李颀风调,起语亦自大体,几欲上薄盛唐,然细按之,自是中唐诗。"①《昭昧詹言》:起先写一句,奇警突兀妙极。或疑次句不称。先君云:'若第二句再浓,通篇何以运掉。'树谓:非但已也,此第二句,乃是叙点交代题面本事主句,文理一定,断不可少,所谓安身立命处也。中二联分赋,叙其忠悃声望,高华伟丽。结句入妙。言外多少馀味不尽,所谓言在此而意寄于彼,兴在象外。"②具有讽刺意味的是,这位被刘长卿极力鼓颂的主人公李希烈后来却成为乱臣贼子,被部将毒杀,落了个可耻下场。因此这首诗也受到影响,不过不可否认,此诗的艺术性仍然值得肯定。

---

① 陈伯海编:《唐诗汇评》,杭州:浙江教育出版社,1995年版,第483页。
② 陈伯海编:《唐诗汇评》,杭州:浙江教育出版社,1995年版,第487页。

3. 酬和类

《酬屈突陕》："落叶纷纷满四邻,萧条环堵绝风尘。乡看秋草归无路,家对寒江病且贫。藜杖懒迎征骑客,菊花能醉去官人。怜君计画谁知者,但见蓬蒿空没身。"[①]屈突陕,可能是屈突司直,刘长卿有数首送别其的诗作。《夏口送屈突司直使湖南》："共悲来夏口,何事更南征。雾露行人少,潇湘春草生。莺啼何处梦,猿啸若为声。风月新年好,悠悠远客情。"又《重阳日鄂城楼送屈突司直》："登高复送远,惆怅洞庭秋。风景同前古,云山满上游。苍苍来暮雨,森森逐寒流。今日关中事,萧何共尔忧。"《酬屈突陕》中,"环堵",即环墙,《庄子·杂篇·让王》："原宪居鲁,环堵之室,茨以生草,蓬户不完,桑以为枢而瓮牖。"首联描写屈突陕的居住环境,萧瑟冷楚。颔联叙写友人的生活状况,归乡无路、多病且贫,这是对上联的进一步深化。颈联用原宪和陶渊明典故,"藜杖",《庄子·杂篇·让王》中原宪用藜茎作杖;"菊花能醉",化用陶渊明"采菊东篱下,悠然见南山"。最后再次叙写环境,蒿草旺盛,人迹罕至。诗作的最大特点是通过描写一个与世隔绝的环境,来烘托和塑造一个不慕富贵、志行高洁的陶渊明式的隐士形象。这个隐士形象,与污浊的世界隔离,是不是作者自己部分心声呢?"同是天涯沦落人,相逢何必曾相识",作者与隐士的心是相同的。

4. 怀古咏史类

《长沙过贾谊宅》："三年谪宦此栖迟,万古惟留楚客悲。秋草独寻

---

① 彭定求等编:《全唐诗》,郑州:中州古籍出版社,1996年版,第850页。

人去后,寒林空见日斜时。汉文有道恩犹薄,湘水无情吊岂知。寂寂江山摇落处,怜君何事到天涯。"①诗作写于秋日,应是贬谪途中所作,储仲君在《刘长卿诗编年笺注》说刘长卿贬谪未经长沙,这种说法不一定符合实际,因为有可能缺乏记载,但既然题目明确有"长沙过"几字,到过长沙的可能性还是很大的,从全诗来看,到长沙的可能性还是大些,如"湘水无情吊岂知""怜君何事到天涯"等句不像是未去过长沙。"三年",据《史记·贾生列传》记载,贾谊贬谪长沙第三年,有服鸟飞入,遂作《服鸟赋》。"楚客悲","楚客"指贾谊,贾谊郁郁而终,未展抱负,所以悲。"万古惟留",情感色彩很浓,下笔很重,悲情薄发。颔联写景,色彩灰暗,作者在诗中又出现"秋草"意象,"秋草""秋水"是作者常用的表达凄凉的笔调。颈联上句写贾生未受皇恩,其实也是说自己未受皇恩,下句写自己来湘水凭吊,一历史,一现实,从写作上看,文笔宕开,有容量,增加诗作的厚重感。尾联表达自己对贾生的怀念,上句是写景,景色也是萧瑟枯寂,再次渲染凄清的色彩。贾生吊屈原,长卿吊贾生,遭遇差不多,就是怀才未遇,近似贬谪,只是程度有轻重,主题类似,人生凄凉。"《岘佣说诗》:"'汉文有道'一联可谓工矣。上联'芳草独寻人去后,寒林空见日斜时'疑为空写,不知'人去'句即用《鵩赋》'主人将去','日斜'句即用'庚子日斜'。可悟运典之妙,水中着盐,如是如是。'"②

### 5. 抒情类

《登余干古县城》:"孤城上与白云齐,万古荒凉楚水西。官舍已空

---

① 彭定求等编:《全唐诗》,郑州:中州古籍出版社,1996年版,第849页。
② 陈伯海编:《唐诗汇评》,杭州:浙江教育出版社,1995年版,第489页。

秋草绿,女墙犹在夜乌啼。平江渺渺来人远,落日亭亭向客低。沙鸟不知陵谷变,朝飞暮去弋阳溪。"①唐肃宗上元二年(761),刘长卿从岭南潘州南巴贬所北归时途经馀干,当时经过军阀战乱,到处是战争创伤,城镇破败、田地荒芜,民众流离失所,使诗人更加为唐朝国运担忧,于是酝酿成诗。白云亭,在馀干县城西南八十步,为唐李德裕所建,跨古城之危,瞰长江之深,与干越亭对峙。首联写自己站在城墙上,感到城墙很高,"白云齐"有两种可能,一种是城墙接着天上的白云,一种是云与西南的白云亭相齐,两种可能都能说通,"与天上白云齐"显得更有气势和突兀。首联下句写县城遭遇前所未有的荒凉,是兵患所致,是乱世的后果。诗作开头已经气势不凡,造语雄起。颔联继续写荒凉的具体表现,紧承上联,官府衙门空荡荡的,坍塌于战火之中,城墙上无士兵把守,疏于防范,已经处于无政府状态,可见荒凉至极,可能刚刚经过一场浩劫,政府暂时没有进行有效管辖,可知不止馀干县一城是如此状况。颔联写近处,颈联写远处,变换了角度,显示了写景的灵活性以及手法的深度和广度。亭亭,曹丕《杂诗》:"西北有浮云,亭亭如车盖。"亭亭,迥远依依之态。颈联带有视觉透视的特点,进行景物对比,江水、落日是浩大的景物,和它们比,人的形体是渺小的,这巨大的物体落在人身边,人愈显得苍白、无力、无助,从而暗中透露了凄凉的氛围,是社会的反映,但这是通过作者选择性对比表现出来的,反映了作者构图主观上的创造。刘长卿交好王维并受到王维影响,王维的"大漠孤烟直,长河落日圆",是自然景物对自然景物,是浩大对浩大,愈增其浩大,从而表现出

---

① 彭定求等编:《全唐诗》,郑州:中州古籍出版社,1996年版,第849页。

信心自足、慷慨激越的向上氛围。刘长卿不可能在这荒凉的县城选构出浩大对浩大的对此衬托,反王维而行之,表现了与盛唐王维截然相反的构图,也起到了很好的艺术效果,都是成功的,都是构图美学的高手。陵谷,《诗经·小雅·十月之交》:"烨烨震电,不宁不令。百川沸腾,山冢崒崩。高岸为谷,深谷为陵。哀今之人,胡憯莫惩。""陵谷",这里指社会的巨大衰败,这是唐由盛转衰的时代。最后以鸟雀无知人间巨变,仍然重复往日的活动,鸟雀也不知作者忧国忧民的内心的深沉呀。《昭昧詹言》:首二句破题:首句破'城'字,而以'上与白云齐'五字为象,则不枯矣;次句上四字'古'字,下三字'余干'。三、四赋古城,而以'秋草''夜乌'为象,则不枯矣。五、六'登'字中所望意。收句'古'字、'余干'字,切实沉着而入妙矣,以情有余、味不尽,所谓'兴在象外'也。言外句句有登城人在,句句有作诗人在,所以称为作者,是谓魂魄停匀。"①

## 5.综论

管世铭《读雪山房唐诗钞·七律凡例》称:"大历十子,所传互异,而皆不及随州……说者多以读少陵后,继以随州,便觉厌厌无色。不知文房开、宝进士,《全唐诗》编在李、杜前,特其诗与大历诸公并瓣香摩诘,原与子美异派,善读者自当另出一番手眼心胸。"正因为"瓣香摩诘",所以王士禛在《然灯记闻》里说:"七律宜读王右丞、李东川,尤宜熟玩刘文房诸作。"②为弟子指出学习、模仿长卿七律的重要性。

---

① 陈伯海编:《唐诗汇评》,杭州:浙江教育出版社,1995年版,第489页。
② 管世铭撰:《读雪山房唐诗选·读雪山房唐诗各体凡例》,清嘉庆十四年刻本。

刘长卿七律善于构图，选取特定的景物，通过一系列的图画，加上基调，从而表达自己的情感，富有清丽色彩。当然，通过图景表达情感，本是写作常用方法，一般人都会用，刘长卿的不同之处，是写景比例比较大，有的是接近全篇，如《登馀干县城》。刘长卿写景善于通过大小、纤阔、远近、高低、单群等对比展开，从而使画面有立体感、层次感、丰富感。又如《青溪口送人归岳州》："洞庭何处雁南飞，江荻苍苍客去稀。帆带夕阳千里没，天连秋水一人归。黄花裛露开沙岸，白鸟衔鱼上钓矶。歧路相逢无可赠，老年空有泪沾衣。"①全诗除最后两句是叙述外，其余六句全写景。洞庭湖在岳州，是友人去的地方。芦荻苍苍，友人形单影只，帆船归去千里之遥，水天茫茫。第五、六句继续写景，是洞庭湖的闲适一景，似乎在安慰友人，前途尚好。情感由伤感到欣慰再到伤感，主要通过写景来表现，可以说，刘长卿有意在七律的表达形式上有所开拓。《使次安陆寄友人》："新年草色远萋萋，久客将归失路蹊。暮雨不知涢口处，春风只到穆陵西。孤城尽日空花落，三户无人自鸟啼。君在江南相忆否，门前五柳几枝低。"②安陆，在湖北省，"涢口""穆陵"都在安陆。诗作描写了春天来了，到处草色萋萋，在外的游子归来甚至不记得原路了。但是作者待的地方是春风不易到之处，即皇恩难以到达，是双关语。周围空寂冷清，只有春鸟相啼。这时最想念的就是友人。可以看出，作者是要表达思念友人的情感。诗作先渲染春色如何繁闹，但是自己所在之处却春光难以到达，即官场失意，同时也叙写了安史之

---

① 彭定求等编:《全唐诗》,郑州:中州古籍出版社,1996 年版,第 848 页。
② 彭定求等编:《全唐诗》,郑州:中州古籍出版社,1996 年版,第 850 页。

乱给社会带来严重的衰败。叙述线索是从热闹到冷清到感情浓烈,这样的曲折进行,而这些就是通过写景、架构画面来表达的。情感曲折,耐人寻味,画面优美,诗意盎然。

其二,刘长卿的七律辞藻丰富华美。胡应麟说"七言律以才藻论,则初唐必首云卿,盛唐当推摩诘,中唐莫过文房,晚唐无出中山。不但七言律也,诸体皆然,由其才特高耳"[①]。首先善用叠词,叠词的运用能增加音乐性,增加行文之美。刘长卿近 60 首七律中,近半数都用了叠词,有的一首诗里面还不止一处。可以看出,作者是有意为之。其次,作者对虚词的运用也进行了探索。七律是七言,对叙述、抒情的连贯性的要求比五律要高。是否善于使用虚词是衡量七律写作水平高低的重要参考。如《初闻贬谪,续喜量移,登干越亭赠郑校书》:"青青草色满江洲,万里伤心水自流。越鸟岂知南国远,江花独向北人愁。生涯已逐沧浪去,冤气初逢涣汗收。何事还邀迁客醉,春风日夜待归舟。"[②]第一联的"自",第二联的"岂知""独向",第三联的"已""初",第四联的"还"。其中以第二、三联的对仗用的虚词的行篇作用更明显。虚词如果运用过多,就会造成假空、做作,减少诗作的内涵。如果全部是实词,就容易造成诗作的板滞。又如《狱中闻收东京有赦》:"传闻阙下降丝纶,为报关东灭虏尘。壮志已怜成白首,馀生犹待发青春。风霜何事偏伤物,天地无情亦爱人。持法不须张密网,恩波自解惜枯鳞。"[③]第二联的"已"

---

① 胡应麟撰:《诗薮》,上海:中华书局,1958 年版,第 180 页。

② 彭定求等编:《全唐诗》,郑州:中州古籍出版社,1996 年版,第 849 页。

③ 彭定求等编:《全唐诗》,郑州:中州古籍出版社,1996 年版,第 851 页。

"犹"，第三联的"偏""亦"。"已""犹"二字恰好表达了壮志未酬、心灰意冷的心情，"偏""亦"二字表达虽然遭受打击，但偶遇新机的宽慰。这些虚词的运用不但能使作品更好地传情达意，也使作品更加流畅自如。

其三，流畅蕴藉的特点。因为刘长卿善于写景构图，善于运用虚词，再加上表达的情感不是大开大合，往往比较曲折细腻，故具有流畅蕴藉的特点。如《送惠法师游天台，因怀智大师故居》："翠屏瀑水知何在，鸟道猿啼过几重。落日独摇金策去，深山谁向石桥逢。定攀岩下丛生桂，欲买云中若个峰。忆想东林禅诵处，寂寥惟听旧时钟。"①诗作描写了天台山的秀丽景色，瀑布、鸟鸣、石桥、岩桂等，渲染了幽深静谧的意境，令人神往，加上虚词运用自如，对仗也较工，诗作运转流利，情感蕴藉。《北归入至德州界，偶逢洛阳邻家李光宰》："生涯心事已蹉跎，旧路依然此重过。近北始知黄叶落，向南空见白云多。炎州日日人将老，寒渚年年水自波。华发相逢俱若是，故园秋草复如何。"②这是一首写途中遇到老友的诗作，就是表达多年未见、人事渐老的人之常情。运用了一系列的意象，如黄叶、白云、寒渚、秋草等，较好地表达了情感，加上虚词的运用，流畅自如，含蓄蕴藉。但是格调有点弱，浑厚之气没有。明朝李东阳说："《刘长卿集》凄婉清切，尽羁人怨士之思，盖这种悲哀凄怨的调子确实已经异乎雄浑壮丽、和平温厚的盛唐气象。"③翁方纲《石洲诗话》曰："随州七律，渐入坦迤矣。坦迤则一往易尽，此所以启中、晚之

---

① 彭定求等编：《全唐诗》，郑州：中州古籍出版社，1996年版，第850页。
② 彭定求等编：《全唐诗》，郑州：中州古籍出版社，1996年版，第849—850页。
③ 丁福保编：《历代诗话续编》下册，李东阳：《麓堂诗话》，北京：中华书局，1983年版，第1379页。

滥觞也。"①但不可否认,刘长卿有的诗作仍留有盛唐余绪,不可一概而论。贺贻孙《诗筏》曰:"刘长卿诗能以苍秀接盛唐之绪,亦未免以新隽开中晚之风。其命意造句,似欲揽少陵、摩诘二家之长而兼有之,而各有不相及、不相似处。其不相似、不相及,乃所以独成其文房也。"②《献淮宁军节度使李相公》被认为是刘长卿最富有豪壮之气的七律,诗中"建牙吹角""酬生死""答君恩"等,可谓金戈铁马、仗剑前行,慷慨任气、军心可用,不过所颂扬的李希烈最后竟落得个犯上作乱、被部将毒杀的可耻下场。另《送侯中丞流康州》:"长江极目带枫林,匹马孤云不可寻。迁播共知臣道枉,猜谗却为主恩深。辕门画角三军思,驿路青山万里心。北阙九重谁许屈,独看湘水泪沾襟。"③诗中"长江极目""万里心""九重"等,亦显阔远之气。张戒《岁寒堂诗话》云:"随州诗,韵度不能如韦苏州之高简,意味不能如王摩诘、孟浩然之胜绝,然其笔力豪赡,气格老成,则皆过之。与杜子美并时,其得意处,子美之匹亚也。'长城'之目,盖不徒然。"④指出刘长卿具有豪赡、老成的一面。刘长卿的一些意象重复过多,造成似曾相识之弊端,是存在的,如"白云""秋草"等用之过繁。

## (二)清朗淡泊的韦应物

韦应物(约737—约792),京兆万年(今陕西西安)人。天宝末,为

① 陈伯海编:《唐诗汇评》,杭州:浙江教育出版社,1995年版,第469页。
② 陈伯海编:《唐诗汇评》,杭州:浙江教育出版社,1995年版,第468页。
③ 彭定求等编:《全唐诗》,郑州:中州古籍出版社,1996年版,第851页。
④ 吴文治主编:《宋诗话全编》,张戒《岁寒堂诗话》卷上,南京:江苏古籍出版社,1998年版,第3244页。

玄宗三卫近侍,时年十五,颇任侠负气。后入太学,折节读书。广德中,任洛阳丞,被讼,弃官闲居。大历中,任京兆府功曹,摄高陵令,又历鄂县、栎阳二令。建中中,除比部员外郎,出为滁州刺史。贞元元年(785),转江州刺史。三年,入为左司郎中,出守苏州,卒。世称韦江州、韦左司或韦苏州。应物工诗,诗风高雅闲淡,自成一家,有《韦应物诗集》十卷。

韦应物的诗歌创作,储仲君将其划分为三个时期:"一、洛阳前后,自就读于太学至供职京兆府以前,这是一个积极向上的时期。二、长安—滁州,自就任京兆府功曹至罢滁州刺史,这是一个消沉失望的时期。三、江州—苏州,自出任江州刺史,到寓居永定寺,这是一个满足安逸的时期。这三个时期都在十年左右。"[1]如果给大历诗人的综合实力一个排名,韦应物、刘长卿、卢纶居前三,但刘长卿和卢纶的实力与韦应物的差距还很大。韦应物虽然不能和李杜、孟浩然、白居易、韩柳、高岑这些大家比,但是可以和"初唐四杰"的王杨卢骆、张说、许浑相提并论,算是唐诗中等中的一极。

历来对韦应物的评价甚高,常有人把韦应物与陶渊明、王维、孟浩然、柳宗元相并称。王士祯《分甘余话》:"东坡谓'柳柳州诗,在陶彭泽下,韦苏州上'。此言误矣。余更其语曰:韦诗在陶彭泽下,柳柳州上。余昔在扬州作论诗绝句,有云:'风怀澄澹推韦柳,佳处多从五字求。解识无声弦指妙,柳州那得并苏州!'又常谓:陶如佛语,韦如菩萨语,王右

---

① 储仲君撰:《韦应物诗分期的探讨》,《文学遗产》1984 年第 4 期,第 67 页。

丞如祖师语也。"①清代钱良择《唐音审体》曰:"昔人谓韦与王、孟鼎立为三,以其皆近陶体也。冯复京曰:韦公本有六朝浓丽之意,而澄之为唐调,突过唐人之上。"②把韦应物与王(维)孟(浩然)并列。清代吴德旋说"韦苏州柳柳州,学陶谢诸家而神合者也"③;近人杨启高则说:"其诗闲澹简远,人比之陶潜,称陶韦。实则其辞采秀发出于谢,《四库提要》谓其出于诸谢,实则出于小谢。"④有人将韦应物划于谢朓精工清秀一派,不一定确切,主流意见是宗陶渊明。

韦应物以五律著名,同时善写古体,这和大历诗人有明显区别,大历诗人一般古体诗不多,近体居多,七律也不少。但韦应物却相反,只有9首七律:《燕李录事》《赠王侍御》《自巩洛舟行入黄河即事,寄府县僚友》《紫阁东林居士叔缄赐松英丸捧对忻喜……所当服辄献诗代启》《寓居沣上精舍,寄于、张二舍人》《寄李儋元锡》《送章八元秀才擢第往上都应制》《送常侍御却使西蕃》《假中枉卢二十二书亦称卧疾兼讶李二久不访问……戏李二》。虽然数量不占优势,但亦能反映其艺术特征,也是其作品的重要组成部分。

《寓居沣上精舍,寄于、张二舍人》:"万木丛云出香阁,西连碧涧竹林园。高斋犹宿远山曙,微霰下庭寒雀喧。道心淡泊对流水,生事萧疏空掩门。时忆故交那得见,晓排阊阖奉明恩。"⑤"沣上",沣水边,沣水,

① 陈伯海编:《唐诗汇评》,杭州:浙江教育出版社,1995年版,第740页。
② 陈伯海编:《唐诗汇评》,杭州:浙江教育出版社,1995年版,第740页。
③ 厉志著,詹亚园点校:《白华山人诗集》,成都:巴蜀书社,2008年版。
④ 杨启高著:《唐代诗学》,南京:正中书局,1935年版,第192页。
⑤ 彭定求等编:《全唐诗》,郑州:中州古籍出版社,1996年版,第1048页。

源出终南山，流经长安西，人渭河。"精舍"，道士、僧人、玄士等修行者修炼居住之所。舍人，中书舍人，唐制正五品。首联描绘万木葱茏、竹林摇曳的优美环境，作者寄居的精舍就坐落在这里。颔联写居所在曙色中渐渐醒来，周围的鸟雀叽叽喳喳像是和人寒暄，多么轻松惬意的人与自然和洽相处，仙风道骨之感、恬然淡泊之怀由此显示出来，并很自然地引到颈联叙述的排除尘世、醉心隐居的思想。金圣叹曾在《贯华堂选批唐才子诗》提到律诗"不写景"说，所谓的"不写景"说是指不能纯粹漫无边际地写景，要景为情生，选景入情。韦应物这首诗作的首、颔二联的写景就是为了引出颈联所表达的淡泊情怀。"阊阖"，传说天宫的南门，也指皇宫的正门。尾联略带遗憾地说，故人长时间不能相聚的原因是什么？原来他们是公务在身呀，在官位上身不由己呀。这是一篇寄赠之作，表达自己暂且脱离公务，徜徉山水之间的乐趣，表达自己似乎对官宦的厌倦。陶渊明的辞官归隐思想在这首诗中表现得不强烈，似隐似淡，像佛家，又不说破也。金圣叹《贯华堂批唐才子诗》：

> 此不止是妙诗，直是妙画，且不止是妙画，直是禅家所谓妙境，乃至所谓妙理者也。看他"万木"下便画"丛云"字，只谓是眼注万木耳，却不悟其乃是欲写"出香阁"之三字。"出"字妙妙。此自是当境人，一时适然下得之字，我今亦不知其如何谓之"出"也。二忽然转笔，又写一碧涧，又写一竹园，有意无意，不必比兴。三四"高斋独宿"，即是宿此阁中；"微霰下庭"，便是下此阁前之庭也。"远山曙"妙，写尽独宿人心头旷然无事；"寒雀喧"妙，写尽微霰中众人生理凋瘁也。（前四句下）。

"淡泊"字,须知不是矜。"萧条"字,须知不是怨。"对流水"字,须知不为"淡泊"。"空掩门"字,须知不为"萧条"。总是学道人晚年有悟,一片旷然无事境界也。"时",不解作时时,是正当对水掩门之时。言此时,则正二舍人得君行志之时。夫行藏既已各判,忙闲自不相及,又安得而相见乎哉![①]

诗作涉及归隐,但结尾却是在官,所以在官为主,心隐逸罢了,这和陶渊明的区别是很大的。

《自巩洛舟行入黄河即事,寄府县僚友》:"夹水苍山路向东,东南山豁大河通。寒树依微远天外,夕阳明灭乱流中。孤村几岁临伊岸,一雁初晴下朔风。为报洛桥游宦侣,扁舟不系与心同。"[②]"巩",巩县;"洛",洛水。"乱流",众多水流。韦应物的诗风清丽,不常用典,以描绘清新传神景物为擅。这首诗不仅清新,也有磅礴之气。"夹水苍山"把山水相依、山水回环往复的意境出色地表现出来了。额联写景极妙,"寒树""天外"远近结合,"夕阳""乱流"颜色丰富,动感、层次感很强,表现了诗人高超的组图技巧。颈联继续写沿途所见,"孤""一"相对,渲染了孤单冷清的气氛。结尾把眼前的扁舟与自己思念友人的心联系起来,把前面的景与情全部贯穿起来。唐代送别诗很多,水平突出的也很多,但韦应物这首诗的结尾别出心裁,自成一家,表现了与一般人不一样的思路,这是他的过人之处。全诗没有用典故,娴雅自然。《贯华堂选批唐

---

① 陈伯海编:《唐诗汇评》,杭州:浙江教育出版社,1995年版,第752页。
② 彭定求等编:《全唐诗》,郑州:中州古籍出版社,1996年版,第1044页。

才子诗》：

> 读一、二，如读《水经注》相似，便将自洛入间一路心眼都写出来。又如读《庄子》外篇《秋水》相似，便将出于涯涘，乃知尔丑，向不至于子之门，实见笑于大方之家一段惭愧快活，都写出来也。三、四"寒树""远天""夕阳""乱流"，言山豁河通后，有如许眼界也（前四句下）。
>
> 五、六正双写末句"不系"之"心"也。"伊岸""孤村"，为时已久，"朔风""一雁"，现见初下，然而今日扁舟适来相遇，我直以为村亦不故，雁亦不新。何则？若言村故，则我今寓目，本自斩新；若言雁新，则顷刻舟移，又成故迹，此真将何所系心于其间也乎（后四句下）！①

金圣叹把这首诗提到《庄子》的高度，后四句从"新"与"不新"的角度去评论。清代赵臣瑗曰：

> 一写自巩县之洛水，迤逦而来，不知几许道路。但俯而观水，水则绿也，仰而观山，山则苍也；及志其所向之路，路皆东也，一何潇洒乃尔！二忽然向南，忽然山豁，忽然河通，遂换出一极苍茫浩荡之境界来，只此二语已不是寻常笔墨。三四但见远天之外有景依微，非寒树乎？乱流之中有光明灭，非夕阳

---

① 陈伯海编：《唐诗汇评》，杭州：浙江教育出版社，1995年版，第748—749页。

乎？此真是乍出口时光景,固不得写向后边也。五六久之而
后乃遇孤村,又久之而后见一雁,此真是岸转风(峰)回时光
景,固不得写向前边也。要之皆从"扁舟不系"中,匆匆领略其
一、二者,如此而亦何尝有所沾滞眷恋于其间哉！七八为报游
宦诸公,使之猛省,而却借扁舟之不系,轻轻带出"心"字,立言
之妙,一至于此。[①]

赵臣瑗对这首诗的艺术手法赞赏有加,不是偶然的。

《燕李录事》:"与君十五侍皇闱,晓拂炉烟上赤墀。花开汉苑经过
处,雪下骊山沐浴时。近臣零落今犹在,仙驾飘飖不可期。此日相逢思
旧日,一杯成喜亦成悲。"[②]"燕",同"宴"。"录事",唐代官命。"赤墀",
宫殿之台阶,涂以朱红色。这是一首宴请老同事时,不禁回忆天宝年间
的诗作。首联回顾在皇帝左右侍奉的日子,早晨炉香袅袅,玄宗准备升
朝议事。颔联写皇宫内外一年四季的景色,李杨二人过着富贵安祥的
日子。但是颈联陡然一转,距安史之乱爆发已经过去很长时间了,大唐
衰落了,遗臣不多了,玉环香消马嵬,玄宗也退位了,孤零零地待在宫中。
尾联提到,今日相逢是喜事,但是想想以前的繁华,看看现在的凋零,何
尝不悲伤呀。尾联有点弱,似乎有点浅白。诗作写得很含蓄,写天宝遗
事的作品很多,在韦应物之前有杜甫写于756年即安史之乱爆发第二
年的《哀江头》,但写李杨的作品大多比较直接,如韦应物以后白居易的

---

① 陈伯海编:《唐诗汇评》,杭州:浙江教育出版社,1995年版,第749页。
② 彭定求等编:《全唐诗》,郑州:中州古籍出版社,1996年版,第1040页。

《长恨歌》，李商隐的《马嵬》。韦应物不同，他在于通过与老友相逢这个角度顺带提到天宝遗事，国家之事又是每个人之事，直接影响到个人。其间透露的凄然冷落是真切感受到的，对盛唐的留恋也是明显的。这些体现了韦应物清淡的艺术风格，全诗没有用典，写景叙述缓缓道来，没有大开大合，惊涛击石，但同样起到了撞击读者心灵的效果，这就是韦应物所追求的诗歌写作特点。

《寄李儋元锡》："去年花里逢君别，今日花开已一年。世事茫茫难自料，春愁黯黯独成眠。身多疾病思田里，邑有流亡愧俸钱。闻道欲来相问讯，西楼望月几回圆。"①李儋，作者密友，二人多次唱和，曾官殿中侍御史。韦应物数次写诗相赠，如《赠李儋》："丝桐本异质，音响合自然。吾观造化意，二物相因缘。误触龙凤啸，静闻寒夜泉。心神自安宅，烦虑顿可捐。何因知久要，丝白漆亦坚。"②诗作反映了二人的亲密情谊。首联叙述分别已经一年，引起惦念之情。颔联有两个叠词相对——"茫茫""黯黯"，一般叠词相对能增加音韵的和谐响亮，容易朗朗上口，颔联有失望的情绪，反射出社会的不安定，不是繁荣向上的盛世了，在这种环境中，更觉得真挚友情的珍贵。前四句有点像闺情语，容易使人联想到作者惦记的是一位女友，似乎是瑕疵。不过从另一方面讲，这是否体现了韦应物柔情的一面，是婉丽的表现？颈联更具体讲到自己的情况，在自己为官的范围内，还有流离失所的人，感到内心有愧，对不起国家的俸禄，这是名句，反映了一个封建文人难能可贵的良心，

① 彭定求等编：《全唐诗》，郑州：中州古籍出版社，1996年版，第1052页。
② 彭定求等编：《全唐诗》，郑州：中州古籍出版社，1996年版，第1043页。

这是中国士大夫一种兼济天下的情怀，一种典范的内心高贵的道德修养。宋人黄彻说："韦苏州《赠李儋》云：'身多疾病思田里，邑有流亡愧俸钱。'《郡中燕集》云：'自惭居处崇，未睹斯（原作在）民康。'余谓有官君子，当切切作此语。彼有一意供程，专事土木，而视民如仇者，得无愧此诗乎？"①诗作结尾以月圆来表达自己急切见到故友的心情。全诗流畅如水，不事雕琢，信手写来，不同于大历时期其他诗人，这是韦应物特殊之处，他是一极，可以猜想其苦心孤诣，自铸风格。晚唐的司徒空把韦应物和王维并称，看中的应该就是韦氏的自然闲淡风格。律诗用典是最常见的手法之一，而韦应物在存量不多的七律中很少用典。

《送章八元秀才擢第往上都应制》："决胜文场战已酣，行应辟命复才堪。旅食不辞游阙下，春衣未换报江南。天边宿鸟生归思，关外晴山满夕岚。立马欲从何处别，都门杨柳正鬖鬖。"②章八元，睦州桐庐人，大历六年（771）进士。诗作行文平缓，如妇人叮嘱话语，无险壑急滩之描写，无临行涕零之叙述。"春衣未换报江南"指初春季节，"天边宿鸟生归思"提醒不要忘了家乡。"鬖鬖"，枝条柔长披散貌。尾联点名送别地点，送君千里终有一别，故乡的杨柳依依，无限留恋呀。诗作简单平淡，没有感情的回环起伏，这本是写作的一大弊端，文似看山不喜平，但韦应物是个例外。韦氏之所以避开这个缺陷，在于其熟练地创造了从淡中流出诗意，这是他的审美价值。清人施补华曾说："后人学陶，以韦公

---

① 丁福保：《历代诗话续编》本上册，黄彻：《蛩溪诗话》卷三，北京：中华书局，1983年版，第356页。

② 彭定求等编：《全唐诗》，郑州：中州古籍出版社，1996年版，第1057页。

为最深,盖其襟怀澄澹,有以契之也。"①苏东坡说"韦应物、柳宗元发纤秾于简古,寄至味于澹泊"②。对韦氏论述颇贴切。

综上,韦应物虽不以七律见长,但也体现了其与大历其他诗人不同的一面。胡震亨论大历诸家时说:"大抵厌薄开、天旧藻,矫入省净一途。自刘、郎、皇甫,以及司空、崔、耿,一时数贤,窃籥即殊,于隔非远,命旨贵沉宛有含,写致取淡冷自送。玄水一献,群醴覆杯,是其调之同。而工于浣濯,自艰于振举,风干衰,边幅狭,专诣五言,擅长饯送,此外无他大篇伟什岂望集中,则其所短尔。"③大历诸家普遍工于雕刻,多苦语,倾冷色,时空狭窄,气象不远。韦应物七律大多平铺直叙,直接抒情,清朗淡泊,优柔舒缓,冲和平静,像很少有激动情绪的温和先生,总是那么不紧不慢。韦的独特艺术表现方法,是大历一道亮丽景色,也是唐诗中不多见的现象,值得细细品味。

## (三)娴雅成熟的李嘉祐

李嘉祐(? —约 779),字从一,赵洲(今河北赵县)人。天宝七年(748),登进士第,曾贬鄱阳令,量移江阴令。大历中,入朝又出袁州刺史。建中中,为台州刺史。李嘉祐在肃宗、代宗时期的诗坛上有一定的地位,他的一部分诗反映了江南的战乱带来的萧条,有较强的现实主义色彩,是值得肯定的,但很多文学史中并未提到。大历诗人给大家的印

---

① 　陈伯海编:《唐诗汇评》,杭州:浙江教育出版社,1995 年版,第 740 页。
② 　陈伯海编:《唐诗汇评》,杭州:浙江教育出版社,1995 年版,第 738 页。
③ 　胡震亨:《唐音癸签》,上海:上海古籍出版社,1981 年版。

象是只管青山白云，这种认识是非常片面的。其七律，除去与刘长卿重复收录的外，有 22 首，分类如下：

| 分类 | 题目 | 数量 |
|---|---|---|
| 寄赠类 | 自苏台至望亭驿人家尽空春物增思怅然有作因寄从弟纾、游徐城河忽见清淮，因寄赵八、晚发咸阳，寄同院遗补 | 2 |
| 记游类 | 题灵台县东山村主人、同皇甫冉登重玄阁、宋州东登望题武陵驿、晚登江楼有怀、与从弟正字、从兄兵曹宴集林园、题游仙阁白公庙 | 7 |
| 抒情类 | 承恩量移宰江邑，临鄱江怅然之作 | 1 |
| 送别类 | 送朱中舍游江东、送窦拾遗赴朝因寄中书十七弟(窦拾遗叔向其弟窦舒也)、秋晓招隐寺东峰茶宴，送内弟阎伯均归江州、送郑正则汉阳迎妇、送皇甫冉往安宜、送舍弟、送从弟永任饶州录事参军、送马将军奏事毕归滑州使幕 | 8 |
| 酬和类 | 酬皇甫十六侍御曾见寄(此公时贬舒州司马)、暮春宜阳郡斋愁坐，忽枉刘七侍御新诗，因以酬答 | 2 |
| 悲悼类 | 闻逝者自惊、伤歙州陈二使君 | 2 |
| 总计 | | 22 |

### 1. 记游类

《题灵台县东山村主人》："处处征胡人渐稀，山村寥落暮烟微。门临莽苍经年闭，身逐嫖姚几日归。贫妻白发输残税，馀寇黄河未解围。天子如今能用武，只应岁晚息兵机。"[①]灵台县，今甘肃东南部。从内容看，是作者经过此地看到萧索的景象有感而发，写下此作。首句"征胡"点出了乡村衰落的重要原因，战争导致人丁减少，生产荒芜。颔联写一

① 彭定求等编：《全唐诗》，郑州：中州古籍出版社，1996 年版，第 1175 页。

些农户几年都没有人开门,因为征战胡人没有回来。颈联进一步写农村仍要交赋税,朝廷的军队取胜很困难。尾联提出希望,天子英明,成功平叛指日可待。诗作书写了农村的凋零,赋税的繁重,希望朝廷能早日走出阴暗,给天下黎民以安乐。对现实的揭露是这首诗的重要特点,是大历诗人关心时事的一篇重要作品。大历诗人的写作描写的也不都是白云青山,也有战争和老百姓的疾苦。如皇甫冉《送袁郎中破贼北归》:"万里长闻随战角,十年不得掩郊扉。"①皇甫冉《送孔巢父赴河南军》:"闻道全师征北虏,更言诸将会南河。边心杳杳乡人绝,塞草青青战马多。"②诗中"贫妻白发输残税"揭露的社会矛盾尤其尖锐,和晚唐诗人杜荀鹤《山中寡妇》"桑柘废来犹纳税,田园荒后尚征苗。时挑野菜和根煮,旋斫生柴带叶烧"陈述的事实有相似之处。

《题游仙阁白公庙》:"仙冠轻举竟何之,薜荔缘阶竹映祠。甲子不知风驭日,朝昏唯见雨来时。霓旌翠盖终难遇,流水青山空所思。逐客自怜双鬓改,焚香多负白云期。"③《题游仙阁白公庙》又作《题游仙阁息公庙》,这是一首游览诗作,借写白公庙表达自己贬谪失意之感。"仙冠",指庙中白公的头冠,用"薜荔缘阶"形容白公庙的人迹罕至和冷清,诗歌开头渲染这样一个凄清的环境,为下文的进一步描绘和抒情定下一个基调。颔联承首联,继续写白公庙几十年不知岁月流逝,只是孤零零地任自然界的风风雨雨吹吹打打,这何尝不是孤单的自己的影子呢?

---

① 彭定求等编:《全唐诗》,郑州:中州古籍出版社,1996 年版,第 1539 页。
② 彭定求等编:《全唐诗》,郑州:中州古籍出版社,1996 年版,第 1543 页。
③ 彭定求等编:《全唐诗》,郑州:中州古籍出版社,1996 年版,第 1175 页。

这是找二者的联系,托物言志的基础和生发点。颈联转写自己遭遇,"霓旌翠盖"指皇恩,皇恩没有遇到,即曾被贬鄱阳令,只能沉浸于"流水青山"。尾联写自己逐渐衰老,不断努力但还没看到转机,一股惆怅之情溢于言表。《山满楼注唐诗七言律》中评道:

> 息公不知何许人?其庙意必在先生谪宦之所。夫谪宦之
> 与飞仙,相去远矣,故此诗实借以致慨,并非有慕于餐霞咽气
> 之术也。一其人已往,二其庙空存,三曾莫考其时代,四亦未
> 见其灵奇,细玩语意,颇似以为不足深信者。下乃忽然转笔,
> 极写逐客苦况,无论"霓旌翠盖",上真之路长虚,即此"流水青
> 山"世外之缘亦浅,斯何人耶?盖即红尘中之所谓逐客者也。
> "自怜双鬓改",言趁此静修,已恐无及,而白云悠悠,焚香少
> 暇,吾其如此息公何哉![1]

先渲染庄严而又落寞的环境,其意暗指自己。

2.寄赠类

《自苏台至望亭驿人家尽空春物增思怅然有作因寄从弟纾》:"南浦菰蒋覆白蘋,东吴黎庶逐黄巾。野棠自发空临水,江燕初归不见人。远岫依依如送客,平田渺渺独伤春。那堪回首长洲苑,烽火年年报甀

---

① 陈伯海编:《唐诗汇评》,杭州:浙江教育出版社,1995年版,第854—855页。

尘。"① 此又作郭良骥诗,佟培基《全唐诗重出误收考》考证为李嘉祐作。② 从题目上,"望亭驿人家尽空"是说看到战乱引起社会凋敝,人烟稀少。首联用"黄巾"来喻指江南的农民起义,上元年间,江南发生了刘展、晁刚发动的农民起义,社会遭到严重破坏。颔联写战乱杀戮非常严重,十室九空,不见人烟。颔联看似写得自然如流水,不动声色,实则包含多少失望和惆怅,但这失望和惆怅在写景中表现出来,这就是诗歌的典型写法,直接说出来就乏味一些了。颔联中的"野棠""燕"是近景,随着颈联写远景,"远岫""渺渺"把镜头拉远了,一近一远,错落搭配,构成有纵深的图画,为尾联做铺垫,也使作品有深邃感。尾联沉痛地抒情,"那堪"表明战争频仍,生灵涂炭,"年年"又一次强调,愤慨无奈之情爆发出来。这是一首揭露社会现实的优秀诗篇。《山满楼笺注唐诗七言律》中评道:

> 此舟行纪事之作,通篇只写得"不见人"三字,而此三字却于第四句末,轻轻带出,奇矣。其所以不见人者,唯逐黄巾之故,然则"东吴"句乃是一篇之主,看他有意无意,将南浦一带春物,先写过一句,而后陡然横插此句,又如对偶然,真大奇事也。一是言水路不见有行人,三是言陆路不见有行人,四是言屋中不见有居人,五是言客过不见有人送迎,六是言田荒不见

---

① 彭定求等编:《全唐诗》,郑州:中州古籍出版社,1996年版,第1175页。
② 佟培基编撰:《全唐诗重出误收考》,西安:陕西人民教育出版社,1996年版,第161—162页。

有人耕种。夫无人送客犹之可也，若无人耕田且奈之何哉？
故足之曰"独伤春"……"年年"字最惨，如此景色，如此情事，
一年已不堪矣，况年年乎。嗟夫，尔日之黎庶，宁尚有生
理哉！①

刘展本为唐朝的宋州制史，并领淮西节度副使。后做淮西监军使
的宦官邢延恩设计欲擒拿拥兵自重的刘展，谁知事泄，刘展起兵造反，
占领江苏南部。肃宗急调用来防御安史叛军的田神功军队南下对决刘
展，经过鏖战，战胜刘展，但江南受到严重破坏，朝廷军队"大掠十余
日"。诗作就是记叙当时当地的惨状。

《晚发咸阳，寄同院遗补》："征战初休草又衰，咸阳晚眺泪堪垂。去
路全无千里客，秋田不见五陵儿。秦家故事随流水，汉代高坟对石碑。
回首青山独不语，羡君谈笑万年枝。"②代宗时期外患不断，吐蕃等少数
民族数十万军队兵临城下，曾经逼至凤翔府盩厔县，京城形势紧张，不
得不全城戒严，朝廷颓势一时间难以改变。从题目看，诗人是在去咸阳
途中写的，诗中"草又衰"表明季节是秋天，"泪堪垂"说明朝廷在战争中
处于不利地位，遭殃最重的是老百姓，和杜甫的"感时花溅泪"有相同的
忧国情怀。额联写路上人烟稀少，田里看不到年轻人劳作，战争使大量
青壮年从军和死亡，"不见五陵儿"只是静静地叙述，但透露出的信息很
大，是战争造成了严重的社会问题。颈联用秦汉朝的替代来暗示诗人

---

① 陈伯海编：《唐诗汇评》，杭州：浙江教育出版社，1995年版，第853页。
② 彭定求等编：《全唐诗》，郑州：中州古籍出版社，1996年版，第1176页。

自己的忧患,强大的秦汉灭亡了,只留下故事古坟,那么这样下去,唐朝不也是要步秦汉的后尘吗?颈联对仗工整,含义警醒,和李白《登金陵凤凰台》中的"吴宫花草埋幽径,晋代衣冠成古丘"有异曲同工之妙。尾联"青山不语"更显示出悲凉之意,体现了诗人心忧天下的担当。"万年枝",木名,这里指长安京城宫殿苑囿中的树木,推知遗补此人生活在京城,境况比作者强。这首诗结尾格局有点小,这是受到寄赠诗的影响。全诗忧患意识强烈,反映了战乱情况下诗人关注现实的一面,艺术上体现了娴熟的特点。

### 3.悲悼类

《闻逝者自惊》:"亦知死是人间事,年老闻之心自疑。黄卷清琴总为累,落花流水共添悲。愿将从药看真诀,又欲休官就本师。儿女眼前难喜舍,弥怜双鬓渐如丝。"[1]这是一首作者晚年的作品,人到暮年,对死亡就格外关注,听到别人去世的消息有所惊颤,是人之常情,这首诗就记叙了这个过程。第二联写自己平时生活是诗书为伴,琴声养性,下一句却写到自然界了,这是李嘉祐一个常用的写作角度,在一联中,上句写人或社会,下句写自然界的事物来渲染或衬托。第三联写自己想通过道术求得长生,但作者也知道不过是徒费力气罢了,甚至想弃官专门从事道术。尾联还是回到现实,年事已高,听天由命。这首诗表达了作者一种比较顺应自然的态度,并没有表现出激烈的思想情感,艺术上没有特别之处。

---

① 彭定求等编:《全唐诗》,郑州:中州古籍出版社,1996年版,第1177页。

《伤歙州陈二使君》:"怜君辞满卧沧洲,一旦云亡万事休。慈母断肠妻独泣,寒云惨色水空流。江村故老长怀惠,山路孤猿亦共愁。寂寞荒坟近渔浦,野松孤月即千秋。"①"使君",指对州郡长官的尊称,也指对人的尊称,从诗中"辞满卧沧洲"看,应是朝廷官员。诗的开头叙述友人是在沧洲病亡的。第二联继续写病亡给亲人所带来的伤痛,第四句并没有继续写人的伤痛,而是转到自然界,用自然界的意象来渲染悲伤,这些意象是自觉化了的,这是作者一贯的写法,这样写也避免了合掌,但是给人的感觉是转得太快。第三联的写法和第二联的写法没有区别,上句写人的感觉,下句写自然界,这样错开,给人有顿挫的艺术感受。最后一联纯写景,荒郊野外,冷月孤悬,萧瑟凄凉,与苏轼的《江城子·乙卯正月二十日夜记梦》的结尾类似:"料得年年肠断处,明月夜,短松冈。"此作中间两联的写法别具一格,是七律的一种变化。最后一联摄取的镜头很经典,痛惜之情抒发得委婉蕴藉。古人称这种手法为"借物指点"。清代梁九图《十二石山斋诗话》卷二云:

> 借物指点是诗家真谛。闺秀丁静娴瑜《家居》云:"木石风花结四邻,寂寥门巷久无人。昔年燕子今重到,始信交情尔独真。"张古政学典《感亡姊旧居》云:"绣网蛛丝镜满尘,闲花狼藉不知春。添愁怕见梁间燕,犹是呢喃觅主人。"二诗意匠正复相似。②

---

① 彭定求等编:《全唐诗》,郑州:中州古籍出版社,1996年版,第1177页。
② 新文丰出版社编:《清诗话访佚初编》,台北:台湾新文丰出版公司,1987年版。

故《伤歙州陈二使君》用这种方法也是高明的,做到语短情长。

4.送别类

《送皇甫冉往安宜》:"江皋尽日唯烟水,君向白田何日归。楚地蒹
葭连海迴,隋朝杨柳映堤稀。津楼故市无行客,山馆荒城闭落晖。若问
行人与征战,使君双泪定沾衣。"①"皇甫冉",大历时期著名诗人。"安
宜",在今江苏扬州宝应县,历史上丝绸纺织等手工业非常发达。首联
写景起句,从"烟水""白田"二词看,应是春天,而且是仲春,在秧苗插播
之际,"白田"与王维《积雨辋川庄作》中"漠漠水田飞白鹭"是同一景色。
"烟水"二字造字很富有诗意,把柳絮春花覆水的状态表述出来。颔联
中"楚地""隋朝杨柳"是两地,楚地指送行的地点,隋朝杨柳指扬州,因
隋炀帝下扬州在运河两岸栽插杨柳,安宜在扬州,正好符合。颈联写萧
条的街景,从前熙熙攘攘的人流没有了,战争的创伤还没有医治,新的
内乱外患也接踵而至。最后点到地方官对战争的无奈。这首诗的重要
特点是将送别和时事联系起来,把社会背景充溢其中,蒙上了一层忧愤
的色彩,使诗歌的内容大大拓展。大历诗人不但在写景状物的精细化
方面做出贡献,对社会现实也没有忘记,虽然没有喊出"位卑未敢忘忧
国",但心中的牵挂没有或缺。

《送朱中舍游江东》:"孤城郭外送王孙,越水吴洲共尔论。野寺山
边斜有径,渔家竹里半开门。青枫独映摇前浦,白鹭闲飞过远村。若到

---

① 　彭定求等编:《全唐诗》,郑州:中州古籍出版社,1996 年版,第 1175—1176 页。

西陵征战处,不堪秋草自伤魂。"①唐朝的江东一般指苏南和浙江,"越水吴洲"即指吴越山水。颔联接着写吴越山水的宁静秀雅,"野寺""渔家"是富有诗意的地方,容易使人产生对世外生活的向往。颈联描绘的景色继续颔联的基调,悠然闲适,青枫、前浦、白鹭,这些意象都是精心选择的结果。尾联一改诗风,回到不尽如人意的现实,现在仍是乱世,友人去的江东治安相对稳定一些。这首诗的特点能代表李嘉祐娴雅的风格,中间两联信手拈来,相映成趣,显示了作者遣词造句的功力。对现实也是关心的,只不过在这里轻轻带过,没有具体描绘和倾注强烈的情感。

5.酬和类与抒情类

《暮春宜阳郡斋愁坐,忽枉刘七侍御新诗,因以酬答》:"子规夜夜啼楮叶,远道逢春半是愁。芳草伴人还易老,落花随水亦东流。山临睥睨恒多雨,地接潇湘畏及秋。唯羡君为周柱史,手持黄纸到沧洲。"②宜阳是袁州治所,李嘉祐曾任袁州刺史,此诗即作于袁州任上。以子规夜啼入笔,一开始就渲染了凄清忧愁的气氛,然后点明季节。第二联用春天的景物来表达人生易老和时间流逝的惆怅,顺势流畅,婉转自然。第三联也是要求对仗的,但这个对仗粗看,"睥睨"是动词,"潇湘"是名词,词性不对,但这个是句中对,"睥"对"睨","潇"对"湘",这一联接上联继续写忧愁感。《山满楼笺注唐诗七言律》评语甚详:

---

① 彭定求等编:《全唐诗》,郑州:中州古籍出版社,1996年版,第1174页。
② 彭定求等编:《全唐诗》,郑州:中州古籍出版社,1996年版,第1176页。

子规之声曰不如归去，今"夜夜啼"其告我也切矣。然而不得归者，奈道远何？"逢春半是愁"，言春未逢子规啼，则归心未触，其愁或不如是之甚也。三四承上，人易老，故伴人之芳草不能无老，芳草何不幸而如我？水东流，故随水之落花得与俱东，我何不幸而不如落花！正所以曲写其愁心，岂但伤时序之忽忽而已。①

"子规""落花""多雨"是愁的代表，是正常写法，但"芳草"不是，"芳草"是青春蓬勃的象征，在这里起衬托作用，使景物呈现出多种色彩，奇瑰初显，表达的意味更耐咀嚼。

《酬皇甫十六侍御曾见寄》："自顾衰容累玉除，忽承优诏赴铜鱼。江头鸟避青旄节，城里人迎露网车。长沙地近悲才子，古郡山多忆旧庐。更柱新诗思何苦，离骚愁处亦无如。"②"皇甫十六"，指皇甫曾。"铜鱼"，指太守职位，隋初遂存州废郡，以州刺史代郡守之任，即隋文帝废郡，以州领县，该时期刺史与前代太守无异，此后太守不再是正式官名，仅用作刺史或知府的别称，至明清则专称知府。首联写诗人自己奉诏去袁州赴任。"露网车"，毂上有彩绘的车子，指作者所乘的车。颔联写自己赴任袁州途中所见，比较有气势，旗旄华车，百姓夹道而迎。袁州的治所在宜春，接近长沙，而长沙曾是汉初贾谊贬黜和身死的地方，贾谊是郁郁不得志的代表，"才子"即指他。"旧庐"指九江陶渊明的故居，

---

① 陈伯海编：《唐诗汇评》，杭州：浙江教育出版社，1995年版，第855页。
② 彭定求等编：《全唐诗》，郑州：中州古籍出版社，1996年版，第1176页。

其《归园田居》有"结庐在人境,而无车马喧"的名句。颈联用典,提到了历史上两个文化名人,从这两个典故可以看出,作者比较倾慕二人,属于清流一派。尾联写到了愁,用《离骚》的典故来表达。大历诗人很多诗篇都涉及南方山水,提到屈原和楚辞的也不在少数。这与当时比较困顿的社会有关,个人的志向难以发展。如李嘉祐的《夜闻江南人家赛神,因题即事》:"南方淫祀古风俗,楚妪解唱迎神曲。镗镗铜鼓芦叶深,寂寂琼筵江水绿。雨过风清洲渚闲,椒浆醉尽迎神还。帝女凌空下湘岸,番君隔浦向尧山。月隐回塘犹自舞,一门依倚神之祐。韩康灵药不复求,扁鹊医方曾莫睹。逐客临江空自悲,月明流水无已时。听此迎神送神曲,携觞欲吊屈原祠。"①详细地描绘南方的祭祀以及自己的失意。《酬皇甫十六侍御曾见寄》这首酬寄诗表达自己不如意的生活状态。

《承恩量移宰江邑,临鄱江怅然之作》:"四年谪宦滞江城,未厌门前鄱水清。谁言宰邑化黎庶,欲别云山如弟兄。双鸥为底无心狎,白发从他绕鬓生。惆怅闲眠临极浦,夕阳秋草不胜情。"②这是作者在即将离开为官四年的鄱阳去任江阴令时所作。这首诗也是极度显示了李嘉祐善于在一联中将人或社会与自然界相对应着写的这样一个常用手法,显得跌宕生姿,腾挪变化。首联写在鄱阳的四年生涯即将结束,从"滞"字上看,是不满意的,但是下句一转,鄱阳的山水我还是很喜欢的,这样有个转折。第二联说我在鄱阳当官就是居高临下教化老百姓的,最起码此地的白云青山和我像兄弟一样,又是一转。第三联"双鸥"典故出自

---

① 彭定求等编:《全唐诗》,郑州:中州古籍出版社,1996 年版,第 1166 页。
② 彭定求等编:《全唐诗》,郑州:中州古籍出版社,1996 年版,第 1175 页。

《列子·黄帝篇》:海上有人与鸥鸟相亲近,互不猜疑,后此人存心抓海鸥,海鸥就离他远远的。王维《积雨辋川庄作》中"野老与人争席罢,海鸥何事更相疑"就是此典故。第三联写自己并无多少贪欲,年事不小了。尾联说到自己心情惆怅,但夕阳秋草对我依依惜别,用自然界的意象来结尾,使诗歌增添了一番韵味。

### 6. 余论

李嘉祐在《中间闲气集》中被高仲武评为"中兴高流",评价比较高。个人认为李嘉祐的七律有两个比较突出的特点。其一是他的关注现实。这一点,傅璇琮在《唐代诗人丛考·李嘉祐考》中认为皎然在《诗式》中评价大历诗人"窃占青山白云,春风芳草,以为己有"是片面的。[①]李嘉祐对现实的关注在诗中体现很多,除前文举的例子外,如《宋州东登望题武陵驿》:"梁宋人稀鸟自啼,登舻一望倍含凄。白骨半随河水去,黄云犹傍郡城低。平陂战地花空落,旧苑春田草未齐。明主频移虎符守,几时行县向黔黎。"[②]诗中较详细地描绘了战乱给南方带来的萧瑟凄凉、白骨累累、田地荒芜惨状。诗中所揭露的社会问题严重程度直追杜甫诗作。

其二,写作方法上善于在一联中将人物和自然界交替。一般律诗创作在同一联中,人物活动对举,自然界对举。如杜甫《九日蓝田崔氏庄》:"老去悲秋强自宽,兴来今日尽君欢。羞将短发还吹帽,笑倩旁人为正冠。蓝水远从千涧落,玉山高并两峰寒。明年此会知谁健,醉把茱

---

① 傅璇琮撰:《唐代诗人丛考》,北京:中华书局,1980 年版,第 232 页。
② 彭定求等编:《全唐诗》,郑州:中州古籍出版社,1996 年版,第 1175 页。

莫仔细看。"①前两联上下两句人的活动对举,第三联自然界事物对举。又如杜甫《曲江二首(其二)》:"朝回日日典春衣,每日江头尽醉归。酒债寻常行处有,人生七十古来稀。穿花蛱蝶深深见,点水蜻蜓款款飞。传语风光共流转,暂时相赏莫相违。"②第一联两句写作者的生活,第二联写人生,第三联两句全句写动物,第四联两句全写作者希望,没有在同一联中人事和自然界各占一句的情况。但杜甫也不可能全这样,只是大部分是这样的,其他作家也是这个情况。像李嘉祐频繁在同一联人事和自然界对举的作家比较少,试再举几例李嘉祐诗句:《同皇甫冉登重玄阁》的第一联"高阁朱栏不厌游,蒹葭白水绕长洲",上句写人,下句写自然界;《送郑正则汉阳迎妇》的第三联"望夫山上花犹发,新妇江边莺未稀",③花和人各占一句。虽然人事和自然界在同一联中各占一句,但它们是关联的,相互衬托共同表达一个意思,这样的好处是散得开,缺点是控制不好,跳跃性太大的话,就太突兀了。

① 彭定求等编:《全唐诗》,郑州:中州古籍出版社,1996年版,第1313页。
② 彭定求等编:《全唐诗》,郑州:中州古籍出版社,1996年版,第1318页。
③ 彭定求等编:《全唐诗》,郑州:中州古籍出版社,1996年版,第1175页。

# 三、戴叔伦、皇甫冉、戎昱的七律创作

## （一）空迷婉伤的戴叔伦

戴叔伦（732—789），字幼公，一字次公。一作名融，字叔伦，润州金坛（今江苏常州）人。大历、贞元年间江南地方官诗人。吏干卓著，历任湖南、河南转运留后，东阳县令，抚州刺史，容管经略使。温雅善举止，有节概，为时人称赏。以诗才政绩享誉当时。与朱放、耿沣、崔峒、吴少微、秦系等交游。贞元五年（789）上表请度为道士，未几卒。《全唐诗》编选二卷，其中大量羼入唐代方干，宋代王安石、周瑞臣，元代丁鹤年，明代刘崧、张以宁、王广洋等人作品。有七律 24 首，据蒋寅及佟培基考证，以下 13 首较为可靠，《少女生日感怀》《游清溪兰若（兼隐者旧居）》《赠史开府》《和汴州李相公勉人日喜春》《奉酬卢端公饮后赠诸公见示之作》《越溪村居》《赠韩道士》《过故人陈羽山居》《过贾谊旧居》《宫词》《汉宫人入道》《哭朱放》《酬盩厔耿少府耿沣见寄》。

《和汴州李相公勉人日喜春》："年来日日春光好，今日春光好更新。独献菜羹怜应节，遍传金胜喜逢人。烟添柳色看犹浅，鸟踏梅花落已频。东阁此时闻一曲,翻令和者不胜春。"①"金胜",以金箔镂为人形的花饰。此诗为建中元年(780)人日和李勉所作,以正月初七这天迎春为题。诗中除颈联外,都是叙述这件事情的过程,没什么亮色,倒是颈联写景颇生动,柳树发芽,但是还小,春鸟啾啾,梅花已经开始凋落,鸟和梅花拼图在一起,有动感,传神地表达了春已来临的气息。"《贯华堂选批唐才子诗》:三借立春,恰写自己。四借人口,恰写相公。'独献'好,'喜逢'好,犹言:何意良时,成此奇遇?(前四句下)。五、六妙妙,才说柳看犹浅,早说梅落已频,此即《论语》'日月逝矣,岁不我与'之意,其所望于相公特有至呕,不止是写立春景物而已。金雍补评:一、二连用两'春'字,至末又以'春'押脚,此复章法,浅人乃更讥其字重。"②

《过贾谊旧居》:"楚乡卑湿叹殊方,鵩赋人非宅已荒。谩有长书忧汉室,空将哀些吊沅湘。雨馀古井生秋草,叶尽疏林见夕阳。过客不须频太息,咸阳宫殿亦凄凉。"③首联写所见,地势低湿,贾谊旧居荒凉。颔联说贾谊忧国忧民,写了《过秦论》等策论,但汉皇并不欣赏,"可怜夜半虚前席,不问苍生问鬼神",今天作者来凭吊先贤。颈联又转入描写眼前所见,"古井"指贾谊井,楚地多雨,贾谊井生了青苔,秋天落叶纷纷,夕阳穿过树林,一派萧瑟凄凉的景象。看到这些,不要过分悲悯,声威赫赫的秦首都咸阳的宫殿早已被项羽烧了,提到咸阳,暗含贾谊曾写过总结秦亡教训的《过秦论》,韵味悠长。诗作渲染了荒凉凄清的环境,对

①　彭定求等编:《全唐诗》,郑州:中州古籍出版社,1996 年版,第 1675 页。
②　陈伯海编:《唐诗汇评》,杭州:浙江教育出版社,1995 年版,第 1446 页。
③　彭定求等编:《全唐诗》,郑州:中州古籍出版社,1996 年版,第 1676 页。

历史沧桑表达了无奈之情,对贾谊的遭遇表达了同情,同时也是对自己仕途不顺的间接不满。在凭吊贾谊的诸多作品中,此作也算是名篇了。

《酬盩厔耿少府湋见寄》:"方丈萧萧落叶中,暮天深巷起悲风。流年不尽人自老,外事无端心已空。家近小山当海畔,身留环卫荫墙东。遥闻相访频逢雪,一醉寒宵谁与同。"①从题目上看,这是和大历十才子之一的耿湋之间的唱和,据傅璇琮考证,耿湋在宝应二年(763)至大历元年(766)任盩厔尉,诗应在此间作。② 诗作主要抒发的是时间易逝、人生易老的感慨,这是个陈旧的主题。首联叙述自己在一丈见方的居室里,在瑟瑟风中感到孤单无助。中间二联比较平淡。最后希望耿湋早点来访,与己一醉方休,可见二人友谊之深。"《贯华堂选批唐才子诗》:金雍补评:一解只写无人见寄,以与后解顿挫耳(首四句下)。又云:少府见寄,只道相访,如此奉酬,便要相招矣。此非无理穷相,实是同调共怜也。故云唐人五、六措语,一意全为七、八。试看如此七、八,若无五、六,即岂复成诗? 然如此五、六,若无七、八,则又何为而云乎(末四句下)?"③

《越溪村居》:"年来桡客寄禅扉,多话贫居在翠微。黄雀数声催柳变,清溪一路踏花归。空林野寺经过少,落日深山伴侣稀。负米到家春未尽,风萝闲扫钓鱼矶。"④至德元年(756)十二月,永王李璘擅自引兵东下,朝廷以叛逆罪讨伐,江淮生乱,戴叔伦避难饶州。"越溪",泛指越地

---

① 彭定求等编:《全唐诗》,郑州:中州古籍出版社,1996 年版,第 1677 页。
② 傅璇琮撰:《唐代诗人丛考》,北京:中华书局,1980 年版,第 495 页。
③ 陈伯海编:《唐诗汇评》,杭州:浙江教育出版社,1995 年版,第 1447 页。
④ 彭定求等编:《全唐诗》,郑州:中州古籍出版社,1996 年版,第 1676 页。

之溪,这里指鄱阳,鄱阳古属越地。"桡客",指作者以前经常划船;"翠微",半山腰苍翠掩映处。首联写作者来到饶州后,寄居在山下。颔联写春天来了,春鸟鸣唱,柳树发芽,作者沿溪游玩,踏花而归。颈联说寺庙去得比较少,在深山里熟人很少。"负米"出自《孔子家语》,意为外出求取俸禄钱财等以孝养父母。"钓鱼矶",用的是东汉光武帝刘秀少年同伴严光的典故:"严光字子陵,一名遵,会稽余姚人也。少有高名,与光武同游学。及光武即位,乃变名姓,隐身不现。帝思其贤,乃令以物色访之。后齐国上言,有一男子,披羊裘钓泽中。帝疑其光,乃备安车玄遣使聘之。"①然光武累征而未就。曰:"昔唐尧著德,巢父洗耳,士故有志,何至相迫乎?"②后人即名其钓处为严陵濑,言钓鱼矶自比为严子陵正表明此意。诗作写景状物清新,对仗工整,结体流畅,是戴叔伦的七律代表作。

《游清溪兰若(兼隐者旧居)》:"西看叠嶂几千重,秀色孤标此一峰。丹灶久闲荒宿草,碧潭深处有潜龙。灵仙已去空岩室,到客唯闻古寺钟。远对白云幽隐在,年年不离旧杉松。"③似作于隐居南昌之时。清溪,进贤县西二十里。首联写兰若的秀丽风光,重峦叠嶂。丹灶,道家炼丹之灶。最后三联通过对道家荒址的叙述,佛家钟声的描绘,渲染一种清幽空灵的境界,流露出对时间飞逝、沧桑易改的无奈,表达自己对世俗的厌倦,对佛道世界的心驰神往。当然,作者并不是真皈依佛道,

① 范晔撰:《后汉书》,北京:中华书局,2007 年版,卷 83。
② 范晔撰:《后汉书》,北京:中华书局,2007 年版,卷 83。
③ 彭定求等编:《全唐诗》,郑州:中州古籍出版社,1996 年版,第 1675 页。

只是精神向往而已，是大历诗人理想破灭后的一声叹息。全诗写景生动，笼罩一层仙灵之气，有飘飘欲仙的感觉。

戴叔伦以约十余首七律在大历七律诗坛也占有一席之地，首先写景清新传神，通过意象的组合，描绘一个或空灵，或迷离，或生机勃发的境界，从而表达自己的情感。如《过故人陈羽山居》："向来携酒共追攀，此日看云独未还。不见山中人半载，依然松下屋三间。峰攒仙境丹霞上，水绕渔矶绿玉湾。却望夏洋怀二妙，满崖霜树晓斑斑。"①第三联描绘了千峰攒聚、碧水荡漾的景色，尾联叙述屋在青松下，借以烘托友人的高洁节操。又如《赠韩道士》："日暮秋风吹野花，上清归客意无涯。桃源寂寂烟霞闭，天路悠悠星汉斜。还似世人生白发，定知仙骨变黄芽。东城南陌频相见，应是壶中别有家。"②"野花""桃源""烟霞""星汉""黄芽"等意象的组合，把道士居所清幽的环境、浪漫的境界、神奇的法术结合在一起，契合题目，富有意境美。

戴叔伦善于表现时间易逝、沧桑变化的主题。《哭朱放》："几年湖海挹馀芳，岂料兰摧一夜霜。人世空传名耿耿，泉台杳隔路茫茫。碧窗月落琴声断，华表云深鹤梦长。最是不堪回首处，九泉烟冷树苍苍。"③第二句"一夜霜"表明人事变化之快，其余"隔路茫茫""鹤梦"亦表达了对世事悠远、人事难料的喟叹。又如《过贾谊旧居》中"过客不须频太息，咸阳宫殿亦凄凉"，不必叹息，世事繁华不过倏忽即逝。

---

① 彭定求等编：《全唐诗》，郑州：中州古籍出版社，1996 年版，第 1676 页。
② 彭定求等编：《全唐诗》，郑州：中州古籍出版社，1996 年版，第 1676 页。
③ 彭定求等编：《全唐诗》，郑州：中州古籍出版社，1996 年版，第 1677 页。

## （二）奇瑰意远的皇甫冉

皇甫冉（718—约770），字茂政，润州丹阳（今江苏镇江丹阳）人，是唐玄宗天宝至唐代宗大历年间的一位诗人。十岁能属文，深受张九龄赏识。唐玄宗天宝十五年（756）进士及第，授无锡尉。罢任游越，隐居阳羡，后官左金吾兵曹参军。曾入朝为拾遗，迁补阙。奉使江南，省家至丹阳，卒于家。

成书于建中年间的高仲武《中兴间气集》："选者二十六人，诗总一百三十四首。"其中选皇甫冉诗 13 首，约占个集诗总数的 10%，居入选诸家之冠，其中古体 3 首，七绝 1 首，五律 7 首，七律 2 首（《送李录事（一作裴员外）赴饶州》《秋日东郊作》）。唐高适在《皇甫冉集序》中对其诗歌评价也很高：

> 皇甫冉补阙，自擢桂礼闱，遂为高格。往以世道艰虞，避地江外，每文章一到朝廷，作者变色。于词场为先辈，推钱、郎为伯仲，谁家胜负，或逐鹿中原。如"果熟任霜封，篱疏从水度"，又"衰露收新稼，迎塞葺旧庐"，又"燕知社日辞巢去，菊为重阳冒雨开"，可以雄视潘、张，平揖沈、谢。[1]

提到七律中的诗句："燕知社日辞巢去，菊为重阳冒雨开。"南宋刘

---

[1] 陈伯海编：《唐诗汇评》，杭州：浙江教育出版社，1995 年版，第 1341 页。

克庄《后村诗话》后集卷一云:"余尝谓,如两皇甫、五窦,皆唐诗高手。"①
皇甫冉虽不得列入大历十才子,但他依然具有与十才子相同的名声和地位。
皇甫冉诗歌是对盛唐诗风的过渡,为新的诗风奠定了一定的基础。皇甫冉
诗歌字句秀逸,追求新的意境和炼字锻句的倾向,开了中唐诗的先河。

《全唐诗》及《全唐诗补遗》共收录皇甫冉诗 249 首,其中七律 20
首,分类如下:

| 分类 | 题目 | 数量 |
|---|---|---|
| 寄赠类 | 使往寿州淮路寄刘长卿(一作判官) | 1 |
| 记游类 | 三月三日义兴李明府后亭泛舟、秋日东郊作、同温丹徒登万岁楼、馆陶李丞旧居、金山 | 5 |
| 送别类 | 送李录事(一作裴员外)赴饶州、玄元观送李源李风还奉先华阴、送钱唐路少府赴制举、送崔使君赴寿州、送袁郎中破贼北归、送张道士归茅山谒李尊师、招隐寺送阎判官还江州、送孔巢父赴河南军、李二侍御丹阳东去新亭 | 9 |
| 酬和类 | 酬张二仓曹扬子所居见寄兼呈韩郎中、宿淮阴南楼酬常伯能、酬李补阙、彭祖井 | 4 |
| 咏节令类 | 春思 | 1 |
| 总计 | | 20 |

### 1.送别类

送别类最多,有 9 首,约占七律诗的 50%,大历诗人一个重要特点
就是送别应酬诗较多。

《送李录事(一作裴员外)赴饶州》:"北人南去雪纷纷,雁叫汀沙不
可闻。积水长天随远客,荒城极浦足寒云。山从建业千峰出,江至浔阳

---

① 陈增杰编:《唐人律诗笺注集评》,杭州:浙江古籍出版社,2003 年版,第 511 页。

九派分。借问督邮才弱冠,府中年少不如君。"①李录事,据傅璇琮《唐代诗人丛考·皇甫冉皇甫曾考》考证,可能是诗人李嘉祐的从弟李永。诗歌开始写送别的环境,是白雪飞舞的冬季,"不可闻"是说雪下得很大,听不见鸿雁声。第二联继续写送行时的景色,古代出行主要工具是船只,所以送行写水的非常多,如李白《赠汪伦》中的"李白乘舟将欲行",此诗的"积水长天随远客"和李白《送孟浩然之广陵》中的"孤帆远影碧空尽,唯见长江天际流"意境是一致的,只是不如李白写得豪放飘逸,而"荒城"带有压抑的色彩,"寒云"亦加强了压抑的气氛。颈联透露的信息表明送行的地点在苏南,坐船到浔阳再到饶州,建业是今南京市,"九派"指长江支流,王维《汉江临眺》中就有"楚塞三湘接,荆门九派通。江流天地外,山色有无中"。最后表达了作者对李录事的赞扬和对前途的憧憬,格调昂扬起来。这首诗和盛唐高适的《别董大》的开头和结尾韵味差不多:"千里黄云白日曛,北风吹雁雪纷纷。莫愁前路无知己,天下谁人不识君。"所以皇甫冉这首诗也透漏出盛唐之音,对前途充满希望。

《玄元观送李源李风还奉先华阴》:"此去那知道路遥,寒原紫府上迢迢。莫持别酒和琼液,乍唱离歌和凤箫。远水东流浮落景,缭垣西转失行镳。华山秦塞长相忆,无使音尘顿寂寥。"②"李源",大历中为衢州刺史,天宝中或为奉先簿、尉。"李风",生平不详。"玄元观",即太上玄元皇帝庙。从题目看,是在道观送别,一行人应是对道教都怀有崇敬心情的。首联写从玄观出发,路途遥远,这一联意思重复,"路遥"和"迢

---

① 彭定求等编:《全唐诗》,郑州:中州古籍出版社,1996年版,第1526页。
② 彭定求等编:《全唐诗》,郑州:中州古籍出版社,1996年版,第1529页。

超"是一个意思,是不太好的。第二联写离别的场景,没有美酒,但有朋友的离歌,"莫""乍"富有表现力,一挫一顿,把离别的惆怅表现出来了,不是平铺直叙。"缭垣",围墙;"镳",马衔。第三联写二人逐渐消失了,他们不是坐船,而是乘马,所以作者抓住当时看到的情景,望着对方一直消失在远方,显示了大家的深厚友谊。最后表达了大家互相长相忆的愿望,从"华山秦塞"看,他们几人相识相处是在北方,结尾余音缭绕,情意绵绵。尾联只从大家的友谊的角度,并没有从对前途的憧憬方面着笔,这是它的特色。但如果和李白《送友人》的结尾比,便可以看出优劣,《送友人》结尾也是从大家之间的友谊角度写的,但李白从坐骑着笔"挥手自兹去,萧萧班马鸣",皇甫冉是直抒胸臆,而李白艺术手法更高超一些。这首送行诗的特点是少议论,组合了众多富有表现力的意象,使诗歌形象感强,呈现一种淡缓的色彩。

《招隐寺送阎判官还江州》:"离别那逢秋气悲,东林更作上方期。共知客路浮云外,暂爱僧房坠叶时。长江九派人归少,寒岭千重雁度迟。借问浔阳在何处,每看潮落一相思。"[1]"招隐寺",在江苏镇江。"江州",治所在浔阳(今江西九江市)。首联点明时间是秋天,气氛是悲凉的,本来秋天就带有落寞的色彩,秋天送别愈增冷清,第二句是说在东林寺(九江的庐山上)相约。领联拿将要去遥远的路途和现在在僧房相聚做对比,表现离别的不忍,这一联显示了作者巧于结构文字。颈联继续写阎判官将经过的路,沿途人烟并不稠密,比较荒凉,再现了当时战乱给社会带来的重大影响,社会并非欣欣向荣。最后提到二人的友谊,

---

① 彭定求等编:《全唐诗》,郑州:中州古籍出版社,1996年版,第1529页。

作者表示会经常想念对方,但这种表达并不是直接表达出来的,而是通过意象的摄取形象化地表现出来,"潮落"的意思是傍晚了,从落日想到了朋友,使结尾取得了很好的艺术效果。诗歌畅达,取景广度较大,不拘泥于精细刻画,如第三联"长江九派""寒岭千重"颇有大气之感,显示了作者造语清新的特点。此诗部分不合律,后半部分四句和前半部分四句格律不一致,这首是七律仄起押韵式,后四句应该是:

仄仄平平平仄仄,平平仄仄仄平平。

平平仄仄平平仄,仄仄平平仄仄平。

而《招隐寺送阎判官还江州》后四句平仄:

长江九派人归少,(平平仄仄平平仄)

寒岭千重雁度迟。(仄仄平平仄仄平)

借问浔阳在何处,(仄仄平平仄仄仄,这句是准律句:仄仄平平仄平仄)

每看潮落一相思。(平平仄仄仄平平)

这样对比看,出入很大,反映七律体式没有成熟,诗人们还在探索。

## 2.记游类

《三月三日义兴李明府后亭泛舟》:"江南烟景复如何,闻道新亭更可过。处处艺兰春浦绿,萋萋藉草远山多。壶觞须就陶彭泽,时俗犹传晋永和。更使轻桡徐转去,微风落日水增波。"[①]此诗,《全唐诗》卷一五一又载为刘长卿诗,题《三月李明府后亭泛舟》。佟培基《全唐诗重出误

---

① 彭定求等编:《全唐诗》,郑州:中州古籍出版社,1996 年版,第 1525 页。

收考》一三六刘长卿条,考证为皇甫冉所作。①"义兴",今江苏省宜兴市。"明府",唐朝对县令的尊称。首联开头以问句开头,比较巧妙,这也是很多律诗的常用写法。"过",在平水韵中可平可仄,这里从平,否则不押韵,律诗偶句必须平声。颔联写看到的春天的景色,三月三日相当于阳历四月了,正是日暖景明、草木萌发的仲春。颈联是用典,用的是陶渊明饮酒和王羲之兰亭修禊。两则典故用得很自然,含义丰富。用陶渊明暗示自己是醉情山水的有隐居情节的雅士,用王羲之表明这次活动有当地不少文人雅士参加,同时增加了诗歌的典雅色彩。尾联轻轻荡开去,一幅湖上划桨图呈现在面前,也写出了落日来临,游兴未减的状态。整首诗起调自然,收尾兴味盎然,行云流水,舒缓有致,体现了大历诗人关注自然、个人的倾向。

《秋日东郊作》:"闲看秋水心无事,卧对寒松手自栽。庐岳高僧留偈别,茅山道士寄书来。燕知社日辞巢去,菊为重阳冒雨开。浅薄将何称献纳,临岐终日自迟回。"②从诗的内容来看,这是表达自己是出仕还是隐居的矛盾心理。在唐代,儒释道并存,读书人在落第或仕途失意后往往有隐居思想,皇甫冉也不例外,作者与很多道士有交往。首联"卧对寒松"表达的是一种恬淡的心态,不关心社会纷繁复杂,"寒"有深意,"寒松"实指自己是旁观者。然后写两山的道士,作者与他们都有来往,皇甫冉曾经游历过茅山,留诗为证,《又送陆潜夫往茅山赋得华阳洞离骚体》:"游仙洞兮访真官,奠瑶席兮礼石坛。忽仿佛兮云扰,杳阴深兮

---

① 佟培基编撰:《全唐诗重出误收考》,西安:陕西人民教育出版社,1996 年版,第121 页。
② 彭定求等编:《全唐诗》,郑州:中州古籍出版社,1996 年版,第 1532 页。

夏寒。欲回头兮挥手，便辞家兮可否？有昏嫁兮婴缠，绵归来兮已久。"①颈联能较好地代表作者的写作特色，写出了时间平静而又无可奈何地流逝，作者的心情也是平静的，和第一句的"闲看"映照，使全诗流淌着静缓的安宁，这是皇甫冉的主要特色。这种体现出的安宁是通过对自然界的细致观察，通过组合来传达的，使诗歌面貌迥异于浑然阔大的盛唐气势。《围炉诗话》卷三："盛唐不巧，大历以后，力量不及前人，欲僻陈浊麻木之病，渐入于巧……皇甫冉云'菊为重阳冒雨开'，巧矣。"②

《同温丹徒登万岁楼》："高楼独立思依依，极浦遥山合翠微。江客不堪频北顾，塞鸿何事复南飞。丹阳古渡寒烟积，瓜步空洲远树稀。闻道王师犹转战，谁能谈笑解重围。"③此诗《全唐诗》卷一五一又载为刘长卿诗，题《登润州万岁楼》。《全唐诗重出误收考》一三六刘长卿条，《唐百家诗选》卷一〇，《文苑英华》卷三一二皆作冉诗，④从之。"万岁楼"，今镇江之西南楼。诗歌开头写在高楼极目远望，看到了苍茫的洲浦和连绵的山陵，这是在蓄势，是诗歌一种常用的开头方法。刘勰《文心雕龙·神思》言："夫神思方运，万涂竞萌，规矩虚位，刻镂无形。登山则情满于山，观海则意溢于海，我才之多少，将与风云而并驱矣。"⑤颔联联想到国事，国家陷于内乱，繁荣兴旺的气象已经被冲得无影无踪，借边塞

---

① 彭定求等编：《全唐诗》，郑州：中州古籍出版社，1996年版，第1536页。
② 吴乔述：《围炉诗话》，北京：中华书局，1985年版，第355页。
③ 彭定求等编：《全唐诗》，郑州：中州古籍出版社，1996年版，第1534页。
④ 佟培基编撰：《全唐诗重出误收考》，西安：陕西人民教育出版社，1996年版，第124页。
⑤ 刘勰撰，詹锳义证：《文心雕龙义证》，上海：上海古籍出版社，1989年版，第984页。

的鸿雁南飞指战事导致流民南迁。杜牧的《早雁》:"金河秋半虏弦开,云外惊飞四散哀。仙掌月明孤影过,长门灯暗数声来。"①借南飞的鸿雁比喻向南流徙的难民。颈联纯粹写景,景色苍凉稀落,和萧疏黯淡的社会背景相适应。最后两句又回到战争,根据"王师"判断,是指平叛安史之乱的朝廷军队,皇甫冉在约 770 年去世,安史之乱在 763 年结束,皇甫冉经历了动乱的至暗时刻。"谁能谈笑解重围",安史之乱还没结束,朝廷正吃力。最后一联颇具英雄气,"谈笑"有大唐气势,被众多诗评家赞赏有盛唐之音。《唐诗隽》评价:"词调骨格,取肖盛唐。"②《批点唐音》:"绝类盛唐。"③此诗能清晰地看到安史之乱给社会、个人带来的暗淡凄楚的色彩,但雄心未失,"谈笑能解围"。

### 3.酬和类

酬和类有 4 首:《酬张二仓曹扬子所居见寄兼呈韩郎中》《宿淮阴南楼酬常伯能》《酬李补阙》《彭祖井》。

《宿淮阴南楼酬常伯能》:"淮阴日落上南楼,乔木荒城古渡头。浦外野风初入户,窗中海月早知秋。沧波一望通千里,画角三声起百忧。伫立分宵绝来客,烦君步屧忽相求。"④"常伯能",即常伯熊。《新唐书·隐逸传·陆羽传》卷一九六:"有常伯熊者,因(陆)羽论复广煮茶之功。御史大夫李季卿宣慰江南,次临淮,知伯熊善煮茶,召之,伯熊执器前,

---

① 彭定求等编:《全唐诗》,郑州:中州古籍出版社,1996 年版,第 3256 页。
② 陈伯海编:《唐诗汇评》,杭州:浙江教育出版社,1995 年版,第 1346 页。
③ 陈伯海编:《唐诗汇评》,杭州:浙江教育出版社,1995 年版,第 1346 页。
④ 彭定求等编:《全唐诗》,郑州:中州古籍出版社,1996 年版,第 1535 页。

季卿为再举杯。"这首酬和诗，更像是一首咏史诗。诗歌从黄昏写起，站在南楼眺望，高树荒城古渡，一种沧桑感的气氛渲染出来了。颔联写了夜晚，月亮升起来了，这月亮是从海上升起来的，阔大了境界。画角，古管乐器，传自西羌，发声哀厉高亢，古时军中多用以警昏晓，振士气，肃军容，"画角三声"指唐朝的动乱，社会不稳定。最后一联回到主题，是对常伯能说的应酬话。此诗通过叙写在傍晚至夜间的所见所想，表达的是一种忧郁的心情，"海月""沧波""千里"等词表现了一种苍茫的气象，气局较大，和盛唐相近，和皇甫冉大多数作品的风格有区别。

《酬张二仓曹扬子所居见寄兼呈韩郎中》："孤云独鹤自悠悠，别后经年尚泊舟。渔父置词相借问，郎官能赋许依投。折芳远寄三春草，乘兴闲看万里流。莫怪杜门频乞假，不堪扶病拜龙楼。"[1]《全唐诗重出误收考》一七〇皇甫冉条15，岑仲勉《读全唐诗札记》据张南史《酬张二仓曹扬子闲居见寄兼呈韩郎中左补阙皇甫冉》、耿湋《宣城逢张二南史》、窦常《哭张仓曹南史》，判为冉诗。[2] 诗作以比喻开头，孤身一身，漂泊天涯，写得看似不经意，但也充满心酸，定了一个略带凄凉的情调。"渔父"，用《楚辞·渔父》中渔父问屈原事，此处喻指张南史赠诗，南史诗中有"闻道金门堪避世，何须身与海鸥同"句，颔联指作者徘徊在隐居和仕途之间。颈联"折芳远寄"化用南朝宋诗人陆凯的《赠范晔》："折花逢驿使，寄与陇头人。江南无所有，聊赠一枝春。""闲看"是说自己闲适的心情。最后一联暗含自己仕途不太顺利，身体多病，人生落寞之情溢于言

---

① 彭定求等编：《全唐诗》，郑州：中州古籍出版社，1996年版，第1533页。
② 佟培基编撰：《全唐诗重出误收考》，西安：陕西人民教育出版社，1996年版，第195页。

表。此诗感情伤感,倾向归隐恬淡的生活。情感的表达没有大起大落,舒缓畅达,表达的是自己个人的情感,没有明显的社会、国家的影子,较大程度地体现了大历诗歌的特点。

### 4. 寄赠类与咏节令类

《使往寿州淮路寄刘长卿(一作判官)》:"榛草荒凉村落空,驱驰卒岁亦何功。蒹葭曙色苍苍远,蟋蟀秋声处处同。乡路遥知淮浦外,故人多在楚云东。日夕烟霜那可道,寿阳西去水无穷。"①这是一首寄赠诗,刘长卿,字文房,著名诗人。诗的开头就渲染了一幅凋零落败图,荒草茂盛,村落萧疏,自己奔波劳顿也无功劳。颔联写自己的所见所闻,"蒹葭"因《诗经》中的一首诗而成为相思的意象,蟋蟀残声分明在宣告一年将尽。颈联写作者自己离家乡和故人比较远,愈增孤单和思念之情。最后一联写惆怅之情,水路迢迢,不知何日再见。这首诗依然体现了皇甫冉驾驭文字生巧的能力,善于连缀清新的意象来表情达意,体现大历诗人特色。

《春思》:"莺啼燕语报新年,马邑龙堆路几千。家住层城邻汉苑,心随明月到胡天。机中锦字论长恨,楼上花枝笑独眠。为问元戎窦车骑,何时反旆勒燕然。"②《全唐诗》卷二五〇载皇甫冉有《春思》诗,同诗卷一五一又载为刘长卿诗,题《赋得》。佟培基《全唐诗重出误收考》一三六刘长卿条39,③据《御览》作冉诗,令狐楚纂《御览》之年代距大历甚近。

---

①　彭定求等编:《全唐诗》,郑州:中州古籍出版社,1996年版,第1534页。

②　彭定求等编:《全唐诗》,郑州:中州古籍出版社,1996年版,第1544页。

③　佟培基编撰:《全唐诗重出误收考》,西安:陕西人民教育出版社,1996年版,第121页。

判为皇甫冉诗,甚是。首联以半对形势入题,形式很特别,而且是句中对,"莺啼"和"燕语"以主谓形式在句中自对,第二句以"马邑""龙堆"在句中自对。颔联意思是人在民间,但挂念边疆,原因是时局动荡,胡人不再依附朝廷,纷纷分庭抗礼,大唐颜面扫地。颈联第一句用典,用窦滔妻苏氏思念丈夫的事来表达在春暖花开的季节容易引起思念,和《春思》题目非常契合,颈联第二句并没有用典,一般律诗对仗用典是互对,而第二句却用非常通俗的一句来对,这也反映出当时律诗正处于探索期,颈联是写夫妻之思。尾联又转到边疆,用窦宪勒燕然的典故来说明当时唐朝没有扫尽安史叛军,民众仍处在国破家亡之中。从以上分析可以看出这是一首抒写民间妇女在叛乱未平之下对从军丈夫的相思,表达了作者希望平定叛军,给民众安定生活的愿望。风格已近中唐,对朝廷取胜也没有必胜信心,只是表达一腔祝愿而已,没有盛唐的定天下的豪气了。

《昭昧詹言》评价:"前四句,一彼一此,属对奇丽,而又关生有情,所以为佳。五、六专就自己一边说,而点化入妙。结句出场入妙,胜沈云卿矣。此等诗,色相不出齐、梁,而意用则去《三百篇》不远;所谓哀而不伤,怨而不怒,温柔和平,可以怨者也。"[①]

### 5. 综论

皇甫冉离盛唐不远,仍留有盛唐余韵,如《春思》;也有个别篇章写到民生疾苦的,如《送袁郎中破贼北归》"万里长闻随战角,十年不得掩

---

① 陈伯海编:《唐诗汇评》,杭州:浙江教育出版社,1995年版,第1348页。

郊扉",但更多的是冷清肃穆的意境。所以皇甫冉七律既有盛唐遗响,更重冷落情思,概括讲就是娴雅闲缓。主要表现在:一、雕琢字句,描摹细微,讲究章法、声韵、格律。如《宿淮阴南楼酬常伯能》"浦外野风初入户,窗中海月早知秋",[①]"浦外"对"窗中","野风"对"海月","初入"对"早知",对仗工整,音律准确。《金山》中"窗前白上浪三尺,岭上青堆云几层",调整了语序,本应是"白浪""青云",而在颜色后面用动词,突出了颜色,使画面更加飞动。《送钱唐路少府赴制举》中"迟日未能销野雪,晴花偏自犯江寒",[②]"销"是拟人手法,把那种田野的雪已经消融了一些但未尽的状态描绘出来了,"犯"字本是侵犯的意思,用在这里表达了早春的花儿凌寒怒放的状态。可见皇甫冉在炼字上花了很大工夫,丰富了意象的蕴涵,生发出回味无穷的艺术魅力,值得细细品味,这是大历诗人趋向,杜甫所谓"为人性僻耽佳句,语不惊人死不休"也是大历诗人的写照。

其二,创造一种内敛的境界。皇甫冉经历了灾难深重的安史之乱,对社会的萧条也无能为力,作品转向一种自我的世界,着重情感的体验,对外界的关注不是重点。《馆陶李丞旧居》中"门前坠叶浮秋水,篱外寒皋带夕阳",[③]"坠叶""秋水""寒皋""夕阳",景物带有萧瑟寒冷的色彩,不再有蓬勃向上、奋发进取的倾向,反映作者内心情感体验的敛收。《送张道士归茅山谒李尊师》中"无穷杏树行时种,几许芝田向月耕",[④]

---

① 彭定求等编:《全唐诗》,郑州:中州古籍出版社,1996 年版,第 1535 页。
② 彭定求等编:《全唐诗》,郑州:中州古籍出版社,1996 年版,第 1531 页。
③ 彭定求等编:《全唐诗》,郑州:中州古籍出版社,1996 年版,第 1539 页。
④ 彭定求等编:《全唐诗》,郑州:中州古籍出版社,1996 年版,第 1543 页。

"杏树"对"芝田","行时"对"向月",对仗工整,摄取意象清新脱俗,笔触婉丽舒缓,体现了皇甫冉娴雅闲缓的艺术特色。皎然在《诗式》中评价曰:

> 大历中,词人多在江外,皇甫冉、严维、张继素、刘长卿、李嘉祐、朱放,窃占青山白云,春风芳草,以为己有。吾知诗道初丧,正在于此,何得推过齐梁作者?迄今余波尚浸,后生相效,没溺者多。大历末年,诸公改辙,盖知前非也。[①]

皎然在这里对大历诗人不关时事的写法提出批评,认为是齐梁的继承者。从现在的观点看,大历诗人对时事关注少,但对诗歌的艺术手法有开拓和推进,促进了诗歌的成长,无疑是有积极意义的,皇甫冉的七律诗意义也在此。

## (三)宏远粗疏的戎昱

戎昱(?—约799),荆州(今湖北江陵)人。曾佐颜真卿幕。宝应元年(762),经滑州、洛阳赴长安,遇王季友,同作《苦哉行》。卫伯玉镇荆南,辟为从事。大历中,入湖南崔瓘幕,后又佐桂管李昌巙幕。建中中,返长安,供职御史台。贬为辰州刺史,后又官虔州刺史,贞元十三年(797)左右在任,后卒。有《戎昱集》五卷,已佚。《全唐诗》存诗一卷。其中有七律15首,分成四类:寄赠类3首,写景抒怀类5首,送别类3

---

① 释皎然撰:《诗式》,北京:中华书局,1985年版,第37页。

首,酬和类 4 首。

| 分类 | 题目 | 数量 |
|------|------|------|
| 寄赠类 | 赠韦况征君、寄梁淑、成都元十八侍御 | 3 |
| 写景抒怀类 | 谪官辰州冬至日有怀、秋日感怀、辰州闻大驾还宫、江城秋霁、中秋夜登楼望月寄人 | 5 |
| 送别类 | 送吉州阎使君入道二首(其二)、送苏参军、送李参军 | 3 |
| 酬和类 | 上李常侍、上湖南崔中丞、九日贾明府见访、开元观陪杜大夫中元日观乐 | 4 |
| 总计 | | 15 |

### 1. 写景抒怀类

《秋日感怀》:"洛阳岐路信悠悠,无事辞家两度秋。日下未驰千里足,天涯徒泛五湖舟。荷衣半浸缘乡泪,玉貌潜销是客愁。说向长安亲与故,谁怜岁晚尚淹留。"①这首诗写在洛阳的思乡之情,辞家已经两年了。领联说自己没有千里马,只能在外地逗留。"荷衣",传说中用荷叶制成的衣裳,亦指高人、隐士之服。颈联进一步写思乡之深。尾联是说在长安有很多亲人,据此有人否定戎昱是荆门人,而认为他是扶风人。此首诗特点不太明显,语言流畅,艺术一般。

《江城秋霁》:"霁后江城风景凉,岂堪登眺只堪伤。远天蟪蛛收残雨,映水鸬鹚近夕阳。万事无成空过日,十年多难不还乡。不知何处销兹恨,转觉愁随夜夜长。"②这是一首写秋雨后的思乡之情,首联点明了

---

① 彭定求等编:《全唐诗》,郑州:中州古籍出版社,1996 年版,第 1638 页。
② 彭定求等编:《全唐诗》,郑州:中州古籍出版社,1996 年版,第 1639 页。

自己的思绪。颔联先写远景,"螮蝀"是虹的别名,彩虹出现了,雨停了,太阳出来了,鸂鶒戏水。颔联写景生动贴切。颈联转到思乡,由景色引发了情绪的触动,"十年多难",说明时间很长了,也说明社会动乱未停。最后结尾有点直露,比较平庸。本诗颔联写得较成功,颈联不精警。

《辰州闻大驾还宫》:"闻道銮舆归魏阙,望云西拜喜成悲。宁知陇水烟销日,再有园林秋荐时。渭水战添亡虏血,秦人生睹旧朝仪。自惭出守辰州畔,不得亲随日月旗。"①据《新唐书·德宗纪》:兴元元年五月"壬辰,尚可孤及朱泚战于蓝田之西,败之。乙未,李晟又败之于苑北。戊戌,又败之于白华,复京师。六月癸卯,姚令言伏诛。甲辰,朱泚伏诛"②。朱泚败亡后,德宗于本年(784)七月自兴元驾还长安,《辰州闻大驾还宫》一诗应是诗人在辰州闻知此事而作。这首诗表达了对朝廷胜利的欣喜以及自己不能面见圣上的遗憾。第三联较有特点,写了战争的地点在长安附近的渭水,战争在这爆发,说明形势的严峻,"亡虏血"说明叛军失利,朝廷的气数恢复了一些。

2. 送别类

《送吉州阎使君入道(其二)》:"庐陵太守近臻官,霞帔初朝五帝坛。风过鬼神延受箓,夜深龙虎卫烧丹。冰容入镜纤埃静,玉液添瓶漱齿寒。莫遣桃花迷客路,千山万水访君难。"③此吉州阎使君即阎寀,据董侹《阎贞范先生碑》(《全唐文》卷六八四):"先生名寀,天水人也。蝉联

---

① 彭定求等编:《全唐诗》,郑州:中州古籍出版社,1996 年版,第 1638 页。
② 欧阳修等撰:《新唐书》,长春:吉林人民出版社,1998 年版,第 95 页。
③ 彭定求等编:《全唐诗》,郑州:中州古籍出版社,1996 年版,第 1637 页。

戚属,才为时选,再登宪府,三领大郡。不乐进取机密,求出为武陵相……居无何,转吉州刺史。公乃叹曰:'夙奉道牙,志期修进,而流年不待,齿发将暮,湛恩稠叠,恐遂无报。乃上言乞以皇帝诞庆之辰,度为武陵桃源观道士。'……优诏褒美,赐号'遗荣'……以贞元七年十一月三日,顺化于钟陵宗华观。"据此,阎寀以贞元七年(791)四月请入道,奉诏批准,戎昱似应即在五月继任,此两诗盖即其时所作,时戎昱在虔州任官,虔、吉比邻。"庐陵",指吉州;"隳官",解职;"霞帔",道士服。首联写阎寀辞官去修行道术。颔联、颈联描写道教活动,尾联用桃花源拟作阎寀将去的地方,也是对修行生活的赞美,最后一句间接表明今后相见比较稀少了。这首诗中间两联写道家活动,用词一般,明显不如司空曙写的《送王尊师归湖州》:"烟芜满洞青山绕,幢节飘空紫凤飞。金阙乍看迎日丽,玉箫遥听隔花微。多开石髓供调膳,时御霓裳奉易衣。莫学辽东华表上,千年始欲一回归。"[①]司空曙也是描写道教活动,但意向明显生动明净,富有诗意。而戎昱的描写要抽象得多,缺乏灵动。但是戎昱《送吉州阎使君入道(其一)》却较有特色:"闻道桃源去,尘心忽自悲。余当从宦日,君是弃官时。金汞封仙骨,灵津咽玉池。受传三箓备,起坐五云随。洞里花常发,人间鬓易衰。他年会相访,莫作烂柯棋。"最后四句,用了两个典故,具有浪漫色彩,给人无限遐思。

《送苏参军》:"忆昨青襟醉里分,酒醒回首怆离群。舟移极浦城初掩,山束长江日早曛。客来有恨空思德,别后谁人更议文。常叹苏生官

---

①　彭定求等编:《全唐诗》,郑州:中州古籍出版社,1996年版,第1800页。

太屈,应缘才似鲍参军。"①参军,官名,将帅的幕僚。首联写二人关系不错,在离别前一醉方休。颔联写苏参军登船离岸远去,城墙挡住了渐去的小船,太阳渐渐落山了。首联和颔联不粘,这是折腰体,戎昱这种形式的律诗还不少。颈联虚字用得多,但是有的是凑字数。尾联表达对苏参军仕途不顺的慨叹。

3.酬和类

《上李常侍》:"旌旗晓过大江西,七校前驱万队齐。千里政声人共喜,三军令肃马前嘶。恩沾境内风初变,春入城阴柳渐低。桃李不须令更种,早知门下旧成蹊。"②常侍,官名。唐代隶属于门下省,职位尊贵,多为将相大臣之兼职。《新唐书·宰相世系表二上》:"(李)晟,字良器,相德宗。"诗中李常侍当为李晟,因其曾任检校左散骑常侍,故称李常侍。李晟出身将帅世家,是一位屡立军功的优秀将领。《旧唐书》卷一三三《李晟传》传记载其"性雄烈,有才,善骑射。年十八从军,身长六尺,勇敢绝伦"③。首联写李晟军队行军的威势,军旗猎猎,兵欢马悦,"七校"指汉代中垒、屯骑、步兵、越骑、长水、射声、虎贲七校尉,这里指唐军。颔联写唐军受到老百姓的拥护,颈联写皇恩浩荡,遍施海内,春意盎然,人景结合。尾联暗化《史记·李将军列传论》中的"桃李不言,下自成蹊",以李广来映衬李晟的军功。

《上湖南崔中丞》:"山上青松陌上尘,云泥岂合得相亲。举世尽嫌

---

① 彭定求等编:《全唐诗》,郑州:中州古籍出版社,1996年版,第1638页。
② 彭定求等编:《全唐诗》,郑州:中州古籍出版社,1996年版,第1639页。
③ 刘昫等撰:《旧唐书》,北京:中华书局,1975年版,第3661页。

良马瘦,唯君不弃卧龙贫。千金未必能移性,一诺从来许杀身。莫道书生无感激,寸心还是报恩人。"①大历四年至大历五年(769—770),在湖南崔瓘幕,戎昱有《上湖南崔中丞》。诗人以诗表寄对崔中丞知遇之恩的感激。崔中丞,即崔瓘。据《旧唐书》卷一一一《代宗纪》记载,大历五年四月庚子,"湖南都团练使崔瓘为其兵马使臧玠所杀,玠据潭州为乱"②。大历四年七月至大历五年四月,崔瓘为湖南都团练观察使,其间,戎昱当在崔瓘幕下任事,受到其的重用。大历五年,崔瓘被杀后,当年冬天,戎昱离开湖南。"云泥",比喻高下悬殊。首联通过比喻来说明自己的出身低微,颔联通过对比感激崔瓘对自己的赏识。颈联表明自己愿意为崔瓘赴汤蹈火,万死不辞。尾联是说自己目前还不能为崔中丞做什么,但是内心的感恩之心无以言表。最后一句言真辞切,直抒胸臆,在含蓄上是差了点,孟郊的《慈母吟》中的"谁言寸草心,报得三春晖"和"寸心还是报恩人"比较相似。

### 4.综论

严羽《沧浪诗话》:"戎昱在盛唐为最下,已滥觞晚唐矣。戎昱之诗,有绝似晚唐者。"③评价不高。后世也有评价高的,如彭孙遹《少陵刘子问选戎昱诗序》:"戎昱诗在中唐,亦矫矫拔俗。'好去春风'之句,见知于上官;'汉家青史'之什,叹赏于明主。他如《桂州腊夜》《云梦秋望》

---

① 彭定求等编:《全唐诗》,郑州:中州古籍出版社,1996年版,第1639页。
② 刘昫等撰:《旧唐书》,北京:中华书局,1975年版,第296页。
③ 严羽撰,郭绍虞校释:《沧浪诗话》,北京:人民文学出版社,1983年版,第159页。

《题招提寺》《韦氏庄》诸篇,靡不深情远致,清绮竿眠,方驾随州,平晚补网。"①戎昱的长项是在乐府和五律,而不在七律。其七律艺术上明显不足,语言不简练,意象不鲜明。蒋寅曾写道:"可以说,戎昱是大历贞元之际胸襟最豪迈、气概最宏阔的诗人,然而同时也是功力最浅、技巧最粗疏的诗人,志大而不足起其词;乃至于诗到晚境也未能形成自己成熟的风格,令人惋惜! 尽管如此,戎昱在大历贞元诗坛仍有着不可忽视的重要性。因为他是个有个性的诗人,而个性恰恰是大历诗人最缺乏的。"②戎昱七律在写边塞题材中体现宏远的声势,亦余盛唐些许声威,但一些作品雕琢不够,和大历诸家重饰相违,显粗疏,或许是才力不足所致。

① 彭孙遹撰:《松桂堂集》卷三十七,《文渊阁四库全书》本。
② 蒋寅撰:《大历诗人研究》,北京:中华书局,1995 年版,第 127 页。

# 第三章
## 台阁诗人七律创作

# 一、台阁诗人总体特征

据姚合《极玄集》卷上李端小传载："（端）与卢纶、吉中孚、韩翃、钱起、司空曙、苗发、崔峒、耿沣、夏侯审唱和，号十才子。"[①]包括王缙、王犹兄弟，包佶兄弟、李纾、郎士元、常衮、刘太真等一批官员的提倡、附和，就形成了大历前期京师的台阁风雅。台阁生活单调、狭窄，较多诗作内容主要与宴会、饯行、酬酢有关，人员主要是京城官员以及外放地方的官员，在迎来送往中用诗歌点缀，歌颂官员政绩，赞扬他们之间的友谊，祝福他们旅途平安。未免造成辞藻的贫乏，内容的重复，构造的单一。明代胡震亨就说："十才子如司空附元载之门，卢纶受韦渠牟之荐，钱起、李端入郭氏贵主之幕，皆不能自远权势。考刘长卿尝为鄂岳观察吴仲孺诬奏系狱，朝遣御史就推得白。仲孺正令公壻，岂长卿生素刚婞，不屑随十才子后，曳裾令公门下欤？亦可微窥诸人之品矣。"[②]十才子因自身官位不显，有心怀登阶之志，抑或甘沦喉舌，或成附众，言辞多不实、虚夸。虽人品不敢恭维，或情势所逼，不得已为之。

但无论台阁诗人也好，大历十才子也好，都是相对特定时期而言的

---

① 元结、殷璠等选：《唐人选唐诗十种》，上海：上海古籍出版社，1958年版，第325页。
② 胡震亨：《唐音癸签》，上海：上海古籍出版社，1981年版，第268页。

历史性概念,具体到个人,再具体到每个不同时期,都有所变化,他们的作品因环境的不同而变化很大,风格也不局限于只歌功颂德,很多人也写出了社会的萧条、局势的堪忧,以及优美的风物和自身真切的情感。除十才子以外,其余诗人如郎士元等人也写出了情调或萧飒或雅致的作品。这些主要活动在北方的诗人在七律上精心探索,或整炼委曲,或流畅清丽,或语真景清,或方雅疏淡,形成了一定特色。

## 二、钱起、李端、司空曙的七律创作

### (一)流畅清丽的钱起

钱起,字仲文,吴兴(今浙江湖州)人,大约生活在唐代开元至大历年间。因为生平资料太少,他的生卒年难以确考。登进士第,释褐授秘书省校书郎,乾元中任蓝田尉,与王维频有唱和。大历中,官司勋、祠部员外郎,迁考功郎中。建中末或兴元初卒。工诗,与郎士元齐名,时称"钱郎",与卢纶、韩翃、吉中孚、司空曙、苗发、耿沣、崔峒、李端、夏侯审合称"大历十才子"。据《四库全书总目》卷一五记载,有《钱仲文集》十卷,录诗余首,无论是其数量,还是诗歌艺术成就均在唐诗史上占有重要地位。

| 分类 | 题目 | 数量 |
|---|---|---|
| 寄赠类 | 夜宿灵台寺寄郎士元、寄永嘉王十二、赠张南史、重赠赵给事、赠阙下裴舍人 | 5 |
| 记游类 | 题嵩阳焦道士石壁、壁题延州圣僧穴、同王鎔起居程浩郎中韩翃舍人题安国寺用上人院、寻司勋李郎中不遇 | 4 |
| 写景咏物类 | 山花 | 1 |
| 抒情类 | 长信怨、乐游原晴望上中书李侍郎、幽居春暮书怀（一作石门暮春，一作蓝田春暮）、七盘岭阻寇闻李端公先到南楚、暇日览旧诗因以题咏、登刘宾客高斋（时公初退相，一作春题刘相公山斋） | 6 |
| 怀古咏史类 | 谒许由庙、过张成侍御宅、汉武出猎 | 3 |
| 送别类 | 送修武元少府、送马明府赴江陵、卢龙塞行送韦掌记、猷川雪后送僧粲临还京、时避世卧疾、送李评事赴潭州使幕、送李九贬南阳、送裴頔侍御使蜀、送韦信爱子归觐、送兴平王少府游梁、送张员外出牧岳州、送孙十尉温县、送钟评事应宏词下第东归、送严维尉河南、送马员外拜官觐省南、送冷朝阳擢第后归金陵观省 | 15 |
| 酬和类 | 仲春宴王补阙城东小池、和李员外扈驾幸温泉宫、酬考功杨员外见赠佳句（黄卷读来今已老白头受屈不曾言）、酬赵给事相寻不遇留赠、山中酬杨补阙见过、宴曹王宅、和慕容法曹寻渔者寄城中故人 | 7 |
| 题赠类 | 题郎士元半日吴村别业，兼呈李长官 | 1 |
| 悲悼类 | 哭辛霁 | 1 |
| 咏节令类 | 避暑纳凉、早夏 | 2 |
| 总计 | | 45 |

1. 寄赠类

《赠张南史》："紫泥何日到沧洲，笑向东阳沈隐侯。黛色晴峰云外出，縠文江水县前流。使臣自欲论公道，才子非关厌薄游。溪畔秋兰虽可佩,知君不得少停舟。"①张南史,诗人,字季直,幽州人,工弈棋,先时出入王侯宅十年,后苦节读书,曾任左卫仓曹军,安史之乱时避地扬州,乱平后再召用,未及赴任而卒。此诗应作于张南史避地江南之际,钱起与其有赠答。

"紫泥",指皇帝的诏书;"沧洲",滨水之地,古代隐士所居;"沈隐侯",南朝梁沈约于隆昌元年除吏部郎中,出宁朔将军、东阳太守,死后谥曰"隐",故称"东阳沈隐侯"。首联写张南史在隐居,皇帝的诏书应该在不远的将来能到达。"毂文江",《全唐诗》有注云:"毂江,兰溪之别名也。"兰溪,有东西二源,至兰溪县西南合流,北流至建德县新安江汇合,东北流即浙江。这里提到今金华的兰溪,有两种可能:第一种可能是首联用在金华做过东阳太守的沈约做比拟,第二种可能是作者钱起要去金华,因为钱起是湖州人,离金华不远,但查钱起没在金华任官,所以第一种可能大。"薄游",乏味而短暂之游。第三联是议论,劝勉张南史不要气馁,前三联议论倾向比较浓。"秋兰",古人佩兰,被除不详,也有自修德行意。最后一联包含几种意思:一是张南史的交通工具是行舟;二是沿岸景色迷人;三是友人品行高洁,透露出世情。

## 2. 抒情类

《长信怨》:"长信萤来一叶秋,蛾眉泪尽九重幽。鸡鹊观前明月度,芙蓉阙下绛河流。鸳衾久别难为梦,风管遥闻更起愁。谁分昭阳夜歌舞,君王玉辇正淹留。"②"长信",汉宫名,《汉书·外戚传》载,班婕妤以

---

① 彭定求等编:《全唐诗》,郑州:中州古籍出版社,1996年版,第1458页。
② 彭定求等编:《全唐诗》,郑州:中州古籍出版社,1996年版,第1455页。

才学入宫,为赵飞燕所妒,乃自求供养太后于长信宫,"长信怨"由此而来。这是一首借古题写怨妇的诗。此类作品很多,如王昌龄的《长信秋词五首(其三)》:"奉帚平明金殿开,暂将团扇共徘徊。玉颜不及寒鸦色,犹带昭阳日影来。"王昌龄以凄婉的笔调,描绘宫女苦怨的心理,自身还不如寒鸦,深刻而又凄凉地写出宫妃之怨,是唐代宫怨的代表作。钱起诗作开始是直接道来,"泪尽九重幽"可谓心中有千万言说。但是第二联开始却撰写风景,写主人公寂寞的时光,这寂寞时光是在鸡鹊观、芙蓉阙度过的。第三联写独守空床,听乐生愁。而君王正停留在别宫他苑观赏歌舞呢。诗作抒情流畅,亦委婉有致。

### 3.怀古咏史类

《谒许由庙》:"故向箕山访许由,林泉物外自清幽。松上挂瓢枝几变,石间洗耳水空流。绿苔唯见遮三径,青史空传谢九州。缅想古人增叹惜,飒然云树满岩秋。"[1]"许由庙",《高士传》载:"许由,字武仲,阳城槐里人。隐于沛泽之中。尧让天下于许由,由于是遁耕于中岳颍水之阳、箕山之下,终身无经天下色。许由没,葬箕山之巅,因名许由山,在阳城之南十馀里。尧因其墓号曰箕山公神,以配食五岳。""箕山",《登封县志》:"箕山,在县东南二十五里,高大四绝,其形如箕。山北为黄城,许由隐处也,又名许由山。旁为弃瓢岩,洗耳泉在其西。"[2]首联开门见山,直接叙述缘由,然后描写了许由庙的总体环境,树林茂密,泉水潺潺,清幽雅致。颔联接连用典,增加了内容含量。"挂瓢",《太平御览》

---

① 彭定求等编:《全唐诗》,郑州:中州古籍出版社,1996 年版,第 1457—1458 页。
② 钱起著,王定璋校注:《钱起集校注》,杭州:浙江古籍出版社,2015 年版,第 261 页。

引《琴操》曰:"许由无有杯器,常以手掬水。人见由无器,以一匏瓢遗之,由操饮,饮讫,挂瓢于树。风吹树,瓢动历历有声,由以为烦扰,遂取捐之。""洗耳",《高士传》:"尧之让许由也,由以告巢父。巢父曰:'汝何不阳汝形,藏汝光?若非吾友。'击其膺而下之。由怅然不自得,乃过清泠之水洗其耳,曰:'向闻贪言,负吾友矣。'遂去,终生不相见。"颔联用两个典故回到遥远的时代,回顾了许由的仙风道骨。"三径",阳者出入之径;"谢九州",辞谢为九州长。颈联对仗工整,赞扬了许由在历史上的声誉。尾联以写景结束,点名季令,一股淡淡的惆怅经久难散。

## 4. 送别类

《送李评事赴潭州使幕》:"湖南远去有余情,蘋叶初齐白芷生。谩说简书催物役,遥知心赏缓王程。兴过山寺先云到,啸引江帆带月行。幕下由来贵无事,伫闻谈笑静黎氓。"[1]"评事",大理寺属官。"潭州",即长沙,因其地有昭潭而得名。"蘋",多年生水生蕨类植物,茎横卧在浅水的泥中,叶柄长,顶端集生四片小叶,全草可入药,亦作猪饲料,亦称"大萍""田字草"。首联以"有余情"定调,绵绵不舍情谊,虽然有点直露,但不乏真情,第二句描述自然景物,荡开至自然界。"谩说",暂且不要说;"物役",被外物所役使;"心赏",有契于心,欣然自得。颔联有点抽象,"谩说"的"谩"这个副词用得较精彩,诗作的行文有活跃之姿,避免呆板。颈联想象行程,一路上雅兴不减,流连风景,书生意气,没有哀愁与抑郁。最后一联塑造了友人的飒爽风姿,"静"指安抚、造福百姓,

---

① 彭定求等编:《全唐诗》,郑州:中州古籍出版社,1996 年版,第 1456 页。

不是指镇压,和李白《永王东巡歌·其二》的"静"有区别:"三川北虏乱如麻,四海南奔似永嘉。但用东山谢安石,为君谈笑静胡沙。"但是所体现的胸襟和抱负是相似的,凌云壮志,慷慨任世,有盛唐之音。颈联的"啸"也能体现友人的不凡雄姿,和尾联是一致的。

《送兴平王少府游梁》:"旧识相逢情更亲,攀欢甚少怆离频。黄绶罢来多远客,青山何处不愁人。日斜官树闻蝉满,雨过关城见月新。梁国遗风重词赋,诸侯应念马卿贫。"①"兴平",县名,唐时属关内道,今陕西县名。"王少府",身世不详。"梁",战国时魏国都大梁,魏亦称梁。此诗亦为诗人在京任郎官时之作。首联定调离别很凄苦,二人之间情谊很重。"黄绶",指官位,唐陈子昂《同宋参军之问梦赵六赠卢陈二子之作》诗:"奈何苍生望,卒为黄绶欺。""黄绶罢来",可能指王少府罢官;"不愁人",指路途上心事重重。"闻蝉满",指出发时是夏天;"见月新",指路上有些时日,对仗工整。"重词赋",西汉梁孝王(汉文帝子)喜集文人宴游事。《汉书》谓梁孝王以功亲为大国,筑东苑,方三百里,大治宫室,为复道,与邹阳、枚乘、司马相如之徒极游于其上。② 故齐随郡王《山居序》所谓"西园多士,平台盛实,邹、马之客咸在,《伐木》之歌屡陈"。长卿,汉辞赋家司马相如的字。相如未遇时家徒四壁,后被武帝所赏识,以辞赋名世。诗文中常用以冷典。晋葛洪《抱朴子论仙》:"吾徒匹夫,加之罄困,家有长卿壁立之贫,腹怀翳桑绝粮之馁。"最后一联是安慰语,用了两个典故,意思是凭着君之才,在重才学的梁地一定会遇到

---

① 彭定求等编:《全唐诗》,郑州:中州古籍出版社,1996 年版,第 1456 页。

② 钱起著,王定璋校注:《钱起集校注》,杭州:浙江古籍出版社,2015 年版,第 249 页。

赏识自己的人,自己一定能重整旗鼓,施展抱负,照应了前面的"黄绶罢来",也一扫诗作开头的愁苦沉闷之气,变为激奋昂扬之歌,焕发了希望。韩愈在《送董邵南游河北序》写道:"燕赵古称多慷慨悲歌之士。董生举进士,屡不得志于有司,怀抱利器,郁郁适兹土。吾知其必有合也。董生勉乎哉!"勉励董生在河北一定会利器出锋,因为燕赵多慷慨悲歌之士。这首诗和《送董邵南游河北序》的劝勉是一致的,不要消沉气馁,一定会重展宏图。这比一般的送别诗在格调上要高一些。

### 5. 酬和类

《和李员外扈驾幸温泉宫》:"未央月晓度疏钟,凤辇时巡出九重。雪霁山门迎瑞日,云开水殿候飞龙。经寒不入宫中树,佳气常薰仗外峰。遥羡枚皋扈仙跸,偏承霄汉渥恩浓。"[①]"李员外",可能是李嘉祐。李嘉祐罢台州刺史后,任袁州刺史前,曾入为司勋员外郎时间,约在大历四年(769)前,其时钱起亦正在司勋员外郎任上,与李共事。"温泉宫",即骊山华清池。此诗当为大历初在京之作。"扈驾",随侍帝王的车驾。"未央",指未央宫,西汉宫殿,在今陕西西安城西北约六千米,汉长安故城西南隅,这里泛指唐代宫殿。"凤辇",皇帝的车马。"九重",渲染仪仗的繁华和壮观,有大国气象。"雪霁",有象征大唐经过安史之乱后逐步恢复元气之意;"水殿",温泉宫内殿宇四周以清水环之,故称水殿。第二联以阔大灵动的气势渲染了吉祥气氛,预示和呼唤大唐盛世重现,把希望寄托在皇帝身上,这也是普通士子的普通心声,写景的

---

① 彭定求等编:《全唐诗》,郑州:中州古籍出版社,1996年版,第1455页。

环境烘托还是清丽的。颈联继续描述宫中的祥和气象,用反对法,宫中树常青,吉气常绕山峰,好一派国泰气象。"枚皋",枚乘子,善辞赋,才思敏捷,时人将其比为东方朔,汉武帝文学侍臣;"仙跸",指天子的车驾。"渥恩浓",皇恩浩荡,普天之下,概受雨露,一片欣欣向荣的气象。钱起和王维交往甚密,有些作品模仿王维,这首诗和王维的《奉和圣制从蓬莱向兴庆阁道中留春雨中春望之作应制》比较相似:"渭水自萦秦塞曲,黄山旧绕汉宫斜。銮舆迥出千门柳,阁道回看上苑花。云里帝城双凤阙,雨中春树万人家。为乘阳气行时令,不是宸游玩物华。"只是王维有浑厚之气,钱起是清丽文气。"马晓地先生在《王维和钱起》一文中指出'两人诗中的意象有很大的因袭性',同时'在诗歌色调上都偏好清冷,对诗之画面都侧重渲染一种宁静、旷远,甚至微着朦胧的气氛',追求一种'清幽的气象和超然的意韵完美融合而形成的境界——清'。"[①]

《山中酬杨补阙见过》:"日暖风恬种药时,红泉翠壁薜萝垂。幽溪鹿过苔还静,深树云来鸟不知。青琐同心多逸兴,春山载酒远相随。却惭身外牵缨冕,未胜杯前倒接䍦。"[②]"补阙",官名,唐武后垂拱元年(685)始置,有左右之分,左补阙属门下省,右补阙属中书省,掌供奉讽谏。开头两句描绘了世外桃源般的仙境,这是杨阙缺居住的场所,这两句都是句中对,"日暖"对"风恬","红泉"对"翠壁"。颔联也描绘了一个清雅悠远的环境,令人有飘飘欲仙之感。前四句的写景还是很见功底的,列出了一系列的意象,构成了一幅仙境。"青琐",亦作"青锁",亦作

---

① 蒋寅撰:《大历诗人研究》,北京:中华书局,1995年版,第184页。
② 彭定求等编:《全唐诗》,郑州:中州古籍出版社,1996年版,第1458页。

"青璥",装饰皇宫门窗的青色连环花纹。《汉书·元后传》:"曲阳侯根骄奢僭上,赤墀青琐。""青琐同心"指志同道合的人,颈联写杨补阙在这样的环境中的活动,逸兴壮飞,载酒远行,雅士模样。"牵缨冕",为吏事所牵;"倒接罗",倒戴接罗帽,"接罗",白帽子。李白《襄阳歌》:"落日欲没岘山西,倒著接罗花下迷。"尾联表达自己因为公务繁忙,不能常和友人饮酒揽胜,这是客气话。诗作前六句比较精彩,历来受到人们的喜爱。

## 6. 综论

胡应麟《诗薮》说:"唐七律自杜审言,沈佺期首创工密。至崔颖李白,时出古意,一变也。高岑王李风格大备,又一变也。杜陵雄深浩荡,超忽纵横又一变也。钱刘稍加流畅,降为中唐,又一变也。"[1]道出钱起七律之长在于流畅。钱起的流畅表现在不常用典,如《山花》:"山花照坞复烧溪,树树枝枝尽可迷。野客未来枝畔立,流莺已向树边啼。从容只是愁风起,眷恋常须向日西。别有妖妍胜桃李,攀来折去亦成蹊。"[2]诗作写山花,是一种环境渲染,描绘了生机盎然的景色,把游客揽入其中,增添了趣味,最后表达了惜春的情感。但诗作也暗用了典故,"桃李不言,下自成蹊"化在其中。全诗没有拗救,没有倒装,明白顺畅,但也诗意浓浓,显示了作者高超的语言驾驭能力,也是作者有意为之。又如《题郎士元半日吴村别业,兼呈李长官》:"半日吴村带晚霞,闲门高柳乱飞鸦。横云岭外千重树,流水声中一两家。愁人昨夜相思苦,闰月今年

---

① 陈伯海编:《唐诗论评类编》,济南:山东教育出版社,1993年版,第443页。
② 彭定求等编:《全唐诗》,郑州:中州古籍出版社,1996年版,第1459页。

春意赊。自叹梅生头似雪，却怜潘令县如花。"①前四句写了友人的别业周围的山川河流，语言简洁生动，没有生僻字，但是也境界阔远，并不狭窄。后四句抒情议论，"梅生头似雪"是拟人，富有表现力，流畅但不肤浅。

钱起的七律还具有清丽的特色。如《送裴頔侍御使蜀》："柱史才年四十强，须髯玄发美清扬。朝天绣服乘恩贵，出使星轺满路光。锦水繁花添丽藻，峨嵋明月引飞觞。多才自有云霄望，计日应追鹓鹭行。"②诗作的第二联"朝天绣服乘恩贵，出使星轺满路光"色彩鲜丽，"锦水繁花添丽藻"景色艳丽，"峨嵋明月引飞觞"景物清秀，全诗意象清丽，给人以积极乐观向上的氛围。又如《题嵩阳焦道士石壁》："三峰花畔碧堂悬，锦里真人此得仙。玉体才飞西蜀雨，霓裳欲向大罗天。彩云不散烧丹灶，白鹿时藏种玉田。幸入桃源因去世，方期丹诀一延年。"③诗中"碧堂""霓裳""彩云""白鹿"等意象，清朗俊秀、艳丽疏清。这种意象在钱起的七律中比较普遍。

## （二）整炼委曲的李端

李端，字正己，赵州（今河北赵县）人，是"大历十才子"之一，诗人李嘉祐的从侄。大历五年（770）举进士。及第前曾隐居于嵩山、庐山等地。及第后仕途发轫于秘书省校书郎。后因病辞官，隐居于终南山草

---

① 彭定求等编：《全唐诗》，郑州：中州古籍出版社，1996 年版，第 1455 页。
② 彭定求等编：《全唐诗》，郑州：中州古籍出版社，1996 年版，第 1456 页。
③ 彭定求等编：《全唐诗》，郑州：中州古籍出版社，1996 年版，第 1457 页。

堂寺。又归居衡山，自号"衡岳山人"。后复起入聘东川节度使幕，约建中年间，贬为杭州司马。

　　李端才思敏捷，作为唐代大历十才子之一，元代辛文房《唐才子传》说他"诗更高雅，于才子中名响铮铮"，清代乔亿在《大历诗略》卷四中亦认为李端的诗"思致弥清，径陌迥别"，甚至认为李端"品第在卢允言、司空文明之上"，评价极高。平心而论，李端诗歌品第是否在卢纶、司空曙之上有待论证，但李端于十才子中的才名诗思，确值一提。就创作数量而言，李端现存诗歌261首，存诗数量在大历十才子中仅次于钱起和卢纶，居第3位。其中七律24首。

| 分类 | 题目 | 数量 |
| --- | --- | --- |
| 寄赠类 | 赠郭驸马（郭令公子暖尚升平公主令于席上成此诗）二首、赠道士、忆故山赠司空曙、闲园即事赠考功王员外、寄庐山真上人、赠道者、戏赠韩判官绅卿 | 9 |
| 记游类 | 题元注林园、题云际寺准上人房、题觉公新兰若、题故将军庄 | 4 |
| 写景咏物类 | 和李舍人直中书对月见寄 | 1 |
| 抒情类 | 宿淮浦忆司空文明、代弃妇答贾客（一作姜薄命）、卧病闻吉中孚拜官寄元秘书昆季、江上逢柳中庸 | 4 |
| 送别类 | 送濮阳录事赴忠州、送马尊师（一作送侯道士）、送皎然上人归山、送周长史、山中寄苗员外 | 4 |
| 酬和类 | 野寺病居喜卢纶见访 | 1 |
| 总计 | | 23 |

### 1. 寄赠类

《赠郭驸马（其一）》："青春都尉最风流，二十功成便拜侯。金距斗鸡过上苑，玉鞭骑马出长楸。熏香荀令偏怜少，傅粉何郎不解愁。日暮吹箫杨柳陌，路人遥指凤凰楼。"①李端在中进士之前，也曾数次落第，不过他凭借出众的才气，因《赠郭驸马》一诗在郭暖府中的一次宴会上擅场因而声名鹊起，此后，此事也便成为美谈。"郭驸马"，即郭暖，郭子仪少子，升平公主驸马。"都尉"，古代武官名，郭暖曾任检校散骑常侍。首联赞美驸马春风得意，高官得做。颔联接下来写驸马的富贵生活，斗鸡骑马，潇洒安逸。颈联用两个典故，"荀令"指荀彧，传说曾得异香用来熏衣；"傅粉何郎"指三国善玄言的何晏，粉不离手。"凤凰楼"，指帝王宫中的池台楼阁及宫殿名。尾联赞扬郭暖是皇家的人，"遥指"，荡开距离，犹生诗意。这首诗从思想上来说内容空泛，但从艺术上看则对偶工整，音韵铿锵，用典贴切，而且即席赋诗也绝非易事，在这样的场合，李端竟能完成此作，可从中看出他是一个才思多么敏捷而又极富才情的诗人。

《旧唐书·李虞仲传》："大历中，（端）与韩翃、钱起、卢纶等文咏唱和，驰名都下，号'大历十才子'。时郭尚父少子暖尚代宗女升平公主，贤明有才思，尤喜诗人，而端等十人多在暖之门下。每宴集赋诗，公主坐视帘中，诗之美者，赏百缣。暖因拜官，会十子曰：'诗先成者赏。'时端先献，警句云：'熏香荀令偏怜小，傅粉何郎不解愁。'立即以百缣赏之。钱起曰：'李校书诚有才，此篇宿构也。愿赋一韵正之，请以起姓为韵。'端即襞笺而献曰：'方塘似镜草芊芊……'暖曰：'此愈工也。'起等

---

① 彭定求等编：《全唐诗》，郑州：中州古籍出版社，1996年版，第1769页。

始服。"①《山满楼笺注唐诗七言律》:"此等诗不难于有色有声,而难于有韵致,存此以为落笔板重者之顶门一针。"②

《赠道者》:"窗中忽有鹤飞声,方士因知道欲成。来取图书安枕里,便驱鸡犬向山行。花开深洞仙门小,路过悬桥羽节轻。送客自伤身易老,不知何处待先生。"③这首诗很有趣味,充分展开想象力。首联写飞来的鹤,鹤在道教中是吉祥的象征,也是修道成功的象征。第三联是流水对,"鸡犬"是用老子《道德经》第八十章中的这么一句话:"邻国相望,鸡犬之声相闻,民至老死不相往来。""向山行"是用《桃花源记》武陵人的典故。颈联继续写仙人生活,是模仿桃花源来写的。这首诗最大的特点是用典故渲染仙源环境,创造梦幻境界,抓住人物的身份,切题。

## 2.记游类

《题故将军庄》:"曾将数骑过桑干,遥对单于饮马鞍。塞北征儿谙用剑,关西宿将许登坛。田园芜没归耕晚,弓箭开离出猎难。唯有老身如刻画,犹期圣主解衣看。"④"故将军"的典故出自《史记》,据《史记·李将军列传》载李广罢官闲居时,"尝夜从一骑出,从人田间饮。还至霸陵亭。霸陵尉醉,呵止广。广骑曰:'故李将军'。尉曰:'今将军尚不得夜行,何乃故也!'止广宿亭下"。"故将军"一般指久经沙场但又官位不显、沉沦下僚的老兵形象。"桑干",河名,今永定河之上游,相传每年桑

① 陈伯海编:《唐诗汇评》,杭州:浙江教育出版社,1995年版,第1493页。
② 陈伯海编:《唐诗汇评》,杭州:浙江教育出版社,1995年版,第1493页。
③ 彭定求等编:《全唐诗》,郑州:中州古籍出版社,1996年版,第1769页。
④ 彭定求等编:《全唐诗》,郑州:中州古籍出版社,1996年版,第1770页。

甚成熟时河水干涸,故名。首联写这位老兵曾经在北方和匈奴作战。颈联写老兵年龄大了,回到家乡,种地打猎都已经收获不多,生计艰难。尾联犹如一声凄厉的诉说,身上的累累伤痕记录着自己九死一生的命运,却得不到皇恩的庇荫。诗作前六句对老兵的遭遇不紧不慢地道来,最后结束突然亮出伤疤,老兵的心酸喷薄而出,万言不值一杯水,所有的爱恨都倾倒,起到了强烈的艺术效果,揭露了战争给广大平民带来的深重灾难,控诉了封建统治阶级的刻薄寡恩,成为写老兵题材的名篇。李端还有一首五律老兵题材,《赠故将军》:"平生在边日,鞍马若星流。独出间千里,相知满九州。恃功凌主将,作气见王侯。谁道廉颇老,犹能报远雠。"①这首五律抒写和赞扬老兵的业绩和豪气,和七律《题故将军庄》主题不一样。这些诗作说明李端及大历诗人们也是关心社会现实的,只是个人的愿望和努力是无力的,转而又移情于青山白云。

《题云际寺准上人房》:"高僧居处似天台,锡仗铜瓶对绿苔。竹巷雨晴春鸟啭,山房日午老人来。园中鹿过椒枝动,潭底龙游水沫开。独夜焚香礼遗像,空林月出始应回。"②"云际寺",位于陕西省西安西南 35 公里处的终南山太平峪深处的云际山巅。云际山原名宛华山,峰高海拔近 2000 米。登上此峰,脚下白云缭绕,气象万千,故自唐代又称云际山。"准上人",对僧侣的尊称。首联描绘准上人居所周围环境。颔联写竹林摇曳,春鸟啾啾,已上了年纪的准上人在寺庙中走动。颈联写山中清冷的环境中蕴藏着灵气,鹿、龙都不是世俗之物,暗蕴主人身份。最后

---

① 彭定求等编:《全唐诗》,郑州:中州古籍出版社,1996 年版,第 1766 页。
② 彭定求等编:《全唐诗》,郑州:中州古籍出版社,1996 年版,第 1769 页。

一句结尾较好,青灯相伴,有月亮还能光顾,"空"字再一次塑造了寂静的氛围。这首诗的气氛没有欣欣向荣、乐观明朗的影子,而是空寞、孤单的氛围。同样写僧侣,司空曙《送张炼师还峨嵋山》色彩明丽、情绪乐观:"太一天坛天柱西,垂萝为幌石为梯。前登灵境青霄绝,下视人间白日低。松籁万声和管磬,丹光五色杂虹霓。春山一入寻无路,鸟响烟深水满溪。"①

### 3.抒情类

《代弃妇答贾客(一作妾薄命)》:"玉垒城边争走马,铜鞮市里共乘舟。鸣环动珮恩无尽,掩袖低巾泪不流。畴昔将歌邀客醉,如今欲舞对君羞。忍怀贱妾平生曲,独上襄阳旧酒楼。"②郭茂倩的《乐府诗集》引《乐府解题》曰:"《妾薄命》,曹植云:'日月既逝西藏。'盖恨燕私之欢不久,梁简文帝云:'名都多丽质,伤良人不返,王嫱远聘,卢姬嫁迟也。'"③"玉垒",指玉垒山,在四川省理县东南,多作成都的代称。如杜甫在成都写的《登楼》就提到了玉垒山:"花近高楼伤客心,万方多难此登临。锦江春色来天地,玉垒浮云变古今。""铜鞮",指襄阳。首联说妇人曾经陪伴商贾在四川、湖北等地经商。颔联写妇人年轻貌美,穿金戴玉、款款生风、长袖善舞、顾盼多情,赢得商人喜爱。"畴昔",往日。第五句写以前使客人们如痴如醉,现如今老大色衰不能再翩翩起舞。一切都过去了,怀揣着走红时的舞曲,站在襄阳曾经舞唱过的酒楼上慢慢地回味吧。"鸣环动佩恩无尽,掩袖低巾泪不流"是句中对,比较精彩。这首七

---

① 彭定求等编:《全唐诗》,郑州:中州古籍出版社,1996 年版,第 1800 页。
② 彭定求等编:《全唐诗》,郑州:中州古籍出版社,1996 年版,第 1769 页。
③ 郭茂倩编:《乐府诗集》,北京:中华书局,1979 年版,第 902 页。

律描写心理比较细腻,女子的情态也惟妙惟肖,"鸣环动佩恩无尽,掩袖低巾泪不流"写尽年轻女子的青春美和艺术气质。另外诗作空间也比较开阔,从四川写到襄阳,最后以酒楼登高结束,犹似音乐从天际飘来,不绝如缕。作品也暗含自己身怀抱负与才华,不被朝廷重视,所愿难伸。弃妇有自己的影子,又何尝不是借弃妇的遭遇表达自己被弃的遭遇呢?写法与白居易的《琵琶行》类似,《代弃妇答贾客(一作妾薄命)》在前,是短章;《琵琶行》在后,是长篇。李端有三首《妾薄命》,其中一首如下:"忆妾初嫁君,花鬓如绿云。回灯入绮帐,对面脱罗裙。折步教人学,偷香与客熏。容颜南国重,名字北方闻。一从失恩意,转觉身憔悴。对镜不梳头,倚窗空落泪。新人莫恃新,秋至会无春。从来闭在长门者,必是宫中第一人。"①这首诗详细描绘了女子出嫁时的风采,年长后受冷落。在大历诗人中,李端对女子题材的开拓是一大特色,说明李端在仕途沉浸一段时间,熟悉年轻女子的情感与心理,对后来白居易的女子题材有启发作用。

《江上逢柳中庸》:"旧住衡山曾夜归,见君江客忆荆扉。星沉岭上人行早,月过湖西鹤唳稀。弱竹万株频碍帻,新泉数步一褰衣。今来唯有禅心在,乡路翻成向翠微。"②柳中庸(?—约 775),名淡,字中庸,蒲州虞乡(今山西永济)人,唐代边塞诗人。是柳宗元的族人。大历年间进士,与卢纶、李端为诗友。《全唐诗》存诗仅 13 首。作者于多首诗中与之唱和,如《溪行逢雨与柳中庸》"日落众山昏,萧萧暮雨繁。那堪两

---

① 彭定求等编:《全唐诗》,郑州:中州古籍出版社,1996 年版,第 1756 页。
② 彭定求等编:《全唐诗》,郑州:中州古籍出版社,1996 年版,第 1770 页。

处宿,共听一声猿。"诗作前三联写自己隐居衡山的生活,中间两联用衡山的景物来间接描叙自己恬静闲适的生活。"星沉岭上""月过湖西"是互文写法,指早晨和夜晚,显示寂静的氛围。"弱竹万株""新泉数步",写作者在衡山遇到的日常景物。中间四句很有特色,具有大历诗人偏向内心体验、景物描写精细化的典型特征,体现的内心是平稳的,甚至是冷漠,看不到激情和豪气,反映社会和个人的前景平淡,这恰好体现了当时社会的现状。最后表明心志,隐居山野、淡泊轻利。这首诗有个明显的特点,就是用静的语言描绘自己恬静的心态,语言的诗化作得很好,没有什么社会内容,诗歌技巧性很纯熟。"弱竹万株频碍帻,新泉数步一褰衣",对仗工整,造语新奇,富有表现力。"乡路翻成向翠微",诗意化地表明隐居志向。

《宿淮浦忆司空文明》:"愁心一倍长离忧,夜思千重恋旧游。秦地故人成远梦,楚天凉雨在孤舟。诸溪近海潮皆应,独树边淮叶尽流。别恨转深何处写,前程唯有一登楼。"[①]大历末年的李端由校书郎出任为杭州司马,司空曙等友人仍留长安,这首诗约作于李端杭州赴任途中。"淮浦",即现在淮安,是大运河必经之地,是从水路走的,第四句中的"孤舟"也能说明这个问题。首联紧扣自己的心情和旅程。颔联点出思念的对象,是秦地(长安)的古人,相隔遥远。蒋寅认为三、四句是诗的骨干,[②]个人认为五、六句很能代表大历诗人偏向写细腻、孤清的景物。《大历诗略》:"起联先写别恨,承接处倒出故人,转入宿淮浦,用笔之妙,

---

①　彭定求等编:《全唐诗》,郑州:中州古籍出版社,1996 年版,第 1768 页。
②　蒋寅著:《大历诗人研究》,北京:中华书局,1995 年版,第 211 页。

兼篇法也。五、六造句新挺,篇中倚此作骨。"①《大历诗略》说得极是。最后一句用"登楼"表明自己想看到友人的心情是如何迫切,仿佛看到诗人有多少话要诉说。《诗式》:"正己后移疾江南,以不得志而客此地。故发句上句曰'愁心一倍',此对己言;曰'长离忧',却属自己一面,亦对人言,皆从不得志来。下句曰'夜思千重',写愁之日长,故思亦无穷,夜思并切题中'宿'字;曰'恋旧游',言恋旧游之友,亦夜思中一事,非单为旧游也。两句已定题位,是对起格。颔联上句言秦地皆朝贵所聚,凡此类故人,迹已远矣,徒成一梦,此所以独忆文明也,此句承'离忧'。下句言楚天凉雨之候,而在孤舟独宿,易于怀人,此所以忆文明也,此句承'夜思千重'。颈联写淮浦:上句言淮浦近海,潮水一至,诸溪皆应。下句言独树在淮浦边,林叶下时,随水流尽。此句并有所托,直谓孤身飘泊,何以异此,正己暗中自况,且起落句;故落句上句言因此故忆文明,而别恨转深,然愁心如此,何处可写,正言难写也。下句言此去前程,倘逢有楼必登,惟学王粲之怀旧作赋乎?此句并抒旅思,不徒忆友矣。上句'何处'二字,叫起下句'惟有'二字。"②

## 4.送别类

《送濮阳录事赴忠州》:"成名不遂双旌远,主印还为一郡雄。赤叶黄花随野岸,青山白水映江枫。巴人夜语孤舟里,越鸟春啼万壑中。闻说古书多未校,肯令才子久西东。"③首联一般不用对仗,这里却用了,

① 陈伯海编:《唐诗汇评》,杭州:浙江教育出版社,1995年版,第1494页。
② 陈伯海编:《唐诗汇评》,杭州:浙江教育出版社,1995年版,第1494页。
③ 彭定求等编:《全唐诗》,郑州:中州古籍出版社,1996年版,第1768页。

"一郡雄"是说到忠州任地方官的主要职务。颔联有四组颜色,写濮阳录事的行程,这组对仗较巧妙,近景远景相结合,色彩斑斓,从"赤叶黄花"中能看出是秋天,"江枫"更能说明这一点。第五句,"巴人"指友人去巴蜀任职,行程孤单,"越"指李端在浙江为他饯行,"濮阳"在河南,是友人曾经任职的地方。颈联对仗也很工整,"孤"对"万"比单纯数字对更显工。"春啼"是说友人春天时还在浙江,秋天时候去忠州的,可以这么理解。"西东"泛指四方、无定向,尾联说得很巧妙,意思是友人做官迁徙的地方很多:河南(濮阳)、浙江、巴蜀(忠州),但是没有直接说出来,而是用图书未校、才子校书来比拟远地做官,暗中称赞友人的才能。这首诗语言流畅,对仗工整,转承自然,语意蕴藉。

《送马尊师(一作送侯道士)》:"南入商山松路深,石床溪水昼阴阴。云中采药随青节,洞里耕田映绿林。直上烟霞空举手,回经丘垄自伤心。武陵花木应长在,愿与渔人更一寻。"①这是一首送道士的诗歌。大历送别诗很多,但这首很有特点,写得春花烂漫、白云依依。"商山",因"四皓"得名,原泛指秦汉上雒、商(县)之间的南山,这里并非实指。首联渲染马尊师所在地的树林茂密、溪水潺潺。"青节",指竹子。颔联写马尊师的修道生活,到险峻的山岭去采药,山间有农田自给自足,"洞里耕田"暗用陶渊明《桃花源记》的典故,是世外桃源。颈联是说修炼还没成功,成仙尚待时日,只好还留在人间,有婉转批评意。"武陵""渔人",即用《桃花源记》中的"武陵人捕鱼为业",尾联又提到世外桃源,寓意不要丧失信心,修炼会成功的。整首诗描绘了道人的生活及追求,表达了

---

①　彭定求等编:《全唐诗》,郑州:中州古籍出版社,1996 年版,第 1768 页。

对他的祝愿,特别契合送别气氛。意境优美,充满仙风道骨,"云中采药""洞里耕田""烟霞""武陵花木",读来令人飘飘欲仙。

《山中寄苗员外》:"鸟鸣花发空山里,衡岳幽人藉草时。既近浅流安笔砚,还因平石布蓍龟。千寻楚水横琴望,万里秦城带酒思。闻说潘安方寓直,与君相见渐难期。"①诗人远游江淮广陵一带。《唐才子传》:"移家来隐衡山,自号衡岳幽人。弹琴读《易》,登高望远,神意泊然。"可证明,李端晚年再次来到衡山隐居。②"苗员外",员外即员外郎,指苗发,潞州(今山西长治)人,生卒年不详,大历十才子之一,曾官秘书丞、都官员外郎、驾部员外郎,乐平县令。苗发父晋卿曾任宰相,权倾一时。苗发存诗2首,多与大历诗人唱和,如卢纶《得耿沣司法书因叙长安故友零落兵部苗员外发秘省李校书端……郑仓曹畅参军昆季》,提到兵部苗员外。首联写在春天里,自己隐居在衡山修行,"藉草",以草荐地而坐,宋代张孝祥《临江仙·试问梅花何处好》:"试问梅花何处好,与君藉草携壶。西园清夜片尘无。一天云破碎,两树玉扶疏。"颈联写对苗发的思念,距离太远,千寻万里,"楚水",指自己在楚地,秦城指苗发在长安,长安原来是秦地。这首诗首联和颈联比较有特色,一般送别诗全诗都妙的比较少,能有一至两联做到精妙也很不错了。

### 5.酬和类

《野寺病居喜卢纶见访》:"青青麦垄白云阴,古寺无人新草深。乳燕拾泥依古井,鸣鸠拂羽历花林。千年驳藓明山履,万尺垂萝入水心。

---

① 彭定求等编:《全唐诗》,郑州:中州古籍出版社,1996年版,第1769页。
② 辛文房撰,傅璇琮校笺:《唐才子传校笺》,北京:中华书局,1987年版,第73页。

一卧漳滨今欲老,谁知才子忽相寻。"①这是一首写在病中老友来访的作品,老友即卢纶,也是大历十才子之一。首联先描绘自己生病所居地方是寺院,在郊外,周围是农田,人迹不多,"新草深"间接说明自己的窘状。颔联具体描绘春天的景色,乳燕啄泥,古井汲水,春鸟展翅,花林烂漫,一派欣欣向荣。颈联表面上写景色,苔藓上有脚印,垂萝伸入水中央,这些景物暗含作者和卢纶的友谊深厚。尾联自然过渡到自己已年老多病,感谢友人惦记来看望。

## 6. 综论

闻一多曾这样评价大历十才子的诗:"(一)写的逼真,如画工之用工笔,描写细致;(二)写的伤感,使人读了真要下同情之泪,像读后来李后主的词一样。用字的细腻雅致,杜甫比起他们都嫌太浑厚了。"②以上评价也许有些过誉,但可见历代学者文人对李端的肯定。在律诗上,李端呈现出另一种艺术特色,追求诗歌技巧和形式的整练。他注重对偶工整,音律和谐,句妥字帖。一方面,诗人体物状情力求逼真,形象地再现所描摹之事物;另一方面,追求词语的对偶,讲究声律的和谐和字句的锤炼。如《题元注林园》"乳鹊昄巢花巷静,鸣鸠鼓翼竹园深","昄巢""鼓翼",对仗工整,观察细致,已全无浑然。如《送皎然上人归山》"古寺山中几日到,高松月下一僧行",《送周长史》:"云阴出浦看帆小,草色连天见雁遥。"宋人张表臣云:"诗以意为主,又须篇中炼句,句中炼字,乃

---

① 彭定求等编:《全唐诗》,郑州:中州古籍出版社,1996年版,第1768页。
② 郑临川述评:《闻一多论古典文学》,重庆:重庆出版社,1984年版,第139页。

得工耳。以气韵清高深妙者绝，以格力雅健雄豪者胜。"①魏庆之也云："百炼为字，千炼为句。"②炼字在大历诸子中已经很盛行，对提高律诗的整体规范有重要的促进作用。

### (三)清新闲淡的司空曙

司空曙，字文明，一字文初，洺州(河北永年)人，一说京兆(陕西西安)人。安史之乱起，避难寓居江南。后登进士第，官主簿。大历末，自左拾遗贬长林丞。贞元初佐剑南西川节度使韦皋幕，检校水部郎中。官终虞部郎中。曙为卢纶表兄，与纶同为"大历十才子"之一。《新唐书·文艺下》于《卢纶传》后附有寥寥数语记载司空曙，其他书也未提供更多材料。

司空曙有 18 首七律，分寄赠类、记游类、怀古咏史类、送别类、酬和类等，其中寄赠类最多，有 7 首，记游类 2 首，怀古咏史类 2 首，送别类 3 首，酬和类 4 首。

| 分类 | 题目 | 数量 |
|---|---|---|
| 寄赠类 | 寄胡居士、寄卫明府常见短靴褐裘，又务持诵是以有末句之赠、赠衡岳隐禅师、早夏寄元校书、下第日书情寄上叔父、长安晓望寄程补阙(一作包何诗)、闲园即事寄陕公 | 7 |
| 记游类 | 题陕上人院、题凌云寺 | 2 |
| 怀古咏史类 | 南原望汉宫、过卢秦卿旧居 | 2 |
| 送别类 | 送张炼师还峨嵋山、送王尊师归湖州、送曲山人之衡州 | 3 |

---

① 张表臣编：《珊瑚钩诗话》，北京：中华书局，1985 年版，第 5 页。
② 魏庆之编：《诗人玉屑》，上海：上海古籍出版社，1978 年版，第 3 页。

| 分类 | 题目 | 数量 |
|---|---|---|
| 酬和类 | 秋日趋府上张大夫、酬张芬有赦后见赠(一作司空图诗)、酬李端校书见赠、酬崔峒见寄(一作江湖秋思) | 4 |
| 总计 | | 18 |

## 1.寄赠类

寄赠类有 7 首,是七律中种类最多的。

《早夏寄元校书》:"独游野径送芳菲,高竹林居接翠微。绿岸草深虫入遍,青丛花尽蝶来稀。珠荷荐果香寒簟,玉柄摇风满夏衣。蓬荜永无车马到,更当斋夜忆玄晖。"①"元校书",《旧唐书·元载传》卷一百十八载,元载,凤翔岐山(今陕西省宝鸡境内)人,三子季能,曾任校书郎。当时司空曙或在长安游历,有诗歌赠答。从题目上看,时间是早夏,诗中出现的也是早夏的景色。从诗的整体内容看,主要写司空曙自己的隐居生活,把自己生活状况以及心志告诉元校书。前六句的主要意象有"野径""芳菲""草深""虫""花""蝶""珠荷",作者把这些大多具有初夏特色的众多景物组缀起来,粘合成几幅恬静优美的风物画,体现了体物绘图的能力。这些景物不是奔腾大川、巍峨山岭,而是柔弱细微的景物,这些景物的选择与描写,反映了司空曙及大历诗人不再有盛唐诗人那磅礴的壮志、高度的自信、济世报国的热情,而是更关注自身的状况,在比较狭小的圈子里经营着自己的心愿和事业。大历诗人不同于盛唐诗人的明显之处,表现在诗歌上就是对微小事物的雕刻。尾联用玄晖

---

① 　彭定求等编:《全唐诗》,郑州:中州古籍出版社,1996 年版,第 1792 页。

（谢朓）借指元校书，来表明自己对其的思念。

对比一下盛唐时期王维《积雨辋川庄作》，也是用七律来写隐居生活的："积雨空林烟火迟，蒸藜炊黍饷东菑。漠漠水田飞白鹭，阴阴夏木啭黄鹂。山中习静观朝槿，松下清斋折露葵。野老与人争席罢，海鸥何事更相疑。绿岸草深虫入遍，青丛花尽蝶来稀。"①王维这首诗写了周围农民的生产、生活，以及作者与当地人的互动，表明自己对隐居的兴趣。而司空曙的《早夏寄元校书》没有周围人的影子，有的只有他自己，是不是有点孤单冷清，圈子比较狭窄呢？答案是肯定的。王维的写景明显比较大气光亮，视野开阔：漠漠水田飞白鹭，阴阴夏木啭黄鹂，由此体现的胸襟自然不一样，司空曙的"绿岸草深虫入遍，青丛花尽蝶来稀"就孤僻一些，如果纯粹从艺术上来讲，二者不相上下，但是体现出的审美取向还是有高下之别的。

《寄胡居士》："日暖风微南陌头，青田红树起春愁。伯劳相逐行人别，岐路空归野水流。遍地寻僧同看雪，谁期载酒共登楼。为言惆怅嵩阳寺，明月高松应独游。"②"居士"，居家学道者。前四句是写景叙述，从"春愁"看，是写春天的景色。"日暖""风微""青田""红树"，具有春天的特征，这日暖风微的日子，本是一年中最好的天气，但是作者看到青田红树却起了淡淡的忧愁。这是诗意的转折，借乐景写愁心，自然是欣欣向荣的，但心情却有点糟糕，可谓一转，引出下文。下面的颔联两句继续写忧愁，是首联的深化。第三句从"伯劳相逐"引出"行人别"，借景抒

---

① 彭定求等编：《全唐诗》，郑州：中州古籍出版社，1996年版，第704页。
② 彭定求等编：《全唐诗》，郑州：中州古籍出版社，1996年版，第1802—1803页。

情,自然巧妙。第四句"空归"二字可谓和盘托出,寂寞之情溢于言表。颈联转到自己需要饮酒论诗的好友,尾联想象遥远的胡居士也默默地忍受着无诗酒知己的孤独吧。用"明月高松"做背景,烘托了胡居士的高洁情操,这种写法是常用写法,如王维《山居秋暝》中"明月松间照,清泉石上流"。

《寄胡居士》首联的结构有些特点,它是用句中对行文的。七律首联不需对仗,但首联是用半句句中对,第一句用"日暖""风微"相对,第二句用"青田""红树"相对,对仗工整,这是一种较新的七律首联书写方式,但有早期七律的特点。

《寄卫明府常见短靴褐裘,又务持诵是以有末句之赠》:"柴桑官舍近东林,儿稚初髫即道心。侧寄绳床嫌凭几,斜安苔帻懒穿簪。高僧静望山僮逐,走吏喧来水鸭沈。翠竹黄花皆佛性,莫教尘境误相侵。"①"卫明府",即卫象,长林县令,唐代以明府称县令,司空曙另有五律《卫明府寄枇杷叶以诗答》、乐府《长林令卫象饷丝结歌》。从题目看,此诗极力描绘和歌颂卫象一心向佛、修身悟道的形象。"柴桑",原指九江,这里指司空曙贬官地长林县。首联叙述长林县有佛寺,卫象自小受熏佛法。颔联写卫象的日常生活,"绳床"指坐具,将卫象粗茶淡饭、粗褐青帻、深居简出、专心事佛的形象描绘出来了。颈联进一步叙述卫象静谧的生活,是通过"山僮逐""水鸭沈"的意象来表达的,这对于一个官吏来讲是比较可贵的,也说明卫象的学佛并非做做样子。尾联的第七句带有佛教语,"翠竹黄花"出自宋代释道原《景德传灯录·慧海禅师》:"迷人不

① 彭定求等编:《全唐诗》,郑州:中州古籍出版社,1996年版,第1796页。

知法身无象,应物现形,遂唤青青翠竹,总是法身;郁郁黄华,无非般若。黄华若是般若,般若即同无情;翠竹若是法身,法身即同草木。"这样很好地联系了卫象的志趣。本诗的艺术特点是通过几个简单富有佛性特征的意象的叙述,完成了对卫象进行静态的刻画。作品风格平淡,没有大起大落,就像佛家提倡的那样安宁。

《长安晓望寄程补阙(一作包何诗)》:"迢递山河拥帝京,参差宫殿接云平。风吹晓漏经长乐,柳带晴烟出禁城。天净笙歌临路发,日高车马隔尘行。独有浅才甘未达,多惭名在鲁诸生。"①"补阙",官职名,掌供奉讽谏。从最后一句"鲁诸生"看,应是作者未中进士之前游历京城或进京赶考所作。首联描写京城概貌,京城在群山环绕之中,宫殿繁多高大似乎和云朵相接,此处用夸大手法。首联不似大历诗人手法,颇具盛唐胸襟,原因何在?大历去盛唐不远,气象犹续,再者作者或赴京赶考,满腹经纶或可能中榜,报国酬志,自然气象不同。第二联也写得色彩鲜明,从"柳带晴烟"看出作者气宇轩昂、信心百倍。第三联用字也是明快俊朗,"天净笙歌""日高""隔尘",分明是一个对前途充满信心的人眼里所见,自信才能有所用,志能弘舒。最后一联是自谦之辞,对自己才能可能不被任用感到惆怅。此诗与王维的一首写帝京的七律相近,《春雨中春望之作应制》:"渭水自萦秦塞曲,黄山旧绕汉宫斜。銮舆迥出千门柳,阁道回看上苑花。云里帝城双凤阙,雨中春树万人家。为乘阳气行时令,不是宸游玩物华。"②王维的诗充满了雍容华贵,虽然这首诗写作

① 彭定求等编:《全唐诗》,郑州:中州古籍出版社,1996年版,第1792页。
② 彭定求等编:《全唐诗》,郑州:中州古籍出版社,1996年版,第702页。

126

时间是在安史之乱后,国家已经衰败不堪,但王维盛唐人的雄心还在,那口气还在,所以写出的东西依然大气。胡应麟在《诗薮》中评价:"中唐如钱起《和李员外寄郎士元》,皇甫曾《早朝》、李嘉祐《登阁》、司空曙《晓望》,皆去盛唐不远。"①明人王世懋《艺圃撷馀》云:"唐律之由盛而中,极是盛衰之介。然王维、钱起,实相倡酬,子美全集,半是大历以后,其间逗漏,实有可言,聊指一二。如右丞'明到衡山'篇,嘉州'函谷''磻溪'句,隐隐钱、刘、卢、李间矣。至于大历十才子,其间岂无盛唐之句?盖声气犹未相隔也。学者固当严于格调,然必谓盛唐人无一语落中,中唐人无一语入盛,则亦固哉其言诗矣。"②《全唐诗》在二百九十二卷司空曙和在二〇八卷包何同时收录《长安晓望寄程补阙》,除此外,包何还有另外4首七律,这4首中没有一首是境界开阔、气势昂扬的作品,有的篇目中有个别诗句有轩昂气,如《同阎伯均宿道士观有述》中"迢迢列宿映楼台",《阙下芙蓉》中"天上河从阙下过",但整篇气势还是属于柔婉类型,从谋篇造句来看,也不突出。由此可以看出,《长安晓望寄程补阙》隶属于司空曙可能性大。《文苑英华》卷二五四也定为司空曙作。

## 2.记游类

记游类2首:《题凌云寺》《题㧑上人院》。

《题凌云寺》:"春山古寺绕沧波,石磴盘空鸟道过。百丈金身开翠壁,万龛灯焰隔烟萝。云生客到侵衣湿,花落僧禅覆地多。不与方袍同

---

① 胡应麟撰:《诗薮》,上海:中华书局,1958年版,第82页。
② 王世懋撰:《艺圃撷余》,北京:中华书局,1985年版,第3页。

结社,下归尘世竟如何。"①"凌云寺",在嘉州(今四川中部乐山东)凌云山。唐开元初建,有雨花台、近河台、浮玉亭诸胜。寺遭元明两次战毁,现在的凌云寺乃清康熙六年(1667)重建。唐开元中,僧海通于渎江、沫水、蒙水三江之会,悍流怒浪之滨,凿山为弥勒大像(即今乐山大佛),高三百三十尺,建七层阁以覆之。至韦皋时,积十五年而工始备。此诗大约是司空曙在韦皋幕中贺大佛落成所作。首联写凌云寺的位置,"绕沧波"指山下是江,"鸟道过"指山路险峻。首联先声夺人,渲染了环境,为下面的描述奠定了基础,是常规写法。颔联写乐山大佛和石室,把它们置于山的背景下来描述,"翠壁""烟萝"指草木茂盛,既符合当时实景,也刻画了一个生机盎然的环境,为庄严肃穆的佛像带来诗意,这是很高明的写法。颈联也抓住山的特点,随地生景。最后一句以问句形式表明自己对佛教的向往和崇敬的心情,较活泼。本诗最大的特点是把山景和佛寺的描写融为一体,使镜头比较有生机,少议论,这是唐诗的重要特点之一,也是唐诗优于宋诗的重要优势之一。

《题暕上人院》:"闭门不出自焚香,拥褐看山岁月长。雨后绿苔生石井,秋来黄叶遍绳床。身闲何处无真性,年老曾言隐故乡。更说本师同学在,几时携手见衡阳。"②暕上人,与司空曙、李端友善的僧人,二人常有诗唱和。从题目看,这是题在寺庙上的一首诗,叙述僧人的生活及与他的友谊。前六句都是写僧人的,首联写暕上人足不出户,闭门修炼,穿着朴素,岁月静静地流淌。颔联写暕上人的生活环境,"绳床"指

---

① 彭定求等编:《全唐诗》,郑州:中州古籍出版社,1996 年版,第 1792 页。
② 彭定求等编:《全唐诗》,郑州:中州古籍出版社,1996 年版,第 1792 页。

住的环境很艰苦。"雨后绿苔""秋来黄叶"写得清新闲淡,符合僧人的身份,紧紧抓住了写作对象。颈联赞美暎上人有修炼佛法的决心和毅力,得体有度。尾联展示联想,"见衡阳",具体可感,和孟浩然《过故人庄》"待到重阳日,还来就菊花"的结尾方式类似,余音缭绕。

### 3. 怀古咏史类

怀古咏史类有两首:《过卢秦卿旧居》《南原望汉宫》。

《过卢秦卿旧居》:"五柳茅茨楚国贤,桔槔蔬圃水涓涓。黄花寒后难逢蝶。红叶晴来忽有蝉。韩康助采君臣药,支遁同看内外篇。为问潜夫空著论,如何侍从赋甘泉。"①"卢秦卿",《新唐书·宰相世袭表三上》载,秘书少监卢虚舟从侄孙,曾任秦州刺史。②"五柳",指陶渊明,著名隐士。"韩康",卖药三十多年从不接受还价而为世人所知,遂以"韩康"借指隐逸高士,亦泛指采药、卖药者。"支遁",晋高僧。"潜夫",隐士。"赋甘泉",指西汉扬雄撰《甘泉赋》的典故。诗篇除额联纯叙述外,有六句用典,是用典较多的篇章。诗的大意说了卢秦卿从隐到官的转变。从尾联"为问""如何"等虚词来看,作者对卢秦卿为官颇有微词,这也是他对隐逸赞赏有加的一贯表现,间接表现对当时政治环境不太满意。其中"桔槔蔬圃水涓涓""黄花寒后难逢蝶""红叶晴来忽有蝉"这三句景物叙述较清新可爱,冲淡了其余部分议论叙述的枯燥,增加了可读性。

《南原望汉宫》:"荒原空有汉宫名,衰草茫茫雉堞平。连雁下时秋

---

① 彭定求等编:《全唐诗》,郑州:中州古籍出版社,1996 年版,第 1796 页。
② 欧阳修等撰:《新唐书》,北京:中华书局,1975 年版,第 2924 页。

水在,行人过尽暮烟生。西陵歌吹何年绝,南陌登临此日情。故事悠悠不可问,寒禽野水自纵横。"①这首诗题目是"望汉宫",自然是对汉代灭亡的感慨,寄托对当朝的忧郁,这是咏史怀古的常用写法。诗作通过登临远望荒凉的汉宫,表达自己情感,写景、叙事、抒情相结合,意境深婉,写景清丽。结尾"寒禽野水自纵横"与刘禹锡《西塞山怀古》结尾类似,"今逢四海为家日,故垒萧萧芦荻秋"表达了萧条之感,"寒禽野水自纵横"也是这种意境,而司空曙写作在前。所以这是一首艺术特色较好的七律。毋庸讳言,这首诗在写作形式上存在缺点。每句开头的前两个字的构词都是偏正式:"荒原""衰草""连雁""行人""西陵""南陌""故事""寒禽",词语构词方式过于单一,缺少变化,是"八平头"。还有前七句的节奏都是"2—2—2—1",单调生硬,这在清代是很少见的形式,也反映了唐代在作诗形式方面还没有做出系统总结,偏向于意境、意象、语言等方面。

### 4.送别类

送别类 3 首:《送张炼师还峨嵋山》《送王尊师归湖州》《送曲山人之衡州》。

《送张炼师还峨嵋山》:"太一天坛天柱西,垂萝为幌石为梯。前登灵境青霄绝,下视人间白日低。松籁万声和管磬,丹光五色杂虹霓。春山一入寻无路,鸟响烟深水满溪。"②"炼师",对道士的敬称,以其懂养生炼丹之法,故称。"太一",天神。首联写峨嵋山的位置及环境和地势,

---

① 彭定求等编:《全唐诗》,郑州:中州古籍出版社,1996 年版,第 1792 页。
② 彭定求等编:《全唐诗》,郑州:中州古籍出版社,1996 年版,第 1800 页。

"为幌",比喻修辞,生动再现峨嵋山植被繁茂,"石为梯",也是比喻,写出峨眉山险要的地势,"垂萝为幌石为梯",两用修辞,出语不凡。颔联写山势的巍峨,艺术效果不亚于王维《终南山》中的"白云回望合,青霭入看无",王维用"白云""青霭"来渲染终南山的高耸,司空曙用"青霄""白日"来描写峨嵋山,有异曲同工之妙,只不过《送张炼师还峨嵋山》是七律,前面加了"前登""下视"。尾联一波三折,"寻无路"乍一惊,读完最后一句才知无路的原因是鸟语花香、春色满山,景色之美迎面扑来,妙趣横生。南宋陆游《游山西村》中的"山重水复疑无路,柳暗花明又一村"和这类似,陆游有没有受司空曙诗作启发,不得而知。

本诗虽然是一首普通的送行诗,但是写得很有特色,主要体现在两处。第一是紧扣被送者的身份和将要到达的地点。描绘了峨眉山的环境和地势,用"管磬""鸟响烟深水满溪"描绘张炼师的生活环境,和谐安静,充满了诗情画意。用"灵境""松籁""丹光"等词语来联系张炼师的身份,贴切自然,关怀备至,也体现了二人的浓浓情感。第二是诗歌的结尾有特色,在大历年间送行诗非常流行,要想写出特色不容易,此诗的结尾没有落入赞美祝愿的老套路,而是渲染归去地的景色优美,寓赞美于形象当中。这些写法也体现了司空曙清新闲淡的艺术特色,多把清新自然的景物揽入诗中,刻画意境,在意境中寄托自己的祝愿和感情。另外中间两联对仗工整,很见功力,也说明大历时期七律对中间对仗这种写法逐渐重视并下了很大功夫。

《送王尊师归湖州》:"烟芜满洞青山绕,幢节飘空紫凤飞。金阙乍看迎日丽,玉箫遥听隔花微。多开石髓供调膳,时御霓裳奉易衣。莫学

辽东华表上,千年始欲一回归。"①"尊师",对道士的称谓。从题目可知,
这也是送别道士的诗。从整体内容看,全诗抓住道士的身份,描绘了一
系列具有道士生活和修行的意象:"幢节""紫凤""金阙""玉箫""石髓"
"霓裳""华表",渲染一种不食人间烟火、腾云于天宇的仙风道骨,间接
表达对对方的赞美和倾慕。前四句体现了作者一贯的艺术风格:清新
闲淡。"烟芜满洞青山绕",满目苍翠,居所在群山中安谧祥和,刻画了
一个云雾缭绕的仙人环境。"玉箫遥听隔花微","玉箫"指仙人之乐,
"隔花微"三字很妙,把那种若隐若现、似有还无的微妙表现得淋漓尽
致,表现了大历诗人善写细微、善写心理动感的艺术才能。

《送曲山人之衡州》:"白石先生眉发光,已分甜雪饮红浆。衣巾半
染烟霞气,语笑兼和药草香。茅洞玉声流暗水,衡山碧色映朝阳。千年
城郭如相问,华表峨峨有夜霜。"②题材和艺术手法与《送王尊师归湖州》
相近,中间两联对仗很工整,也恰到好处地扣住题目。

司空曙这3首七律送别诗,以《送张炼师还峨嵋山》艺术成就最高,
达到很高艺术水准,即使和盛唐大家作品比,也不逊色。

5.酬和类

酬和类七律有4首:《秋日趋府上张大夫》《酬张芬有赦后见赠(一
作司空图诗)》《酬李端校书见赠》《酬崔峒见寄(一作江湖秋思)》。

《秋日趋府上张大夫》:"重城洞启肃秋烟,共说羊公在镇年。鞞鼓
暗惊林叶落,旌旗遥拂雁行偏。石过桥下书曾受,星降人间梦已传。谪

---

① 彭定求等编:《全唐诗》,郑州:中州古籍出版社,1996年版,第1800页。
② 彭定求等编:《全唐诗》,郑州:中州古籍出版社,1996年版,第1793页。

吏何能沐风化，空将歌颂拜车前。"①"张大夫"，即张伯仪，据《旧唐书·德宗纪》卷十二，张伯仪为荆南节度使的时间大约是建中三年（782）至贞元元年（785）之间，此时司空曙被贬为隶属于荆南属县的长林县县丞，二人是上下级关系，故有此作。第一句点名了时间是秋天，第二句说是羊公镇守城池，这是用西晋名臣羊祜来赞美自己的上级张伯仪，用典很巧妙。颔联描述张伯仪的威严，军鼓声震落了树叶，旌旗竟然把雁阵拂偏，两句都用夸张手法，起到了很好的渲染作用。颈联用典，分别是汉代的张良和商朝的傅说，赞美张大夫兼具文武之才。最后一联谦虚称述了自己。整首诗行云流水，用词考究，褒扬、谦逊得体，表现出一种闲淡的文风。虽然这种应酬诗不具有多大的现实意义，看不到人间烟火、人民疾苦，但文笔流畅，构思缜密，艺术上善于著微，对七律的成熟作法有重要借鉴意义。

《酬李端校书见赠》："绿槐垂穗乳乌飞，忽忆山中独未归。青镜流年看发变，白云芳草与心违。乍逢酒客春游惯，久别林僧夜坐稀。昨日闻君到城阙，莫将簪弁胜荷衣。"②"李端"，大历十才子之一，与司空曙有诗歌互唱。从"忽忆山中独未归"来看，作者是在隐居期间写的。第一句"绿槐垂穗乳乌飞"，以清新的笔触写了是晚春季节，槐树垂下了束束花穗，小乌鸦已经会飞了，一切都那么生机勃勃。颔联是名句，对仗很工，"青镜"即青铜镜，时间匆匆，青春不再，从"白云芳草与心违"可以看出司空曙并不愿意主动隐居，出仕愿望还是比较强烈的。作者曾经在

---

① 彭定求等编：《全唐诗》，郑州：中州古籍出版社，1996年版，第 1794 页。
② 彭定求等编：《全唐诗》，郑州：中州古籍出版社，1996年版，第 1796 页。

安史之乱后避居江南,避居是无奈的行为,时事稳定后必追取功名。作者五律《贼平后送人北归》:"世乱同南去,时清独北还。他乡生白发,旧国见青山。晓月过残垒,繁星宿故关。寒禽与衰草,处处伴愁颜。"①所描述的情景和这种心境非常相似。颈联书写作者的生活状况以及交游,虽然生活在兵荒马乱中,但是作者的隐居生活还是很安逸的。最后一联回到题目,"簪弁"指官簪和礼帽,"荷衣"指隐士服装,和簪弁相对,劝勉李端在为官的同时不要忘记自身的道德修养和人生追求,"莫将簪弁胜荷衣"有点生涩,表达一般。此诗是司空曙的名篇,能很好地体现作者清新闲淡的风格。

《酬张芬有赦后见赠(一作司空图诗)》:"紫凤朝衔五色书,阳春忽布网罗除。已将心变寒灰后,岂料光生腐草馀。建水风烟收客泪,杜陵花竹梦郊居。劳君故有诗相赠,欲报琼瑶恨不如。"②《酬张芬有赦后见赠》,《文苑英华》二四三卷认为是司空曙所写,从之。"张芬",字茂宗,曾任大理评事,后入西川韦皋幕府,带兵部郎中衔,曲艺过人,力举七尺碑,定双轮水硙,与李端友善。从题目看,应是司空曙遇赦后,张芬有诗相赠,司空曙随后酬答。颔联用了两个比喻,说自己没料到能够遇赦,生动形象,不刻板说教。颈联较精彩,"建水"在今广东省,"杜陵"在当时京城范围内,指自己曾居住地,"风烟收客泪""花竹梦郊居",并列拟人修辞,"泪"概括贬谪后的抑郁生活,"梦"指在京城相对安逸舒坦的生活,运用对比手法,颈联用南北相距遥远的地点对比,"泪""梦"对比,空

---

① 彭定求等编:《全唐诗》,郑州:中州古籍出版社,1996年版,第1791页。
② 彭定求等编:《全唐诗》,郑州:中州古籍出版社,1996年版,第1793页。

间和情感的对照,起到了较好的艺术效果,这是大历诗人善写细微情感的一贯表现。尾联是客套话,走形式,"琼瑶"出自《诗经·卫风·木瓜》:"投我以木桃,报之以琼瑶。"

《酬崔峒见寄(一作江湖秋思)》:"趋陪禁掖雁行随,迁放江潭鹤发垂。素浪遥疑太液水,青枫忽似万年枝。嵩南春遍愁魂梦,壶口云深隔路岐。共望汉朝多沛泽,苍蝇早晚得先知。"①"崔峒",博陵安平(今河北安平县)人,出身"博陵崔氏"大房,唐代"大历十才子"之一,登进士第,大历中曾任拾遗、补阙、集贤学士等职。首联叙述作者由京城被贬谪,第一句讲在京城的恭维上级的生活,"鹤发"指贬谪时的垂老状态,不一定是自己年纪大了,"江潭"出自《楚辞·渔父》"屈原既放,游于江潭,行吟泽畔"。颔联以"素浪""青枫"借指楚地景物,"太液水""万年枝"借指京城,"遥疑""忽似"表达自己对京城的思念,对贬谪生活的不满。颈联中"嵩南"指河南嵩山之南,"壶口",山名,唐时属潞州,在今山西长治东南,时崔峒为潞州功曹参军。颈联写崔峒在属地忧愁,这一联意象很丰富:"春遍""愁""魂梦""云深""隔""路岐",从这联可以看出作者善于把比较多的意象统领起来,用感情线索贯穿起来,表达自己复杂的情感,这是一个优秀诗人必备的文学素养。尾联表达了希望朝廷广施恩泽,同时也担心继续有小人捣乱。这首诗艺术水平很高,通过一系列鲜明生动的意象组合,婉转悠长地表达了自己遭贬谪的心情和对朋友的思念,这些意象的组合说明了大历诗人善于形象表达,对纯于说理的写作路线不予采纳。此诗还有点盛唐意象,体现在第二联,"太液水""万年

---

① 彭定求等编:《全唐诗》,郑州:中州古籍出版社,1996年版,第1798页。

枝",气势宏大,胸襟开阔,这和大历主流气象有点扞格,但也不矛盾,大历也保存有盛唐一些风格,毕竟去盛唐不远,对盛唐的部分继承也符合文学规律,司空曙的《长安晓望》更明显。

此诗亦被认为李嘉祐所作,题《江湖秋思》。《酬崔峒见寄(一作江湖秋思)》在《全唐诗》二百九三卷标在司空曙名下,《全唐诗》二百七卷题目为《江湖秋思》标在李嘉祐名下,在方回《瀛奎律吕》四三卷题目为《江湖秋思》标在司空曙名下。据傅璇琮《卢纶考》认为,此诗为司空曙作,从内容看,似在被贬长林县。"也是司空曙贬谪长江边的长林丞时所作,'壶口云深'云云,正好说明崔峒此时谪为潞州府的功曹参军。司空曙为长林丞大约在建中或贞元初(详见本书《司空曙考》),而大历时崔峒已任拾遗、补阙等职。"[1]

酬和类七律4首,以《酬李端校书见赠》《酬崔峒见寄(一作江湖秋思)》艺术手法最高,其余两首各有精彩诗句,都有不俗表现。

6.综论

综之,司空曙七律内容广泛,艺术上清新闲淡。原因有:一、诗歌内容善于扣住人物的身份进行展开,并结合人物所处的环境进行描绘,所作诗歌比较贴切,虽无大起大落,但也落得个精致。如《送张炼师还峨嵋山》紧扣被送人道士的身份,如"松籁万声和管磬,丹光五色杂虹霓",描绘张炼师所在的峨嵋山,并且描绘的景物也和道教有关。二、组织了一系列的相关意象,并疏密布置较为妥当,较好地表达了思想感情。如

---

[1] 傅璇琮撰:《唐代诗人丛考》,北京:中华书局,1980年版,第484页。

《酬李端校书见赠》中的"青镜流年看发变，白云芳草与心违"，通过"青镜""发变""白云""芳草"这些看得见的意象，表达一个虚的看不见的"流年""心违"，富有诗意。如果这两句全部是实的意象，就显得太密、急促，用虚的"流年""心违"隔开，则疏密有致，摇曳生姿。如《南原望汉宫》中"连雁下时秋水在，行人过尽暮烟生"，"秋水""暮烟"是静的意象，"连雁""行人"是动的意象，两句中四个意象，疏密得当，动静结合，动的意象牵引读者的思绪向前，再而反思。作者写作时所取意象大多和自然界有关，故而显得画面清新，文字清新，文风清新。而且意象排列不是雕花满眼、堆砌累赘，而是浓淡结合、次序恰当，故而闲淡。

　　明代胡应麟言："七言律最难，迄唐世工不数人，人不数篇。初则必简、云卿、延硕、巨山、延清、道济，盛则新乡、太原、南阳、渤海、驾部、司勋，中则钱、刘、韩、李、皇甫、司空。此外蔑也。"[①]司空曙的七律以其贴切精致、意象疏密匀称而形成的清新闲淡而占有一席之地。

---

　　①　胡应麟撰：《诗薮》，北京：中华书局，1958年版，第78页。

# 三、耿湋、崔峒、韩翃的七律创作

## (一)语真景清的耿湋

耿湋(?—约 787),河东(今山西永济)人,中唐大历时期诗人。宝应二年(763)登进士第,授盩厔尉。约于大历前期入朝为左拾遗(一说右拾遗),与钱起、卢纶等唱和。约大历十年(775)以左拾遗身份充括图书使往江淮,建中年间贬许州司法参军,约卒于贞元三年(787)。有诗名,大历中,"大历十才子"之一。辛文房称其"诗才俊爽,意思不群,似湋等辈,不可多得"①。耿湋存诗 165 首,其中七律 16 首,数量和比重都不大,七律中一些现实性较强的题材有一定影响。

《上将行(一作上裴行军中丞)》:"萧关扫定犬羊群,闭阁层城白日曛。栌上骅骝嘶鼓角,门前老将识风云。旌旗四面寒山映,丝管千家静夜闻。谁道古来多简册,功臣唯有卫将军。"②"萧关",为古代西北边地著名的关隘。汉代的萧关原本位于今宁夏固原东南。北宋时,政府为了防御西夏,又在汉代萧关故址以北 200 里,重筑萧关,位置是今宁夏

---

① 辛文房撰,傅璇琮主编:《唐才子传校笺》第二册,北京:中华书局,1987 年版,第 34 页。
② 彭定求等编:《全唐诗》,郑州:中州古籍出版社,1996 年版,第 1630 页。

同心县南。萧关常出现在唐代诗人作品中,如王维《使至塞上》:"单车欲问边,属国过居延。征蓬出汉塞,归雁入胡天。大漠孤烟直,长河落日圆。萧关逢候骑,都护在燕然。""层城",指高大的城阙。首联以"犬羊群"比喻侵犯边疆的少数民族,"扫定"再现盛唐雄威,"闭阁"有多种理解,可以理解为唐军胜利后闭关避战,减轻矛盾,也可理解为庆祝胜利。开篇气势雄壮,不见萎靡颓丧之气。"骅骝"为古代骏马名,传说为周穆王八骏之一,后因用作咏马的典故,有时也用以喻指贤才。"嘶鼓角""识风云"都是斗志昂扬、志在千里的意思,对仗工整。颈联用将士们的边疆恶劣环境和后方普通百姓的安宁生活做对比,百姓的安宁生活正是将士们浴血奋战的结果,不过当时情况并没有这么乐观,安史之乱后,边疆地区的吐蕃、回纥等少数民族还很强悍,衰落的唐朝困于藩镇割据,不能专心对付边疆战事,所以诗中所写更大程度上是诗人的美好憧憬和愿望,现实要残酷得多。最后以汉朝平匈奴名将卫青作结,我们的上将军就是卫青这样的民族英雄。不可否认,由于这种酬答形式的拘束,有些言辞是夸大的,不符合实际的,这是由作品创作的基础决定的。但是作品的豪迈慷慨之气和作者雄壮激烈的胸襟是值得肯定的。作品有盛唐余韵,颇有高适《燕歌行》的气概。金圣叹《贯华堂选批唐才子诗》卷三:"(前解)灭胡后却已是'闭阁',写上相威德千言不尽者,此便只以二字了之,真是奇情大笔也。……三、四写战马,写老将,又妙。若只用来写灭胡,便神彩亦有限,今却用来写'闭阁',其神彩真乃无限。……(后解)五写四郊多备,六写内地燕乐,便翻古文'出则方叔召虎,入则周公、召公'二语来作好诗,妙妙。'莫道'下十二字为一句,言古人未可独步于前也。"①蒋寅在《大历诗人研究》中认为耿湋16首七律全篇无可取之诗,②未免说之过苛。这首《上将行》气韵近盛唐,现实性亦强,是中唐不可多得的七律。

《路旁老人》:"老人独坐倚官树,欲语潸然泪便垂。陌上归心无产业,城边战骨有亲知。馀生尚在艰难日,长路多逢轻薄儿。绿水青山虽似旧,如今贫后复何为。"③"官树",官道旁所植的树,如唐钱起《送兴平王少府游梁》:"日斜官树闻蝉满,雨过关城见月新。"这首论艺术手法比较一般,主要价值在它的写实性,在于强烈的现实性。一个老人没有田地,亲人战死疆场,社会缺少关注,余生何以度过?这首诗以具体事实反映了安史之乱中大量人口死于战乱,土地兼并,社会凋零萧条的状况。钱牧斋、何义门《唐诗鼓吹评注》卷二:"首言老人倚树独坐,欲语泪垂。盖以兵戈之乱,心归陌上,已无产业可耕,骨朽城边,多有亲知可悯。且未尽余生,尚在艰难之日,而茫茫长路,又多轻薄之儿。虽山水如旧,而贫病无聊,不知何所作为而后可耳。"④作者试图通过老人这个群体来深刻反映现实,可知大历时期一些诗人还是比较关注现实的。除这首诗外,还有数首反映老人孤苦无助的诗作,如五律《赠田家翁》:"老人迎客处,篱落稻畦间。蚕屋朝寒闭,田家昼雨闲。门闾新薙草,蹊径旧谙山。自道谁相及,邀予试往还。"⑤这是社会的真实写照。

---

① 陈伯海编:《唐诗汇评》,杭州:浙江教育出版社,1995年版,第1419—1420页。
② 蒋寅撰:《大历诗人研究》,北京:中华书局,1995年版,第234页。
③ 彭定求等编:《全唐诗》,郑州:中州古籍出版社,1996年版,第1630页。
④ 钱牧斋、何义门评注,韩成武等点校:《唐诗鼓吹评注》卷二,保定:河北大学出版社,2000年版。
⑤ 彭定求等编:《全唐诗》,郑州:中州古籍出版社,1996年版,第1622页。

《奉和李观察登河中白楼》："城上高楼飞鸟齐,从公一遂蹑丹梯。黄河曲尽流天外,白日轮轻落海西。玉树九重长在梦,云衢一望杳如迷。何心更和阳春奏,况复秋风闻战鼙。"①"李观察",其名不详,耿湋另有写李观察使祈雨的七律,《贺李观察祷河神降雨》："质明斋祭北风微,驺驭千群拥庙扉。玉帛才敷云淡淡,笙镛未撤雨霏霏。路边五稼添膏长,河上双旌带湿归。若出敬亭山下作,何人敢和谢玄晖。"②从语气上看,李观察是上级。"白楼",据《大清一统志》卷一百九记载,在山西大同县南。"丹梯",红色的台阶,亦喻仕进之路。首句极言楼之高,似与飞鸟相伴,犹如李白之"手可摘星辰",首联起势不凡,夺人先声。颔联也是气魄宏伟,茫茫黄河,似与天接壤,太阳轻轻地落在西边。不必张皇,气局自大。"玉树",神话传说中的仙树,唐李白《怀仙歌》："仙人浩歌望我来,应攀玉树长相待。""云衢",犹云路。颈联富有浪漫主义气息,"杳如迷"实写自己仕途坎坷,与李白《行路难》"大道如青天,我独不得出"异曲同工。尾联提到政局不稳,战事频繁,个人利益不值提,国家之事还是重要,表达作者的家国情怀。结尾和李白《登金陵凤凰台》的结尾"总为浮云能蔽日,长安不见使人愁"近似,精神境界很高。诗作想象丰富,夸张运用成功,表达了自己的困顿和国事的低迷。

《送友人游江南》："远别悠悠白发新,江潭何处是通津。潮声偏惧初来客,海味唯甘久住人。漠漠烟光前浦晚,青青草色定山春。汀洲更

---

① 彭定求等编:《全唐诗》,郑州:中州古籍出版社,1996 年版,第 1630 页。
② 彭定求等编:《全唐诗》,郑州:中州古籍出版社,1996 年版,第 1630 页。

有南回雁,乱起联翩北向秦。"①在大历十才子中,耿湋作品中的送别诗是很少的,送别诗不是耿湋的主色调。"江潭",江边;"通津",四通八达之津渡。题目是"游江南",首联抓住江南的特点,"江潭""通津"具有江南水乡的明显特征,"白发新"有沧桑之感,古人重别离,原因是交通工具不发达,重逢比较困难。从颔联中的"潮声""海味"可知,"游江南"可能在浙江游玩。"前浦",此处指渔浦,《方舆胜览》卷六:"渔浦,在萧山县西二十里,对岸则为杭之龙山。""定山",《方舆胜览》卷一"临安府":"定山,在钱塘南四十七里。"颈联以钱塘江流域的两个地点即前浦、定山的景色作对,景色是一派好春光。尾联似乎提醒友人也要关注北方,可能北方是这位友人的家乡所在。诗作运用了一系列富有江南特征的景物进行叙述、描写,让人在浓浓的情谊中感到诗情画意,从而增加了诗意和可读性。让人浮想联翩,认为江南值得游,这是作品的力量。钱牧斋、何义门《唐诗鼓吹评注》卷二:"首言悠悠远别,白发新添,自此至江潭尚远,未即是通津也。且浙江之潮声本以惧客,而南海之食味惟甘住人,君往居彼奚伤耶!今日之别,烟花漠漠,方当渔浦之晚;草色青青,适逢定山之春。当此景物,触人愁思,已无聊赖;君行至彼汀洲,有南回之雁,联翩乱起,可无远书以慰所思耶?"②

《九日》:"重阳寒寺满秋梧,客在南楼顾老夫。步塞强登游藻井,发稀那更插茱萸。横空过雨千峰出,大野新霜万叶枯。更望尊中菊花酒,

---

① 彭定求等编:《全唐诗》,郑州:中州古籍出版社,1996年版,第1631页。
② 钱牧斋、何义门评注,韩成武等点校:《唐诗鼓吹评注》,保定:河北大学出版社,2000年版。

殷勤能得几回沾。"①写重阳节的名篇层出不穷,就七律而言,杜甫《九日蓝田崔氏庄》较为著名:"老去悲秋强自宽,兴来今日尽君欢。羞将短发还吹帽,笑倩旁人为正冠。蓝水远从千涧落,玉山高并两峰寒。明年此会知谁健?醉把茱萸仔细看。"耿湋这首《九日》和杜甫这首较为相像,似乎是耿湋对杜甫的模仿。耿的"客在南楼顾老夫"和杜的"兴来今日尽君欢"近似。耿的"发稀那更插茱萸"和杜的"羞将短发还吹帽,笑倩旁人为正冠"描绘近似,说的是发少,耿说"插茱萸",杜说"正冠"。耿的"横空过雨千峰出"和杜的"蓝水远从千涧落,玉山高并两峰寒"意境相似,都是水过峰出。耿的"更望尊中"是展望明年,杜的"明年此会"也是展望来年,耿的"几回沾"和"仔细看"动作近似。两首七律都是讲年纪大了,头发稀疏,明年还有谁来,写景都是水和山峰,所以说是耿对杜的模仿。但模仿水平很高,也有自己的体会,如第一句中的"寒寺满秋梧"渲染的老气横秋是耿湋的创造。杜甫后的几首写重阳较好的七律面目终究不同,和杜甫区别较大。如杜牧《九日齐安登高》:"江涵秋影雁初飞,与客携壶上翠微。尘世难逢开口笑,菊花须插满头归。但将酩酊酬佳节,不用登临恨落晖。古往今来只如此,牛山何必独沾衣。"②境界自创,不重复。南宋陆游《夔州重阳》:"夔州鼓角晚凄悲,恰是幽窗睡起时。但忆社醅挼菊蕊,敢希朝士赐萸枝。山川信美吾庐远,天地无情客鬓衰。佳日掩门君莫笑,病来纱帽不禁吹。"最后一句和杜甫"羞将短发还吹帽"近似,其余不同。从以上看出,耿湋的《九日》在书写重阳节的

---

① 彭定求等编:《全唐诗》,郑州:中州古籍出版社,1996 年版,第 1631 页。
② 彭定求等编:《全唐诗》,郑州:中州古籍出版社,1996 年版,第 3253 页。

众多诗篇也有一定地位,结体自然,情感有度,由于才力有限,模仿痕迹过重。杜牧、陆游才力宏富,自创佳境,上下之鉴,还是比较明显的。

《岳祠送薛近贬官》:"枯松老柏仙山下,白帝祠堂枕古逵。迁客无辜祝史告,神明有喜女巫知。遥思桂浦人空去,远过衡阳雁不随。度岭梅花翻向北,回看不见树南枝。"①《册府元龟》卷七百七:"薛近为长安县尉,徐纲为万年尉。代宗大历五年四月,贬近连州连山县尉,纲邵州武冈县尉,并员外置。是月久雨,京城饥,代宗令出米五万石,减价分粜贫人。近等逾法询私,是以惩也。"此诗当作于时,这是耿湋不多的送别诗中的一首,首联描绘送别的地点情况,在枯松老柏的山下,在一座古道旁的白帝祠中。颔联为友人鸣不平,说神灵知道你没什么罪,这是安慰的话。颈联写路途遥远,用的手法、意境较陈旧,没什么新意。"南枝",指故乡,语出《古诗十九首·行行重行行》:"胡马依北风,越鸟巢南枝。"最后表达惋惜之情,路途遥远,故乡渺渺。耿湋很少写送别诗,即使写送别诗,艺术也一般,这可能是他不擅长写送别诗的缘故。耿湋七律现实性较强,16 首七律中送别的只有 3 首,这和有的大历诗人七律送别诗占到七律总数的三分之一甚至更多,形成鲜明对比。对边塞和军旅的描写是其七律的亮点:《塞上曲》《路旁老人》《上将行》,艺术性也较高。

其次耿湋七律具有清新疏淡的特点,叙述的景物是常见的,不险不怪。如《发绵津驿》:"孤舟北去暮心伤,细雨东风春草长。杳杳短亭分水陆,隆隆远鼓集渔商。千丛野竹连湘浦,一派寒江下吉阳。欲问长安今远近,初年塞雁有归行。""孤舟""细雨""东风""春草""短亭""野竹"

---

① 彭定求等编:《全唐诗》,郑州:中州古籍出版社,1996 年版,第 1631 页。

"塞雁"等,平常无奇,构成的图画也是无奇,没有刘长卿的精心构置,所以联系不是很紧密。有的诗中偶有奇崛之句,如《宿万固寺因寄严补阙》中"云开半夜千林静,月上中峰万壑明",《上将行》中的"旌旗四面寒山映,丝管千家静夜闻"。

## (二)方雅疏淡的崔峒

崔峒,生卒年不详,博陵(今河北定县)人。安史乱起,避地江淮。大历初由崔圆荐任左拾遗,奉使赴江淮搜求图书。后为集贤院学士,迁右补阙。建中中,因事谪潞府功曹参军,卒。峒与戴叔伦、韦应物、司空曙、卢纶、严维、皇甫冉、丘丹等唱和,为"大历十才子"之一。《全唐诗》编诗一卷,录 48 首。但崔峒《送王侍御佐婺州》和郎士元《盖少府新除江南尉问风俗》重复,据佟培基考证,作者是郎士元可能性大;《咏门下画小松上元王仕三相公》一首为钱起诗。这样算来,崔峒存诗 46 首,全部是近体,其中五律 33 首,七律 9 首,还有几首是绝句。崔峒这个体裁比例,在大历有一定代表性,即重视近体。

对崔峒诗作的评价也不低,入选唐人选唐诗的高仲武《中兴间气集》的大历十才子有三人:崔峒、钱起、韩翃。崔峒是其一,入选数量与钱起并列第四。高仲武在《中兴间气集》中曰:"崔拾遗文彩炳然,意思方雅。如'清磬度山翠,闲云来竹房';又'流水声中视公事,寒山影里见人家':斯亦披沙拣金,往往见宝。"①清代乔亿《大历诗略》:"崔补阙诗结

---

① 陈伯海编:《唐诗汇评》,杭州:浙江教育出版社,1995 年版,第 1513 页。

体疏淡,似不欲锻炼为功,品第当在韩君平之上,而才调则逊之。"①有七律 9 首,约占总数的 20%,题材相对单一,分为两大类——寄赠类、送别类,这也是大历诸家写得最多的题材。列表如下:

| 分类 | 题目 | 数量 |
|------|------|------|
| 寄赠类 | 书情寄上苏州韦使君兼呈吴县李明府、题桐庐李明府官舍(一作赠同官李明府)、赠窦十九(时公车待诏长安)、虔州见郑表新诗因以寄赠、赠元秘书 | 5 |
| 送别类 | 送韦八少府判官归东京、送冯八将军奏事毕归滑台幕府、越中送王使君赴江华、送皇甫冉往白田 | 4 |
| 总计 | | 9 |

《书情寄上苏州韦使君兼呈吴县李明府》:"数年湖上谢浮名,竹杖纱巾遂性情。云外有时逢寺宿,日西无事傍江行。陶潜县里看花发,庾亮楼中对月明。谁念献书来万里,君王深在九重城。"②崔峒少贫寒,曾在吴县躬耕垄亩,不断上书官员,希望获得引荐,但又是一个有骨气的人,不愿谄媚。首联写自己不愿趋炎附势,自己的性情是甘于寒门。颔联写自己闲暇生活,有时寄宿山寺,参禅悟道,有时沿江漫步,酝酿诗情。颈联:是用典,"陶潜县里"指自己的归隐思想,"庾亮楼中"指出仕动机,因为庾亮是东晋高官。"献书",指这封信。尾联最后一句,表示皇恩渺茫,不能普下雨露,希望能得到你们地方官的推荐,但诗中表达的意思是深深的凉意,甚至是失望。诗中的描写带有作者的名士风采,如"谢浮名""竹杖纱巾""逢寺宿""对月明"等,使诗中掺有读书人的傲气,这是他诗

---

① 陈伯海编:《唐诗汇评》,杭州:浙江教育出版社,1995 年版,第 1513 页。
② 彭定求等编:《全唐诗》,郑州:中州古籍出版社,1996 年版,第 1806—1807 页。

歌的一个特点。

《题桐庐李明府官舍（一作赠同官李明府）》："讼堂寂寂对烟霞，五柳门前聚晓鸦。流水声中视公事，寒山影里见人家。观风竞美新为政，计日还知旧触邪。可惜陶潜无限酒，不逢篱菊正开花。"[1]从题目上看，这是题友人官署。开头写官署环境的美好，"五柳"指陶渊明，暗示李明府的洁身自好，上句是早晨，下句写傍晚。颔联写李明府潇洒倜傥、独立特行的身影，在处理公务时听到山水清音，颇有魏晋遗风。尾联带有一点遗憾，是不是说李明府虽有隐逸之志，但身在官衙呢？诗作两次用到陶渊明的典故，是暗指友人的隐逸，实际也指自己。颔联是名句。

《送皇甫冉往白田》："江边尽日雉鸣飞，君向白田何日归。楚地蒹葭连海迥，隋朝杨柳映堤稀。津楼故市无行客，山馆空庭闭落晖。试问疲人与征战，使君双泪定沾衣。"[2]"皇甫冉"，大历诗人，常与崔峒唱和，交往密切。"白田"，在今湖南湘乡市。开头渲染送别地点的环境，以雉起兴，下句表达依依不舍之貌。因白田在湖南，所以颔联说"楚地"，"隋朝"指送别的地点在江南，这两句把到达的地点和送别的地点相对照。颈联从纯粹的写景转写带有社会风貌的场景，"无行客""空庭"这是说市井萧条，人烟凋零。造成这些的原因是什么呢？尾联给出了答案，即征战造成的。大历诗人在诗中间叙写战乱危害的还是比较频繁的，如耿湋、卢纶、戎昱等，崔峒虽存诗不多，对此也不是漠不关心。这首诗写得比较平淡，没有剧烈变化，没有义愤填膺或慷慨激昂，像是一个文弱

---

① 彭定求等编：《全唐诗》，郑州：中州古籍出版社，1996 年版，第 1807 页。

② 彭定求等编：《全唐诗》，郑州：中州古籍出版社，1996 年版，第 1807 页。

的书生在喃喃自语。意象用的也是寻常的,没有什么特别,和韩愈、李贺善写怪异根本不一样,突出地体现了大历诸家的"淡"。

《虔州见郑表新诗因以寄赠》:"梅花岭里见新诗,感激情深过楚词。平子四愁今莫比,休文八咏自同时。萍乡露冕真堪惜,风沼鸣珂已讶迟。才子风流定难见,湖南春草但相思。"①这是一首投赠诗,崔峒曾经种过地,生活穷困,为此不断地向官员投赠诗作,希望得到赏识,当个幕僚参赞之类以糊口。"虔州",今江西赣州。"梅花岭",指大庾岭,在江西省大余县、广东省南雄市交界处,宋苏轼《清远舟中寄耘老》诗:"小寒初度梅花岭,万壑千岩背人境。""楚词",指这首投赠诗,江西也属楚地。领联用典,"平子",是汉代文学家张衡的字,有著名的七言《四愁诗》;"休文",南朝文坛领袖沈约的字,作有《八咏诗》,包括《登台望秋月》《会圃临春风》《岁暮悯衰草》《霜来悲落桐》《夕行闻夜鹤》《晨征听晓鸿》《解佩去朝市》《被褐守山东》等八首诗,是沈约守金华时为建元畅楼而作。领联提到两位著名的文人,无疑是拿来比拟自己的作品,同时也有自负的成分。"露冕",指居高位;"鸣珂",指官员治政有方、皇帝恩宠有加的典故。"萍乡",指官员郑表曾经在萍乡任官并有政绩。最后表达郑表不一定能接见我,自己的愿望也就不一定能实现了,表达不卑不亢,既充满期待,也不过分谄媚。要达到这个效果,用典是一个办法,还有一个比喻,如朱庆馀《近试上张水部》:"洞房昨夜停红烛,待晓堂前拜舅姑。妆罢低声问夫婿:画眉深浅入时无?"用新媳妇拜见公婆来比喻自己考试有几分胜算。还有《赠元秘书》也是投赠诗,这样崔峒9首七律,

---

① 彭定求等编:《全唐诗》,郑州:中州古籍出版社,1996年版,第1807页。

有 3 首投赠诗,可见作者在这方面花了很多工夫以及迫切的心情。

综之,崔峒七律具有大历诗歌比较典型的特点:孤独寂寞的冷清心理,追求清雅高逸的情调,拓展内心的自我肯定,对外界变化缺乏慷慨之气。另外还有自己的特点:方雅疏淡。何谓方雅,态度方正,用语风雅,前面分析了《书情寄上苏州韦使君兼呈吴县李明府》《虔州见郑表新诗因以寄赠》(《赠元秘书》也是)两首投赠诗的态度:充满期待、不卑不亢。如五律《客舍书情寄赵中丞》:"东楚复西秦,浮云类此身。关山劳策塞,僮仆惯投人。孤客来千里,全家托四邻。生涯难自料,中夜问情亲。"何谓疏淡,即运用一些柔化、萧疏的意象构成诗句成分,形成一些画面,寄托自己的情感。如《越中送王使君赴江华》:"皂盖春风自越溪,独寻芳树桂阳西。远水浮云随马去,空山弱筱向云低。遥知异政荆门北,旧许新诗康乐齐。万里相思在何处,九疑残雪白猿啼。"此诗作借"芳树""浮云""空山弱筱""残雪"等冷清轻柔的事物来传情达意,实现自己的创作目的,从而使诗作具有疏淡的特点。

### (三)繁富流丽的韩翃

韩翃,生卒年不详,字君平,南阳(今属河南)人。天宝十三载(754),登进士第。代宗初,入侯希逸淄青幕为从事。希逸被逐,闲居将十年。大历中,入田神功汴宋幕。九年(774),神功死,弟神玉代为节度,翃仍在幕中。后又佐李希烈、李勉汴州幕。建中初,以《寒食》诗受知于德宗,征为驾部郎中、知制诰。官终中书舍人。翃工诗,为"大历十才子"之一。有《韩翃诗集》五卷。明人重编《韩君平集》八卷行世。

有七律 33 首,可以分为以下几类:

| 分类 | 题目 | 数量 |
|------|------|------|
| 寄赠类 | 寄徐州郑使君、赠王随、访王起居不遇留赠、寄上田仆射、寄令狐尚书、扈从郊庙因呈两省诸公 | 6 |
| 记游类 | 同题仙游观、留题宁川香盖寺壁 | 2 |
| 送别类 | 送客一归襄阳二归浔阳、送故人赴江陵寻庾牧、送客水路归陕、送丹阳刘太真、送客归江州、送刘将军、送郑员外、送襄垣王君归南阳别墅、送王诞渤海使赴李太守行营、送王少府归杭州、送刘评事赴广州使幕、送冷朝阳还上元、送高别驾归汴州、送康洗马归滑州、送王光辅归青州兼寄储侍郎、送长史李少府入蜀、送客还江东(不妨高卧顺流归)、送端州冯使君、送王府张参军附学及第东归、送齐明府赴东阳、鲁中送从事归荥阳、兖州送李明府使苏州便赴吉期、送田明府归终南别业 | 23 |
| 题赠类 | 题张逸人园林、又题张逸人园林 | 2 |
| 总计 | | 33 |

## 1. 送别类

韩翃的七律送别诗比重尤其大,可见其当时的生活圈子。可分为官场送别和日常送别两种。

### (1)官场送别

①送官赴任

《送长史李少府入蜀》:"行行独出故关迟,南望千山无尽期。见舞巴童应暂笑,闻歌蜀道又堪悲。孤城晚闭清江上,匹马寒嘶白露时。别后此心君自见,山中何事不相思。"[1]"长史",多为幕僚性质的官员,职务不大。诗作飘拂着一种凄凉的格调。第一句"独出""迟",表明李少府

---

① 彭定求等编:《全唐诗》,郑州:中州古籍出版社,1996年版,第1502页。

是单身入蜀,形单影只,也不愿离去。"无尽期",想重新回来不知要到哪年了,悲凉之气陡生。三、四句想象入蜀的情形,紧扣题目,对仗很工,"巴童"对"蜀道","巴童"令人想起"儿童相见不相识,笑问客从何处来","蜀道"令人想起"蜀道难,难于上青天"。五、六句中的"孤城""晚闭""匹马""寒嘶",连续的意象渲染孤单凄冷的气氛,是诗意的加深和转折。《大历诗略》:"此亦君平七律之最佳者,为其锻炼无迹,而气韵犹存也。"①评价很高。

②送官归家省亲

《送王少府归杭州》:"归舟一路转青蘋,更欲随潮向富春。吴郡陆机称地主,钱塘苏小是乡亲。葛花满把能消酒,栀子同心好赠人。早晚重过鱼浦宿,遥怜佳句箧中新。"②"少府",古代官名,唐代为县尉的通称。开头两句抓住王少府的交通工具行舟的所经之地,起笔点题,也是送别诗的通常写法。三、四句用典,"陆机",字士衡,吴郡吴县(今江苏苏州)人;"苏小",钱塘(今浙江杭州)人,南朝齐时期著名歌伎,常坐油壁车,历代文人多有传颂,唐朝的白居易、李贺,明朝的张岱,都写过关于苏小小的诗文。"葛花",具有解酒醒脾、止血之功效,用于伤酒烦热口渴。五、六句的"满把"对"同心",非常工整,显示了大历诗人的语言功力和平时的观察力。"鱼浦",水边捕鱼之地,渔场。最后两句对未来行程的展望,是中规中矩的。诗作中间两联有特色,颔联是地名相对,显示了韩翃惯用的特长,渐延繁富之技,是增强文学性的表现,虽然可

---

① 陈伯海编:《唐诗汇评》,杭州:浙江教育出版社,1995年版,第1325页。
② 彭定求等编:《全唐诗》,郑州:中州古籍出版社,1996年版,第1501页。

能造成内容的空疏,但这种技法也有它的优点。颈联有诗情画意,蕴含二人之间的友谊,别后借酒浇愁,现在持花赠人,深婉柔情。

《送冷朝阳还上元》:"青丝祚引木兰船,名遂身归拜庆年。落日澄江乌榜外,秋风疏柳白门前。桥通小市家林近,山带平湖野寺连。别后依依寒食里,共君携手在东田。"①《唐才子传》有粗线条记载:"冷朝阳,金陵人。大历四年齐映榜进士,及第,不待调官,言归省觐。自状元以下一时名士大夫及诗人李嘉祐、李端、韩翃、钱起等大会赋诗攀饯。"②《全唐诗》存诗 11 首。《沧浪诗话》云:"冷朝阳在大历才子中为最下。"③也偶有佳作,如《送红线》:"采菱歌怨木兰舟,送客魂销百尺楼。还似洛妃乘雾去,碧天无际水空流。"此诗描绘了送别红线女时宏大的场面,以洛神为喻,表现了对红线女的赞美和依恋之情。全诗借景言情,字韵清越,词调极佳,以洛妃写红线,形神兼备,历来为人所激赏。

首联渲染了喜庆气氛,"名遂身归"直接点题,不走含蓄之路。中间两联想象旅途遇到的境况,没有葱郁的山林、幽深的山壑,是疏朗通脱的景物,"乌榜"指用黑油涂饰的船,"秋风"暗指这是秋天。中间两联以写景见长,蒋寅先生认为此诗是"韩翃诗萧疏之风的代表:情绪是散淡的,喜未尽欢,思不至愁,只是淡淡的惆怅和眷恋"。写景是比较工的,但是和送别以及要表达的情感联系不是很紧密。"《历代诗发》:写景过

---

① 彭定求等编:《全唐诗》,郑州:中州古籍出版社,1996 年版,第 1501 页。
② 辛文房撰,舒宝璋校注:《唐才子传》,郑州:中州古籍出版社,1987 年版,第 164—165 页。
③ 陈伯海编:《唐诗汇评》,杭州:浙江教育出版社,1995 年版,第 1545 页。

于描头画角,便落小家,如'落日'一联清真,则身分自在。"①

《兖州送李明府使苏州便赴吉期》:"莫言水国去迢迢,白马吴门见不遥。枫树林中经楚雨,木兰舟上蹋江潮。空山古寺千年石,草色寒堤百尺桥。早晚卢家兰室在,珊瑚玉佩彻青霄。"②"吉期",指结婚的日子。首句抓住苏州是江南水乡的特点,以"水国"名之,将思绪从降雨量不大的北方一下子带到降水丰沛、草木葱茏的江南。颔联想象旅途中的境况,最后两个字"楚雨""江潮"对得不太工整。颈联继续想象写路途所见,仍然没有提到大喜的日子。最后两句终于点题,"兰室"指芳香典雅的居室,这里指卢家女儿,即李明府的未婚妻,未婚妻正等着呢。最后写到了未婚妻的雍容华贵,也暗蕴对李名府的美好祝福。诗作最大的特色就是结构,极言旅途情况,似拖沓累赘,最后才恍然大悟,吃了这么多苦,是值得的,有娇美的未婚妻等着呢。有一首五言古体写送李明府的也有特色,《送李明府赴滑州》:"渭城寒食罢,送客归远道。乌帽背斜晖,青骊踏春草。酒醒孤烛夜,衣冷千山早。去事沈尚书,应怜词赋好。"③

---

①　陈伯海编:《唐诗汇评》,杭州:浙江教育出版社,1995 年版,第 1325 页。

②　彭定求等编:《全唐诗》,郑州:中州古籍出版社,1996 年版,第 1503 页。

③　彭定求等编:《全唐诗》,郑州:中州古籍出版社,1996 年版,第 1488 页。

**(2)日常送别**

①送读书人

《送襄垣王君归南阳别墅》:"都门霁后不飞尘,草色萋萋满路春。双兔坡东千室吏,三鸦水上一归人。愁眠客舍衣香满,走渡河桥马汗新。少妇比来多远望,应知蟢子上罗巾。"①诗作首先描绘一个春季的雨后,天晴,空气清新、草长无尘的舒适环境,让人联想起王维"渭城朝雨浥轻尘,客舍青青柳色新"之句,意境差不多,估计受王维影响。"双兔坡""三鸦水"是地名,较频繁地引入地名对,这是韩翃擅长的本领,也算是写诗中的一绝。第三联前句是不错的,旅途沾上了花香,后句写旅途艰辛,对得也工。"蟢子",蜘蛛的一种,多在室内墙壁间结网,其网被认为像八卦,以为是喜称的预兆,故亦称"喜子""喜蛛"。最后用"蟢子"暗示旅途顺利到达。中间两联对仗有空疏之感,和主题若即若离,感情不浓烈,是一种稀淡的情感。

②送隐士、道士

《送丹阳刘太真》:"长干道上落花朝,羡尔当年赏事饶。下箸已怜鹅炙美,开笼不奈鸭媒娇。春衣晚入青杨巷,细马初过皂荚桥。相访不辞千里远,西风好借木兰桡。"②"刘太真"(725—792),字仲适,宣州(今安徽宣城市)人。天宝十三载(754)进士及第,曾任左金吾卫兵曹参军、常熟令,淮南节度使陈少游使掌书记。诗题直呼为"刘太真",可知诗作于刘太真进士及第后未授官之前。首联提到的"长干"一般指南京,下

---

① 彭定求等编:《全唐诗》,郑州:中州古籍出版社,1996 年版,第 1501 页。
② 彭定求等编:《全唐诗》,郑州:中州古籍出版社,1996 年版,第 1500 页。

文的"青杨巷""皂荚桥"也在南京,说明送行地点在南京无疑了。首联
回忆自己和刘太真早年的交往,有过一段愉快的岁月,"落花朝"让人想
起"落花时节又逢君"的意境,当然这里是反其意而用之,第二句有"赏
事(赏心事)",人生美事尽在其中。颔联是比拟,意思是即将别离,依依
不舍,这一联从对仗上讲,是工整的,但无意境。王闿运《湘绮楼说诗》:
"专取对仗,开王士祯一派,然易油滑,不可学。"[①]"青杨巷",在今江苏省
南京市,《南史》卷四十三·列传第三十三《南齐书·始兴简王鉴传》:
"上为南康王子琳起青杨巷第新成,车驾与后宫幸第乐饮。""皂荚桥",
在今江苏省南京市西南,《资治通鉴》第一百三十三卷记载:南朝宋元徽
二年(474),桂阳王休范反,攻建康,其将"丁文豪破□于皂荚桥,直至朱
雀桁南"。韩翃在这里使出了他擅长地名对的技法,有繁富的特点。最
后"西风"一般指秋风,暗示以后相访可能在秋季,"木兰桡",交通方式
是水路坐船。诗作最大特点是体现了韩翃繁富的特点,对内容来说有
空疏之嫌,但对技巧而言,是有益的尝试。唐代高仲武在《中兴间气集
卷上》说:"韩翃韩员外诗匠意近于史,兴致繁富,一篇一咏,朝士珍之,
多士之选也,如星河秋一雁,砧杵夜千家。又客衣筒布润,山舍荔枝繁。
又疏帘看雪卷,深户暎花关。方之前载,芙蓉出水未足多也,其比兴深
于刘员外,筋节成于皇甫冉也。"[②]

③送友人

《送客归江州》:"东归复得采真游,江水迎君日夜流。客舍不离青

---

①　陈伯海编:《唐诗汇评》,杭州:浙江教育出版社,1995 年版,第 1323 页。
②　元结、殷璠等选:《唐人选唐诗十种》,上海:上海古籍出版社,1958 年,第 280 页。

雀舫,人家旧在白鸥洲。风吹山带遥知雨,露湿荷裳已报秋。闻道泉明居止近,篮舆相访为淹留。"①首联的"采真",指顺乎天性,放任自然,江水流日夜是为了欢迎友人归来,这是拟人的诗意写法。中间两联对仗甚工,第三句是说走水路,船就像家一样。颈联想象在旅途中,可能遇到雨。"风吹山带遥知雨"构思奇特,风调极佳,虽然缺乏浑然之气,但是在句法词法方面达到较高水平,也说明七律句式已经成熟,能够抛开盛唐的七律浑然的句法,另开一径,实属具有创新精神。《唐诗摘钞》:"采真游"三字,领一篇之意。"迎君"二字,并归人心窝中无量快乐也为绘出。用笔隽妙,实属中唐第一人,李嘉祐"山当睥睨常多雨,地近潇湘畏及秋",与此五、六句法相似,彼是写在郡之愁,此是写归乡之乐,兴象便迥然不同,唐人下笔信有化工也。②

### 2.记游类

《同题仙游观》:"仙台下见五城楼,风物凄凄宿雨收。山色遥连秦树晚,砧声近报汉宫秋。疏松影落空坛静,细草香闲小洞幽。何用别寻方外去,人间亦自有丹丘。"③本诗是写道观之作。"仙游观",在今河南嵩山逍遥谷内。初唐时道士潘师正居住在当地的逍遥谷,唐高宗李治对他十分敬重,下令在逍遥谷口修筑仙游门,在谷中修筑道观。首联写俯视,"五层楼"言楼之高,间接写仙游观所在山之高,"凄凄宿雨"暗示气氛的肃杀,增添几分凄清的色彩,氛围不是欢快热烈的,同主题相称。

① 彭定求等编:《全唐诗》,郑州:中州古籍出版社,1996年版,第1500页。
② 陈伯海编:《唐诗汇评》,杭州:浙江教育出版社,1995年版,第1323页。
③ 彭定求等编:《全唐诗》,郑州:中州古籍出版社,1996年版,第1501页。

颔联境界荡开,用"秦树""汉宫"拉开时间间隔,使历史感陡然增强,空间也陡然增大,容量增大,境界向阔大方向延伸。颈联写景又转为细微化,与颔联截然不同,取景一大一小,审美角度多样化。尾联是间接、含蓄地赞扬仙游观就是神仙之地,不必去世外寻找。"丹丘",指传说中神仙所居之地。金圣叹评云:"五城十二楼,昔所传闻,殊未目睹,今日乃幸陡然亲见。'初'字妙,言实是生平之所为未经,况加以夜来雨过,巧值新晴。再写七字,便使上七字又分外清绝也。"①

《留题宁川香盖寺壁》:"爱远登高尘眼开,为怜萧寺上经台。山川谁识龙蛇蛰,天地自迎风雨来。柳放寒条秋已老,雁摇孤翼暮空回。何人会得其中事,又被残花落日催。"②"香盖寺",唐建,在今安徽省宁国市西。这是一首登高之作。开始两句叙写游玩的缘由,娓娓道来,自然铺开。三、四句陡然气势增强,有大开大合之状,"谁识"分明在愤恨地质问,英才沉沦下僚,"龙蛇蛰"指自己生不逢时,把自己比作"龙蛇"有慷慨之状,"龙蛇"是偏义复词,只有"龙"意,指不平凡的人,第三句实写社会、写自己境遇,第四句写自然界,两句错开来,表达的范围更广,这是大开,是大格局,仍具盛唐气象。严羽说:"大历之诗,高者尚未失盛唐。"③韩翃这首仍略响盛唐之音。五、六句呈衰飒之气,"秋已老"是说时间匆匆,一年又要过去了,自己也盛年不再,功业未竟,"空回"进一步说事业未成,五、六句一下子落入辛酸无奈的气氛,转得很快,情感急剧

---

① 金圣叹选:《金圣叹选批唐诗》,杭州:浙江古籍出版社,1985 年版,第 128 页。
② 彭定求等编:《全唐诗》,郑州:中州古籍出版社,1996 年版,第 1505 页。
③ 郭绍虞校译:《沧浪诗话校译》,北京:人民文学出版社,1961 年版,第 146 页。

变化,这也是大开的表现。第七句询问,又像是叹息,"残花"再次象征自己的境况,这是个人对自己的评价,也是社会没落的反映。虽然题目是"题香盖寺",但其实写寺庙的语句很少,而是借登高书写自己的境况,抒发怀才不遇的困窘。起笔自然平稳,颔联大开,颈联转折有力,尾联再次加深主题。结构俨然,转承自然,境界阔大,是韩翃写景诗的代表作。虽然"龙蛇""柳""雁"这些意象再平常不过了,但经韩翃的组合,仍达到了有声有色的境界,实属不易,显示了作者高超的才能。此诗和杜甫的《登高》题材相同,抒发的个人遭遇也相同,但杜甫高明在抒发国家之痛,而韩翃没有,境界低了一个档次,但仍不失为一篇佳作。

### 3.寄赠类

《寄上田仆射》:"家封薛县异诸田,报主荣亲义两全。仆射临戎谢安石,大夫持宪杜延年。金装昼出罗千骑,玉案晨餐直万钱。应念一身留阙下,阖门遥寄鲁西偏。"①田神功(? —773),唐朝大将,历经唐玄宗、肃宗、代宗三朝,唐冀州南宫(今属河北)人,参与平定安史之乱,有功于国。肃宗上元元年(760)为平卢节度都知兵马使,兼鸿胪卿。后在其他平叛中屡立战功,两《唐书》有传。诗中用了三个典故,"薛县"指孟尝君的典故,孟尝君,姓田名文,袭父爵封于薛(今山东滕州市东南),称薛公,号孟尝君,其在薛县轻财重义。"谢安石"指谢安,字安石。"杜延年",汉臣,善处政务,长期主管朝政,深得汉宣帝信任。诗中借三位贤臣来歌颂田神功,此时韩翃并无官职,后被田神功提携为幕僚,此诗可

---

① 彭定求等编:《全唐诗》,郑州:中州古籍出版社,1996年版,第1502页。

能起了作用。诗作是应酬之作,艺术特色不明显。

诗题称田神功为"田仆射",则当作于田神功任检校右仆射后。《旧唐书》卷一二四:"大历三年三月,朝京师,献马十四、金银器五十件、蹭彩一万匹。"①诗当作于大历三年(768)三月后。

在这首诗之前,有类似的投赠诗《寄令狐尚书》:"立身荣贵复何如,龙节红旗从板舆。妙略多推霍骠骑,能文独见沈尚书。临风高会千门帐,映水连营百乘车。他日感恩惭未报,举家犹似涸池鱼。"②"令狐尚书",即令狐彰,京兆富平人。初事安禄山,以军功迁左卫员外郎将。安史之乱中归朝廷,授滑亳节度使,后封霍国公,加检校工部尚书,未几,检校右仆射,两《唐书》有传。诗作中把令狐彰比作霍去病和沈约,明显有拔高和奉承之意,这是形势使然,是封建文人的一条出路,并无多伤人格,是当时一种普遍现象。颈联较有气势,写出了令狐彰的军容整肃,阵营强大。令狐彰于大历三年(768)加检校工部尚书,大历六年(771),韩翃入田神功幕,故此诗作于此间。

### 4. 余论

韩翃有 33 首七律,其中写送别的就有 23 首,占了大部分,可以说应酬之作占了大部分,影响了其的艺术水平。韩翃七律可圈点之处亦多。第一,风格健爽,一些作品保留了盛唐的阔大之气,如《送刘将军》:"明光细甲照钲鍜,昨日承恩拜虎牙。胆大欲期姜伯约,功多不让李轻车。青巾校尉遥相许,墨槊将军莫大夸。阙下来时亲伏奏,胡尘未尽不

---

① 刘昫等:《旧唐书》,北京:中华书局,1975 年版,第 3533 页。
② 彭定求等编:《全唐诗》,郑州:中州古籍出版社,1996 年版,第 1502 页。

为家。"①把将军比作姜子牙和李广从弟李蔡,雄放之气顿生,分明是豪气万丈、杀敌御边的盛唐之音。"胡尘未尽不为家",暗用霍去病"胡奴未灭,何以为家?"之壮语。又如《送王诞渤海使赴李太守行营》:"少年结客散黄金,中岁连兵扫绿林。渤海名王曾折首,汉家诸将尽倾心。行人去指徐州近,饮马回看泗水深。喜见明时钟太尉,功名一似旧淮阴。"②建功立业的雄心深沉执着,不容置疑。又如《寄令狐尚书》中的"临风高会千门帐,映水连营百乘车",写军容威武。《送王光辅归青州兼寄储侍郎》中"身著紫衣趋阙下,口衔丹诏出关东",和高适《燕歌行》中"男儿本自重横行,天子非常赐颜色。摐金伐鼓下榆关,旌旆逶迤碣石间"气势非常相近。所以韩翃善写边塞慷慨济世之作,延续了盛唐的豪放武气。胡应麟曰:"中唐钱、刘虽有风味,气骨顿衰,不如所为近体。惟韩翃诸绝最高,如《江南曲》《宿山中》《赠张千牛》《送齐山人》《寒食》《调马》,皆可参入初盛间。"③只提到韩翃的绝句可入初盛唐,其实他的边塞七律也可入。

第二,易作欢愉之辞,风格流丽。如《送康洗马归滑州》:"腊雪夜看宜纵饮,寒芜昼猎不妨行。"山间围猎,看雪纵饮,军营之乐。又如《访王起居不遇留赠》:"行闻漏滴随金仗,入对炉烟侍玉除。"生活排场装饰之豪。贺裳曰:"贞元以前人诗多朴重,韩翃在天宝中已有名,其诗始修辞逞态,有风流自赏之意,昌黎曰:'欢愉之辞难工,穷苦之言易好。'独翃

---

反是。其佳句如'寒雨送归千里外,东风沉醉百花前''露色点衣孤屿晓,花枝妨帽小园春''池畔花深斗鸭栏,桥边雨洗藏鸦柳''门外碧潭春洗马,楼前红烛夜迎人''急管昼催平乐酒,春衣夜宿杜陵花',皆豪华逸乐之概。"[①]

　　第三,韩翃善用地名对,对律诗进行有益探索。《送襄垣王君归南阳别墅》中"双兔坡东千室吏,三鸦水上一归人","双兔坡"对"三鸦水"。《送客一归襄阳二归浔阳》中"熨斗山前春色早,香炉峰顶暮烟时","熨斗山"对"香炉峰"。这对增加对仗的工整性、增加律诗的表现力是有帮助的。冯班亦指出:"君平绮褥过于大历诸子。"[②]贺裳《载酒园诗话又编·韩翃》:"君平为柔艳之祖。"[③]但就七律和大历诸子比较,繁富流丽是韩翃比较突出的,个别篇章残存盛唐气象的诗人还是比较多的,所以这点不是韩翃最突出的特点。

---

　　① 郭绍虞编选:《清诗话续编》,贺裳:《载酒园诗话又编》,上海:上海古籍出版社,1983年版,第 334 页。

　　② 方回选评:《瀛奎律髓汇评》下,上海:上海古籍出版社,1986 年版,第 1615 页。

　　③ 郭绍虞编选:《清诗话续编》,贺裳:《载酒园诗话又编》,上海:上海古籍出版社,1983年版,第 335 页。

# 四、卢纶、郎士元的七律创作

## （一）工切深婉的卢纶

卢纶（约 742—约 799），字允言，河中蒲（今山西永济县）人，祖籍范阳郡涿县（今河北涿州市），唐代大历十才子之一。清王士禛称其为"大历十才子之冠冕"①。卢纶存诗 339 首，其中七律 46 首，占全部作品的十分之一，对比刘长卿 58 首，钱起 45 首，数量也是不少的，且内容丰富，艺术手法高妙，取得了较高成就。

### 1.思想内容

755 年的安史之乱，改变了国家的走向，改变了诗人们的生活，影响了作品的思想内容。

①社会的破败

卢纶经历了战乱的全过程，目睹了大唐从巅峰到跌落，将官军的屡次失败，朝廷的仓皇西逃，百姓的流离失所，叛军的残忍暴殄，直接间接反映到诗歌创作上来。如《旧唐书·郭子仪》所述：

---

① 王士禛著，张世林点校：《分甘余话》，北京：中华书局，1989 年版，第 58 页。

夫以东周之地，久陷贼中，宫室焚烧，十不存一。百曹荒废，曾无尺椽，中间畿内，不满千户。井邑榛荆，豺狼站噪，既乏军储，又鲜人力，东至郑、汴，达于徐方，北自覃怀，经于相土，人烟断绝，千里萧条。将何以奉万乘之牺饩，供百官之次舍？矧其土地狭厄，才数百里间，东有成皋，南有二室，险不足恃，适为战场。[①]

安史之乱使全国人口从五千多万降到两千余万，城镇被毁，农村凋敝，周围少数民族政权趁机或脱离藩属关系，或趁火打劫，大唐的元气再也难恢复了。这些无可避免地对士人产生冲击，使诗人重新审视现状，发而为诗。《早春归蓝屋旧居却寄耿拾遗沣李校书端》："野日初晴麦垄分，竹园相接鹿成群。几家废井生青草，一树繁花傍古坟。引水忽惊冰满涧，向田空见石和云。可怜荒岁青山下，惟有松枝好寄君。"[②] 蓝屋，陕西省中部。李端，是大历十才子之一，大历五年（770）进士，李端为校书当在大历五年之后，卢纶在大历六年（771）二月赴阌乡为尉。此诗当作于大历六年早春。举目望去，野鹿成群，人烟稀少，废井、古坟仿佛诉说着动乱的年代，社会破败不堪。"惟有松枝好寄君"，表现了作者的气节。

《至德中途中书事寄李侗》："乱离无处不伤情，况复看碑对古城。

---

①　刘昫等撰：《旧唐书》，北京：中华书局，1975 年版，第 3457—3458 页。

②　彭定求等编：《全唐诗》，郑州：中州古籍出版社，1996 年版，第 1710 页。

路绕寒山人独去,月临秋水雁空惊。颜衰重喜归乡国,身贱多惭问姓名。今日主人还共醉,应怜世故一儒生。"①元代郝元挺评价:"此归途感事而作也。首言今当乱离之世,随在伤情,况对古城而读残碑,感世事之兴废,得不益伤怀抱哉?"②作品前四句通过写景反映旅途的冷清,顿有衰世之感。

②身世的悲叹

乱世造成的社会萧条,必然影响多数人的上升空间,对前途的迷茫,对身世的悲叹也反映到诗歌中来。《得耿沣司法书因叙长安故友零落兵部……郑仓曹畅参军昆季》:"鬓似衰蓬心似灰,惊悲相集老相催。故友九泉留语别,逐臣千里寄书来。尘容带病何堪问,泪眼逢秋不喜开。幸接野居宜屟步,冀君清夜一申哀。"③此诗约作于贞元二年(786),卢纶年近四十,已是中年。仕途不顺,年已渐衰,故友逝去,心情沮丧。

《长安春望》:"东风吹雨过青山,却望千门草色闲。家在梦中何日到,春生江上几人还。川原缭绕浮云外,宫阙参差落照间。谁念为儒逢世难,独将衰鬓客秦关。"④清末黄生曰:"起调和缓,接联警亮,五、六(句)悲壮,结处点明情事,终含凄怨之声。布格调律,盛唐不过也。五、六(句)写景,初嫌其宽泛,不知此二句深寓乱后之感:调愈壮,气愈悲;且隐隐接出'世难',局不伤促,词不伤露耳。"⑤这首似有拟杜甫《春望》

---

① 彭定求等编:《全唐诗》,郑州:中州古籍出版社,1996年版,第1725页。
② 卢纶著,刘初棠校注:《卢纶诗集校注》:上海:上海古籍出版社,1989年版,第518页。
③ 彭定求等编:《全唐诗》,郑州:中州古籍出版社,1996年版,第1704页。
④ 彭定求等编:《全唐诗》,郑州:中州古籍出版社,1996年版,第1720页。
⑤ 卢纶著,刘初棠校注:《卢纶诗集校注》,上海:上海古籍出版社,1989年版,第431页。

中"白头搔更短,浑欲不胜簪"之身世之悲。第七句"逢世难"鲜明点明了作品背景,"衰鬓"深刻表达了身衰而功名难就的无奈。

③对虚拟世界的寄托

安史之乱击毁了人们的自信,文人们开始怀疑现实,把希望和理想寄托于若有若无的虚拟世界,佛教正迎合了他们这种寄托。《新唐书·王缙传》:

> 缙素奉佛,不茹荤食肉,晚节尤谨。妻死,以道政里第为佛祠,诸道节度、观察使来朝,必邀至其所,讽令出财佐营作。初,代宗喜祠祀,而未重浮屠法,每从容问所以然,缙与元载盛陈福业报应,帝意向之。繇是禁中祀佛,讽呗斋薰,号"内道场",引内沙门日百馀,馔供珍滋,出入乘厩马,度支具禀给。或夷狄入寇,必合众沙门诵护国仁王经为禳厌,幸其去,则横加锡与,不知纪极。胡人官至卿监、封国公者,著籍禁省,势倾公王,群居赖宠,更相凌夺,凡京畿上田美产,多归浮屠。虽藏奸宿乱踵相逮,而帝终不悟,诏天下官司不得箠辱僧尼。[1]

朝廷对佛教的默许与支持,士大夫的精神皈依所向,成为当时社会现实的一部分。卢纶也受到世风浸染,诗中与佛教有关的内容比较普遍。《宿石瓮寺》:"殿有寒灯草有萤,千林万壑寂无声。烟凝积水龙蛇蛰,露湿空山星汉明。昏霭雾中悲世界,曙霞光里见王城。回瞻相好因

---

[1] 欧阳修等撰:《新唐书》,北京:中华书局,1975年版,第4716页。

垂泪,苦海波涛何日平。"①诗作描绘了一个空寂凄冷的世界,无声的千林万壑,迷茫的凝烟湿露,意象孤寂,暗合佛教氛围,尾句用佛教用语影射现实,精警韵长。《宿定陵寺》:"古塔荒台出禁墙,磬声初尽漏声长。云生紫殿幡花湿,月照青山松柏香。禅室夜闻风过竹,奠筵朝启露沾裳。谁悟威灵同寂灭,更堪砧杵发昭阳。"②唐代很多文人为了考科举,寄宿寺院苦读,卢纶也有类似经历,《宿定陵寺》描绘了寺院的环境和住宿经历。

④送别与唱和

安史之乱把盛唐气象冲得七零八落,大历诗人由盛唐诗人的长于抒发盛世情怀转为更加注重书写身边的日常生活,由浪漫转向现实。政治形势的苟安逐渐使心理趋向平和与适应迎来送往,加上卢纶交际圈比较广泛,怀念诗友的作品也比较普遍,这也是大历诗人群体的共同点。46 首七律题目中明确表明是送行的有 11 首,题目带"酬""和""寄"的有 17 首,总计 28 首,占七律总数的二分之一强。酬酢的人大部分是同僚,如《送崔邠拾遗》,诗中崔邠,字处仁,清河武城人,少中进士,又举贤良方正科,贞元中授渭南尉。又如《酬金部王郎中省中春日见寄》,诗中金部王郎中即王邕,天宝十载(751)进士。其中部分包括一些诗人,如《酬包佶郎中览拙卷后见寄》。包佶,唐代诗人,父包融,字幼正,润州延陵(今江苏省丹阳市)人,天宝六年(747)进士,累官至谏议大夫。

---

① 彭定求等编:《全唐诗》,郑州:中州古籍出版社,1996 年版,第 1719 页。
② 彭定求等编:《全唐诗》,郑州:中州古籍出版社,1996 年版,第 1724 页。

### 2.艺术特点

卢纶的七律在中唐有一定地位,在大历十才子中是最为突出者。除了内容较为广泛外,艺术上取得的成就是重要的原因。

①工于白描

盛唐国力强盛,诗作描写重在写意,往往气象宏大、意境浑远。如王维《奉和圣制从蓬莱向兴庆阁道中留春雨中春望之作应制》:"渭水自萦秦塞曲,黄山旧绕汉宫斜。銮舆迥出千门柳,阁道回看上苑花。云里帝城双凤阙,雨中春树万人家。为乘阳气行时令,不是宸游玩物华。"诗中景物"渭水""汉宫""帝城""万人家",大处入手,宏观表现,读者通过想象去感受场景的开阔、活动的热闹。王维《和贾舍人早朝大明宫之作》:"九天阊阖开宫殿,万国衣冠拜冕旒。"层层叠叠的宫殿大门如九重天门,迤逦打开,深邃伟丽,万国的使节拜倒丹墀,朝见天子,威武庄严;"日色才临仙掌动,香烟欲傍衮龙浮","日色""仙掌""香烟""衮龙",描写的场景和景物大气富贵。

大历诗人的自信心严重受挫,内心内敛,用偏向冷静、空疏的词语描绘景物,给人清新静穆的审美感觉。吴乔说:"盛唐不巧,大历以后,力量不及前人,欲避陈浊麻木之病,渐入于巧。"[1]《酬李端公野寺病居见寄》中前四句:"野寺钟昏山正阴,乱藤高竹水声深。田夫就饷还依草,野雉惊飞不过林。"[2]"钟昏""正阴""乱藤"等景象沉闷孤寂,不起眼的

---

① 　郭绍虞编选,富寿荪点校《清诗话续编》第1册,吴乔撰:《围炉诗话》,上海:上海古籍出版社,1983年版,第556页。

② 　彭定求等编:《全唐诗》,郑州:中州古籍出版社,1996年版,第1723页。

"野雉"飞不高,在田地扑腾低回。《春日题杜叟山下别业》:"白鸟群飞山半晴,渚田相接有泉声。园中晓露青丛合,桥上春风绿野明。云影断来峰影出,林花落尽草花生。今朝醉舞同君乐,始信幽人不爱荣。"①白鸟、渚田、泉声、晓露、青丛……没有高山大峡,没有骏马飞鹞,只是这样不经意的日常景物,点缀情思,寄托作者细腻情感。

②善用典故

李白妙然天成,杜甫用典已比较多,卢纶续杜甫而扬其波。《酬畅当寻嵩岳麻道士见寄》:"闻逐樵夫闲看棋,忽逢人世是秦时。开云种玉嫌山浅,渡海传书怪鹤迟。阴洞石床微有字,古坛松树半无枝。烦君远示青囊箓,愿得相从一问师。"②前四句分别用了四个典故——任昉的《述异记》和陶渊明的《桃花源记》、干宝的《搜神记》《相鹤经》,描绘一个缥缈幽远的意境。一、二句是说麻道士是仙人,三、四句写山中之景,五、六句写麻道士久隔凡尘,七、八句写畅当能得到秘籍,当从师。全诗寄寓高远。《酬崔侍御早秋卧病书情见寄时君亦抱疾在假中》:"掷地金声信有之,莹然冰玉见清词。元凯癖成官始贵,相如渴甚貌逾衰。"③"元凯",是晋朝杜预的字,有左传癖。"渴甚",指司马相如有消渴症。

《送李绅》:"旧国仍连五将营,儒衣何处谒公卿。波翻远水兼葭动,路入寒村机杼鸣。嵇康书论多归兴,谢氏家风有学名。为问西来雨中客,空山几处是前程。"④颈联中的嵇康、谢氏用典故。《晋书·嵇康传》:

---

① 彭定求等编:《全唐诗》,郑州:中州古籍出版社,1996年版,第1715页。
② 彭定求等编:《全唐诗》,郑州:中州古籍出版社,1996年版,第1701页。
③ 彭定求等编:《全唐诗》,郑州:中州古籍出版社,1996年版,第1704页。
④ 彭定求等编:《全唐诗》,郑州:中州古籍出版社,1996年版,第1724页。

"康乃与(山)涛告绝曰:'……游山泽,观鱼鸟,心甚乐之。一行作吏,此事便废。安能舍其所乐,而从其所惧哉!'"①《南史·谢晦传》:"然谢氏自晋以降,雅道相传……方明行己之度,玄晖藻缋之奇,各擅一时,可谓德门者矣。灵运才名,江左独振……"②

③悲伤凄清的气氛

初盛唐政治、经济、文化等方面的繁荣,人们的自信乐观、感物方式往往随景起感。如王维《春园即事》:"宿雨乘轻屐,春寒著弊袍。开畦分白水,间柳发红桃。草际成棋局,林端举桔槔。还持鹿皮几,日暮隐蓬蒿。"作者在早春时节来到田园,目光所至,处处生机盎然,意境淡远,色彩鲜明。田里的水在阳光照耀下反射出白光,绿柳红花间发。由此带来的心情是愉悦的,衬托出较为开朗的社会气氛。经历了盛唐四十年的诗人,就是经历安史之乱带来的民族和国家的深重灾难,仍然能写出优雅浑静的诗篇,让人感觉不到国家的衰败,这是盛唐诗人在撑着,是他们的悲壮,但悲不压壮,他们对国家前途仍具有信心。王维《和贾舍人早朝大明宫之作》:"绛帻鸡人送晓筹,尚衣方进翠云裘。九天阊阖开宫殿,万国衣冠拜冕旒。日色才临仙掌动,香烟欲傍衮龙浮。朝罢须裁五色诏,佩声归向凤池头。"此诗作于唐肃宗乾元元年(758)春天,长安虽然在757年收复,但已是满目衰败。但从"九天阊阖开宫殿,万国衣冠拜冕旒。日色才临仙掌动,香烟欲傍衮龙浮"诗句中感觉不到衰落的氛围,仍是高歌在奏的盛世。李白在去世前三年(759),尚能写出"两

---

① 卢纶著,刘初棠校注:《卢纶诗集校注》,上海:上海古籍出版社,1989年版,第510页。
② 卢纶著,刘初棠校注:《卢纶诗集校注》,上海:上海古籍出版社,1989年版,第510页。

岸猿声啼不住,轻舟已过万重山"这样轻快豪迈的诗句,这是大唐盛世的惯性使然,是盛唐诗人不愿放弃的壮歌情怀。

大历诗人没有经历盛唐的全过程,出生时已是盛唐尾声,他们感受更多的是战乱不断、流离失所,心里笼罩着散不开的阴影,日常交往、所兴所感大多有或浓或淡的愁绪。诗中所写的景物往往不是随感而发,景物带上作者的主观色彩,成为作者抒发情感的媒介。《寒食》:"孤客飘飘岁载华,况逢寒食倍思家。莺啼远墅多从柳,人哭荒坟亦有花。浊水秦渠通渭急,黄埃京洛上原斜。驱车西近长安好,宫观参差半隐霞。"①这是首表达孤身在外的思乡之情的诗作,景物蒙上清冷疏静的色彩,荒坟孤花、秦渠浊水、京洛黄埃、参差宫观,没有热闹繁华、清新淡雅,恰当地表达了作者当时的心情,悲凉凄冷的气氛已经有别于浑远和平的盛唐气象。

## 3.流传及影响

在我国古代各种诗歌体裁中,七律是形式及艺术上要求最严格的一种体裁。刘熙载《艺概》曰:"律诗取律吕之义,为其和也;取律令之义,为其严也。"②《昭昧詹言》言:"七律束于八句之中,以短篇而须具纵横奇恣、开阖阴阳之势,而又必起结转折,章法规矩井然,所以为难。"③它自唐兴,唐七律约9000首,初盛唐140年左右的时间里,共创作七律约380首。代宗大历初到德宗贞元中的中唐前期的30多年里,七律约

① 彭定求等编:《全唐诗》,郑州:中州古籍出版社,1996年版,第1727页。
② 刘熙载撰:《艺概》,上海:上海古籍出版社,1978年版,第72页。
③ 方东树撰,汪绍楹校点:《昭昧詹言》,北京:人民文学出版社,1961年版,第375页。

590 首,超过此前出现的所有七律的总和,唐诗在这段时间出现新的增长点。

衡量一个作家的成就,要把他放在一定的历史地位上去考察。盛唐七律诗的作者主要是王维、李颀、参差、高适、崔颢等人,以王、李的成就为最高,但盛唐的一些七律作品的格律不符合要求,如崔颢《黄鹤楼》第二联不对仗,王维七律有不粘的现象。但这恰说明了七律这种诗歌体裁还在探索中,没有定型。七律本是从应制诗而来,带有先天不足的成分,《唐诗品汇·七言律诗叙目》:"七言律诗又五言八句之变也,在唐以前沈君攸七言俪句已近律诗,唐初始专此体,沈朱等精巧相尚,开元初苏张之流盛矣,然而亦多君臣游倖倡和之什。"①至盛唐,除杜甫外,内容单薄的情况在其他诗人身上仍然没有根本上的改变。

大历是律诗发展的重要阶段,"至于大历之际,钱、郎远师沈、宋,而苗、崔、卢、耿、吉、李诸家,亦皆本伯玉而宗黄初,诗道于是为最盛"②。这里所谓"诗道",是指大历十才子对律诗的贡献,七律方面尤为突出。十才子的七律不但比盛唐诸家多,而且对仗多样,声律精密,结构灵活。

历代唐诗选本对卢纶七律有逐渐增多的趋势。唐人唐诗选本对卢纶的七律没有突出出来。唐元和年间令狐楚编纂的《御览诗》取妍艳短章,不及长篇。选取数量最多的是李益 36 首,其次即卢纶 32 首,32 首中五绝、七绝、五律各 10 首,七律为 2 首:《长安春望》《奉和太常王卿酬

---

① 高棅编选:《唐诗品汇》,上海:上海古籍出版社,2012 年版,第 705 页。
② 郭绍虞、王文生编:《中国历代文论选》第 3 册,宋濂撰:《答章秀才论诗书》,上海:上海古籍出版社,2001 年版,第 23 页。

中书李舍人中书寓直春夜对月》。所选包含了近体诗的全部体裁，但七律较少，也反映出《御览诗》偏向篇幅小的特点。李益 36 首，其中七绝 21 首，五绝 11 首，五律 2 首，七律 1 首，歌行 1 首。由此可知，《御览诗》对卢纶的五律很是重视。唐姚合编的《极玄集》以选录大历诗人作品为主，集中以五律为主，不涉及七律，卢纶被选 3 首，均为五律。韦庄编的《又玄集》选卢纶 3 首，2 首五律，1 首七律（《长安春望》）。韦毂的《才调集》选卢纶 7 首，其中七律 2 首。以上选集并未把卢纶的七律作为重点，一个重要的原因是编选目的所至，以绝句和五律为主。

自宋代开始的唐诗选集里，卢纶七律的地位逐渐被突出。宋王安石《唐百家诗选》选卢纶 36 首，其中七律 8 首，对比入选的大历时期的诗人七律数量可知这比例已经很高。戴叔伦入选 47 首，其中七律 1 首；皇甫冉入选 85 首，其中七律 7 首（其中《寄韦司直》可能为郎士元所作）；司空曙入选 25 首，其中七律 4 首；耿湋入选 6 首，其中七律 2 首；李端入选 9 首，无七律；李嘉祐入选 12 首，其中七律 4 首。宋赵师秀编《众妙集》集录唐代五七言律诗，起沈佺期讫王贞白，共 76 人，五言居十之九，但所选卢纶的 7 首中有 2 首七律（《酬畅当嵩山寻道士见寄》《晚次鄂州》），可见卢纶七律的影响逐渐提高。

金代元好问《唐诗鼓吹》以选七律为准，约 600 首，部分大历诗人入选七律数量：戴叔伦 1 首，钱起 1 首，刘长卿 1 首，耿湋 2 首，郎士元、司空曙各 3 首，卢纶、李嘉祐各 5 首，皇甫冉 7 首，杨巨源 14 首。从以上看出，在宋金唐诗选本中，卢纶七律已经在大历诗人中较为突出，在大历十才子中是最突出的，李嘉祐略次。至元代举世宗唐，出现数部重要唐诗选本。元代杨士弘所编《唐音》在元末至明中期影响深远，卷五（唐正音四)为七律专集。收录皇甫冉、皇甫曾、郎士元各 2 首,韩翃、司空曙、李端各 3 首,钱起 4 首,卢纶 6 首,刘长卿 15 首。大历诗人中除刘长卿外,卢纶是收录最多的。编于 1299 年戴表元的《唐诗含弘》旨趣在中晚唐,卷三为七律(残卷),共选录 127 位诗人,1174 首,其中韩翃 15 首,戴叔伦 17 首,李端 21 首,而卢纶 31 首,属于大历诗人中选诗数量最多的之一。

明代高棅《唐诗品汇》是唐诗选集的一座丰碑,第八十五卷(七言律诗四)为"羽翼"品目,收录钱起 19 首,刘长卿 20 首。八十六卷(七言律诗五)为"接武(上)"品目,收录韦应物 4 首,皇甫冉 9 首,皇甫曾 4 首,李嘉祐 9 首,郎士元 5 首,韩翃 9 首,卢纶 5 首,司空曙 7 首,李端 3 首,秦系 2 首,耿湋 3 首。在大历十才子中,高棅将钱起列于"羽翼"位置,卢纶、李嘉祐等人在"接武"位置,重要性次于钱起。对比《唐诗品汇》对五言律诗的安排,卢纶五律在大历诗人中地位更高。七十七至七十八卷编选的五律诗中,钱起 26 首,刘长卿 20 首,皇甫冉 10 首,皇甫曾 3 首,李嘉祐、韦应物各 1 首,韩翃 2 首,司空曙、耿湋各 4 首,卢纶 15 首,且这些大历诗人都列在"接武"品目中。

对卢纶的七律,历代多有赞誉。清洪亮吉《北江诗话》:"(盛唐七律)门径始开,尚未极其变也。至大历十数子,对偶始参以活句,尽变化错综之妙。如卢纶'家在梦中何日到?春来江上几人还',刘长卿'汉文有道恩犹薄,湘水无情吊岂知',刘禹锡'怀旧空吟闻笛赋,到乡翻似烂柯人',白居易'曾犯龙鳞容不死,欲骑鹤背觅长生'等,开后人多少法门!"后人作七律,"究当以此种为法,不必高谈崔颢之《黄鹤楼》、李白之《凤凰台》及杜甫之《秋兴》《咏怀古迹》诸什也。若许浑、赵暇而后,则又惟讲琢句,不复有此风格矣"①。清钟秀《观我生斋诗话》:"七言律初唐法固未备,即盛唐亦有太率处,盖初、盛古风之变,尚有无尽故也。至中唐,而法大备矣。如刘长卿、刘禹锡、柳宗元皆卓然大家。此外如卢纶、钱起、李嘉祐、郎士元及两皇甫,亦多可传诵之作。为七律者可于此问津焉。"②蒋寅在《大历诗人研究》中说:"造语工切,道得其事。"③

七律在成熟前期,由于题材种类和作品数量不多,也带来了艺术上的单一。杜甫和大历诗人七律的出现,无疑为题材的开拓和艺术多样化的表达填补了空白。卢纶的七律,在大历十才子中是突出的。

## (二)浑朴闲缓的郎士元

郎士元,生卒年不详,字君胄,一般认为是中山(今河北定州)人。④天宝十五载(756)登进士第。宝应元年(762),选畿县官,诏试中书,补渭南尉,代宗时,登朝为左拾遗。大历末,自员外郎出为郢州刺史。士元工诗,与钱齐名,时人谓"前有沈、宋,后有钱、郎",后人多有人认为不如钱。朝官出使作牧,如无二人写诗饯行,时论下之,高仲武《中兴间气集》以士元为下卷之首:认为诗比钱起"稍更闲雅,近于康乐",推崇倍加。《全唐诗》录诗 73 首,其中七律 13 首。

① 洪亮吉著,陈迩冬校点:《北江诗话》,北京:人民文学出版社,1983 年版,第 99 页。
② 陈伯海编:《唐诗汇评》,杭州:浙江教育出版社,1995 年版,第 3299 页。
③ 蒋寅撰:《大历诗人研究》,北京:中华书局,1995 年版,第 278 页。
④ 关于郎士元籍贯问题,详见本书附录二。

| 分类 | 题目 | 数量 |
|------|------|------|
| 寄赠类 | 赠韦司直 | 1 |
| 抒情类 | 冯翊西楼、郢城西楼吟 | 2 |
| 送别类 | 送崔侍御往容州宣慰、盖少府新除江南尉问风俗、送粲上人兼寄梁镇员外、送郴县裴明府之任兼充宣慰、送李敖湖南书记、咸阳西楼别窦审 | 6 |
| 酬和类 | 酬王季友题半日村别业兼呈李明府、春宴王补阙城东别业、奉和杜相公益昌路作 | 3 |
| 题赠类 | 题精舍寺（一作酬王季友秋夜宿露台寺见寄） | 1 |
| 总计 | | 13 |

《赠韦司直》："闻君感叹二毛初，旧友相依万里馀。烽火有时惊暂定，甲兵无处可安居。客来吴地星霜久，家在平陵音信疏。昨日风光还入户，登山临水意何如。"[1]"二毛"，指黑发和白发相间。首联讲友人在中年之际与旧友分离。颔联写道社会兵荒马乱，无处安身，安史之乱后，藩镇割据，民不聊生，友人的遭遇，是无数人的缩影。颈联写道友人来江浙很久了，由于交通不便，与家乡音信隔绝不通。最后是安慰，不要再思念故土了，这里风景也不错。诗作没有渲染描绘什么景色场景，是一句句平实的话，真诚地安慰老友，备感温馨。

《酬王季友题半日村别业兼呈李明府》："村映寒原日已斜，烟生密竹早归鸦。长溪南路当群岫，半景东邻照数家。门通小径连芳草，马饮春泉踏浅沙。欲待主人林上月，还思潘岳县中花。"[2]这是酬答诗，宝应

---

① 彭定求等编：《全唐诗》，郑州：中州古籍出版社，1996 年版，第 1519 页。
② 彭定求等编：《全唐诗》，郑州：中州古籍出版社，1996 年版，第 1519 页。

元年(762)九月之后,郎士元任渭南县尉,不久,即在任所建成半日吴村别业,并与诗友钱起、王季友唱和。首联描绘了一幅暮色图,夕阳西下,雾霭升起,别业周围是密密的竹林,景色秀丽。颔联写别业南面对着群山,东面有几户人家。颈联提到周围有泉水,友人的坐骑可以畅快地饮着春泉。钱起诗在前,郎士元诗在后。钱起《题郎士元半日吴村别业,兼呈李长官》:"半日吴村带晚霞,闲门高柳乱飞鸦。横云岭外千重树,流水声中一两家。愁人昨夜相思苦,闰月今年春意赊。自叹梅生头似雪,却怜潘令县如花。"两首诗都写得清新淡雅,风格近似。

《春宴王补阙城东别业》:"柳陌乍随州势转,花源忽傍竹阴开。能将瀑水清人境,直取流莺送酒杯。山下古松当绮席,檐前片雨滴春苔。地主同声复同舍,留欢不畏夕阳催。"①这也是一首描写别墅的七律,第一句写顺着山势逐渐看到别墅,竹林、花丛依次相依。不远处有瀑布缓缓而下,把酒临风,春鸟欢唱。颈联继续描绘别业环境,古松亭亭如盖,檐下春苔葱绿。最后表达一点归隐之意。诗作虚词运用相当熟练精要,"乍"体现了峰回路转的动态,"忽"写出了惊喜,"能将""直取"对仗,体现了婉转的叙述风格。"《山满楼笺注唐诗七言律》:一写城东路,以折而幽;二写别业地,以深而胜;三写别业中有泉,是陪笔;四写别业中开宴,是正笔。'瀑水清人境',山之为也;而曰:王起令之。'流莺送酒杯',春之为也;而曰:王起取之。硬派得妙,只此四句写得园林之缥缈,宾主之风流,俱有可望不可即之妙,真笔墨中乐事也。"②

---

① 彭定求等编:《全唐诗》,郑州:中州古籍出版社,1996年版,第1520页。
② 陈伯海编:《唐诗汇评》,杭州:浙江教育出版社,1995年版,第1339页。

《题精舍寺(一作酬王季友秋夜宿露台寺见寄)》:"石林精舍武溪东,夜扣禅关谒远公。月在上方诸品静,僧持半偈万缘空。秋山竟日闻猿啸,落木寒泉听不穷。惟有双峰最高顶,此心期与故人同。"[1]"远公",指友人王季友。诗作开头介绍了精舍寺的方位,然后写自己夜晚来到寺庙拜谒友人。颔联带有佛教色彩,月洒万物,静谧空灵,僧念偈词已了解尘缘,照应了题目。颈联带有寒意和凄凉色彩,对仗不工,"猿啸"和"不穷"不对,颈联一般对仗要求比较高,这里有点特殊。尾联表明作者和友人有共同的志趣。诗作的一个重要特点是景物偏静偏冷,行文也是缓缓的,感情抒发没有大开大合,像是一位哲人在生动地阐述,即闲雅。

《盖少府新除江南尉问风俗》:"闻君作尉向江潭,吴越风烟到自谙。客路寻常随竹影,人家大底傍山岚。缘溪花木偏宜远,避地衣冠尽向南。惟有夜猿啼海树,思乡望国意难堪。"[2]"除",上任。从题目看,是新到江南任职的盖少府将行问作者江南情况,作者以诗的形式做了回答。诗作开头点明写作原因,然后毫不客气带点自豪的口吻说"自谙"。颔联写出越地的多山地形及人们依山而居的特点,从内容看,是越地即浙江的情况,苏南山地较少。颈联是名句,写到安史之乱后很多北方人南渡,但不一定是历史事实。因为安史之乱爆发,南渡的人并不是特别多,且北方仍是重要经济区,最起码首都附近南渡的人较少。大规模南渡是西晋人,西晋被异族蹂躏,对汉族实行野蛮杀戮政策,所以只得悉尽南渡保命。安史之乱后,长安破烂不堪,但仍是首都,能吸引一大批

---

① 彭定求等编:《全唐诗》,郑州:中州古籍出版社,1996 年版,第 1520 页。
② 彭定求等编:《全唐诗》,郑州:中州古籍出版社,1996 年版,第 1520 页。

人就业,还有一线城市洛阳等。最后说到了江南夜深人静时,常常思念北方的故乡,"海树"应是海边的树,浙江沿海。诗作叙述自然,娓娓道来,从诗中知晓了江南的风土人情以及历史变故,容量很大。本诗虚词运用也恰到好处,结体婉转,表达畅达。"寻常"对"大底","偏"对"尽",对仗工整。

《冯翊西楼》:"城上西楼倚暮天,楼中归望正凄然。近郭乱山横古渡,野庄乔木带新烟。北风吹雁声能苦,远客辞家月再圆。陶令好文常对酒,相招那惜醉为眠。"[1]此诗《全唐诗》又作张继诗,据佟培基《全唐诗重出误收考》认为是郎士元诗。[2] 这是一首登楼即情诗,登高怀古是常写题材。首句开门见山,写自己登楼,时间是在暮色起时,第二句就定下了调子:"凄然",注定以下就照着这个调子写。在作者笔下,青山是乱的,村庄是在荒凉的郊外,景物是晦暗的,似乎看到兵荒马乱的影子。颈联写了人,"远客"不是指自己吗?最后写到自己醉心酒文,不必过分忧伤。作品没有一些登高名篇那样的恢宏的气势、浓烈的忧国之情,表达的是偏于自己的生活情况,从某种意义上讲,是"小我"和"大我"的区别,但这"小我"也是人的真实状态。

一些评论家认为"郎士元的才能较窄,只能做律诗,且偏于五言"[3]。这种看法是值得商榷的。郎士元在七律方面体现了浑朴闲雅的特点,如《奉和杜相公益昌路作》:"春半梁山正落花,台衡受律向天涯。南去

---

① 彭定求等编:《全唐诗》,郑州:中州古籍出版社,1996年版,第1522页。
② 佟培基撰:《全唐诗重出误收考》,西安:陕西人民教育出版社,1996年版,第182页。
③ 董乃斌等撰:《唐代文学史》,北京:人民文学出版社,1995年版,第131页。

猿声傍双节,西来江色绕千家。风吹画角孤城晓,林映蛾眉片月斜。已见庙谟能喻蜀,新文更喜报金华。"①浑朴体现在叙述的按部就班,开始点名季节,然后想象去蜀之路的山川景色,最后赞美友人的才华。浑朴还体现虚词的较好运用,如尾联的"已""更"回环之效果。闲雅是郎士元七律的重要特点,所谓闲雅,首先是无大开大合,而是娓娓叙来,如《郢城西楼吟》:"连山尽处水萦回,山上戍门临水开。朱栏直下一百丈,日暖游鳞自相向。昔人爱险闭层城,今日爱闲江复清。沙洲枫岸无来客,草绿花红山鸟鸣。"②这首诗写在楼上所见,主要写看到的江水,"临水开"悠闲自适,然后写水中的游鱼,最后写山中红花鸟鸣,对现实的社会没有反映,只是抒发一种闲然的心情,很平静,体现了闲雅的风格。看一首杜甫的登高之作,也写到了水,《白帝》:"白帝城中云出门,白帝城下雨翻盆。高江急峡雷霆斗,古木苍藤日月昏。戎马不如归马逸,千家今有百家存。哀哀寡妇诛求尽,恸哭秋原何处村?"杜甫笔下的水是"雨翻盆""高江""雷霆斗",咆哮怒击,然后写到安史之乱给社会带来的巨大灾难。又如杜甫的《白帝城最高楼》:"城尖径仄旌旆愁,独立缥缈之飞楼。峡坼云霾龙虎卧,江清日抱鼋鼍游。扶桑西枝对断石,弱水东影随长流。杖藜叹世者谁子?泣血迸空回白头。"杜甫写的大多是想象的东西,如"旌旆""龙虎""鼋鼍",这些想象的事物气势大,一般雄伟壮大,最后转到国事,表现了沉郁顿挫的特点。郎士元写的基本上是登高看到的自然景物,行文缓和,情感舒缓,犹似茶余饭后的轻谈。

---

①　彭定求等编:《全唐诗》,郑州:中州古籍出版社,1996 年版,第 1521 页。
②　彭定求等编:《全唐诗》,郑州:中州古籍出版社,1996 年版,第 1520 页。

# 第四章

## 大历方外诗人七律创作

# 一、大历方外诗人基本特征

方外与方内指隐逸和世俗生活，方外诗人即指隐士诗人。大历贞元之际的隐士诗人，现知有这么几位：陆羽、朱湾、秦系、顾况、刘方平、朱放、柳中庸、张志和、张潮、张众甫、于鹄、章八元、吴筠、韦渠牟、李季兰等。当然实际情况肯定更多，有的诗名不显也就湮没在历史的灰尘中了。但总的说来，方外诗人总体成就不高。至于原因，与自身生活的圈子有关，见识世事范围有限，限制了诗歌境界、主体的生发与升华。这并不难理解，如果杜甫没有跑遍大半个中国，也不会写出那么多壮丽或沉郁的诗篇。

隐士诗人不是一天官也没做过，辞官归隐的生活如果占到其生活的重要部分，也算隐士诗人，古今隐逸诗人之宗的陶渊明就做过十三年的官。但没做过官或做官诗人时间很少的不一定就是隐士诗人，如李白，虽然也经常隐居，但其隐居是为了出仕，并不是真的隐居，过的生活也是挥金如土、迎来送往，不能算隐士诗人。隐士诗人一般接触更多的是山林桑麻、柴门瓮牖，诗的内容格调也隐逸静远，这是区分隐士诗人的重要特征。当然他们也接触地方官员，也与地方官唱和应酬，在诗歌上与官员有相通之处，有的隐逸诗人有从政经历，交往这些人也是情理之中。

隐士诗人在七律方面的探索不太多，但宁静平和的心境和风格是其独特的地方。

# 二、部分方外诗人七律创作

## （一）平易明快的于鹄

于鹄，中唐诗人，年三十犹未成名，退而隐居汉阳间。贞元中，为荆南节度使樊泽从事。后寻仙访道，悠游山林，约贞元末卒，张籍有诗哭之。《全唐诗》存诗 74 首。傅璇琮主编的《唐才子传校笺》储仲君所撰"于鹄"条，考定于鹄或为河朔人，生年或为玄宗天宝六载（747）前后，卒年不可考。晚唐张为《中晚唐诗主客图》曰："于鹄亡其字，出处亦不其可考。传者但知为大历、贞元间诗人而已。五古气格沉雄，绝近岑嘉州。七言律亦轩爽。独五言近体，则绝似原本水部，而窥其律格之秘者。但水部贞元十五年进士，至元和中，其名始重。若在大历、贞元间，乃为水部前辈。既不可考，姑就其诗次在王仲初下，为入室第二人。"[①]贺裳《载酒园诗话又编》曰："读于鹄诗，惟恨其少。"[②]诗作多叙述方外生

---

① 陈伯海编：《唐诗汇评》，杭州：浙江教育出版社，1995 年版，第 1555 页。
② 陈伯海编：《唐诗汇评》，杭州：浙江教育出版社，1995 年版，第 1555 页。

活,在 74 首诗作中有 5 首七律。

《长安游》:"久卧长安春复秋,五侯长乐客长愁。绣帘朱毂逢花住,锦幨银珂触雨游。何处少年吹玉笛,谁家鹦鹉语红楼。年年只是看他贵,不及南山任白头。"①这是一首描写长安富贵之家的七律。"五侯",显赫之家。"久卧长安"说明于鹄在京城长安待过很长时间,从诗作所描写的荣华富贵来看,于鹄年轻时对功名利禄的追求也很强烈。首联下句说自己发愁,"客"说明自己不是长安人。"朱毂",红色的车毂,古时王侯显贵乘坐的车,往往用朱红漆轮。颔联继续描写富贵之家的排场及生活,朱轮豪车流连于灯红酒绿之中,穿戴锦衣珠玉穿梭于名胜之间。下面颈联写自己的羡慕之情,"少年"指自己,说明当时年纪不大,"语红楼"暗指普通人很难挤入富贵行列。尾联表达了失望的情绪,年复一年,富贵人家依旧富贵。诗作通过自己和五侯之家的对比,描绘了悬殊的贫富差距和社会不公,用意深远。

《醉后寄山中友人》:"昨日山家春酒浓,野人相劝久从容。独忆卸冠眠细草,不知谁送出深松。都忘醉后逢廉度,不省归时见鲁恭。知己尚嫌身酩酊,路人应恐笑龙钟。"②"野人",此处指山中友人。"廉度",东汉廉范,字叔度,京兆杜陵人,赵将廉颇之后,有誉名。"鲁恭",东汉人,字仲康,扶风平陵人,以德化治境,化及禽兽,蝗不入境,竖子有仁心。诗作语言平易,颈联用典。音律不规范,失粘,第二句"人"平声,而第三句"忆"却是仄声。于鹄在不多的 5 首中还有失粘的,说明格律不严。

---

① 彭定求等编:《全唐诗》,郑州:中州古籍出版社,1996 年版,第 1892 页。
② 彭定求等编:《全唐诗》,郑州:中州古籍出版社,1996 年版,第 1893 页。

《送宫人入道归山》:"十岁吹箫入汉宫,看修水殿种芙蓉。自伤白发辞金屋,许著黄衣向玉峰。解语老猿开晓户,学飞雏鹤落高松。定知别后宫中伴,应听缑山半夜钟。"①"汉宫",借指唐朝宫殿。首联是讲少年曾经去过朝廷,似乎是差役。"金屋",汉武帝有金屋藏娇的典故;"黄衣",黄色的衣服,道士衣黄。颔联讲放弃人间欲望,身着黄衣一心学道。颈联想象学道的生活,山中有猿猴、雏鹤为伴,清静无为。"缑山",在今在河南省偃师县府店镇,《舆地广记》卷五:"缑山,王子晋控鹤上升之所,有黄河曲。"尾联是说少年时留在宫中的同伴会听到缑山半夜修炼的钟声,意思是学道的路走对了,没有凡尘约束。金圣叹《贯华堂选批唐才子诗》:

十五入宫,只加"吹箫"二字,便早具仙意。"看修水殿",是纪其入宫之年。如问绛县甲子,却云叔仲惠会却成,叔孙庄败长狄,即用此法。然亦殊画娇憨之甚也。"自伤",一气贯下十二字成一句,言颇闻有人蒙被主上恩私,御前无求不许,独我入宫至今,曾未尝有是事,只有昨日一辞一许,算是一生至恩特荣,故伤之也。若解作"伤白发",此岂复成语。五、六写世外另一天地,若不出得宫来,几乎全然不知。七、八又反写未出宫者,以极形其自在解脱,盖言相慕,非言相思也。②

---

① 彭定求等编:《全唐诗》,郑州:中州古籍出版社,1996年版,第1892页。
② 陈伯海编:《唐诗汇评》,杭州:浙江教育出版社,1995年版,第1557页。

诗作语言平易,无孤僻奇崛语,含义悠远。

《公子行》:"少年初拜大长秋,半醉垂鞭见列侯。马上抱鸡三市斗,袖中携剑五陵游。玉箫金管迎归院,锦袖红妆拥上楼。更向院西新买宅,月波春水入门流。"①"公子行",古乐府古题,与长安少年行、侠客行、羽林郎、剑客等合称为"游侠二十一"。于鹄年轻时曾经有过京城谋求荣华富贵的经历,自然会表现在诗中,此作即是羡慕豪富所写。开头写公子认识了朝廷贵人大长秋,对王侯的态度也显得傲慢。中间两联写公子声色犬马,夜行闹市,显赫排场,享尽人间富贵。尾联加叙公子又广置田产,明月春光无限。诗作的意思很明显,通过渲染公子的豪华,揭露了社会不公,表明自己上升被阻,和社会格格不入,间接地表达了愤怒。

于鹄作为方外诗人,大部分写的是山川景物、方外生活,但留存的 5 首七律却有 2 首写富贵:《公子行》《长安游》,其余 3 首与道观有关。语言明白如话,浅显易懂,但寓意悠远,具有一定的道家语言色彩。

## (二)宁静雅重的严维

严维,生卒年不详,字正文,越州山阴(今浙江绍兴)人。天宝中,应举不第。后官金吾卫长史。大历中在越州,与鲍防等交游,又与郑概、裴晃等唱和,编为《大历年浙东联唱集》二卷,已佚。大历末,官河南尉。严郢为河南尹,辟在幕府。终官秘书郎。约建中中卒。有《严维诗》一卷。《唐才子传》所载严维之生平事迹较为全面:

---

① 彭定求等编:《全唐诗》,郑州:中州古籍出版社,1996 年版,第 1892 页。

初,隐居桐庐,慕子陵之高风。至德二年,江淮选补使侍郎崔涣下,以词藻宏丽、进士及第,以家贫亲老,不能远离,授诸暨尉,时已四十余。后历秘书郎。严中丞节度河南,辟佐幕府。迁余姚令。仕终右补阙。维少无宦情,怀家山之乐。以儒素从升斗之禄,聊代耕耳。诗情雅重,挹魏、晋之风,锻炼铿锵,庶少遗恨。一时名辈,孰匪金兰。诗集一卷,今传。①

目前研究大历诗人比较权威的著作是蒋寅的《大历诗人研究》和《大历诗风》,但两部著作对严维未做阐述和研究,和其同时代的作家被研究的程度相比,显得落寞。

《全唐诗》收录其诗 64 首,残句 3 句。从内容上看,严维诗主要是赠答酬唱之作,达到 56 首之多,约占到总数的 90%。除此之外,是一些游赏山水,表现悠闲生活的作品。对国家的命运、人民的疾苦关注较少,主要原因是接触圈子有限,还有和大历大部分诗人对社会关注度不高也有关系。64 首以律诗和绝句为主,和大历诸家多攻近体相同,其中七律 8 首(不包括《题茅山李尊师所居》,佟培基考证为秦系作。②),加上《全唐诗补编》的 1 首《游荆溪》,共 9 首七律。

《送崔峒使往睦州兼寄薛司户》:"如今相府用英髦,独往南州肯告

---

① 辛文房撰,王大安校订:《唐才子传》,哈尔滨:黑龙江人民出版社,1986 年版,第 57 页。

② 佟培基撰:《全唐诗重出误收考》,西安:陕西人民教育出版社,1996 年版,第 209 页。

劳。冰水近开渔浦出,雪云初卷定山高。木奴花映桐庐县,青雀舟随白露涛。使者应须访廉吏,府中惟有范功曹。"①崔峒,大历十才子之一;睦州,唐代辖境约今浙江省桐庐、建德、淳安等县市地。首联直接讲崔峒去赴任,颔联描述的季节是冬末春初,冰河初开,鱼儿欢跃。颈联想象行程所见,这是常见写法。功曹,是古代官名,东汉时有位叫范滂的人因品行清廉,疾恶如仇,在任汝南功曹时被喻为"利刃",后用作称颂廉洁的典故。尾联语重心长地劝慰要做个廉吏,以尽朋友之责。诗作相对比较平淡,景色描写也无奇。

《酬诸公宿镜水宅》:"幸免低头向府中,贵将藜藿与君同。阳雁叫霜来枕上,寒山映月在湖中。诗书何德名夫子,草木推年长数公。闻道汉家偏尚少,此身那此访芝翁。"②严维的镜水宅在绍兴市东郊,也叫"严长史宅"。很多远道而来的诗人,留连浙江山水,同时也常上门拜访隐居于此的严维,这些人包括皇甫冉、刘长卿、耿沛、清江等诗人,即诗中的"诸公"所指。耿沛有《赠严维》,皇甫冉有《秋叶宿严维宅》,清江有《宿严维宅简章八元》,刘长卿有《宿严维宅赠包佶》等。"藜藿",指粗劣的饭菜,这里指平民生活。颔联写自己悠闲的平民生活,上句用拟人手法。颈联以反写手法写自己在周围名望很高,岁数也大了。"汉家",汉朝,这里指唐朝朝廷。尾联写自己年纪大了,朝廷也不会在意自己了。诗作议论成分比较多,除了第二联叙述外,其余全是议论。另这首七律失粘,第二句第二字"将"平声,第三句"雁"却是仄声,导致后面的平仄

---

① 彭定求等编:《全唐诗》,郑州:中州古籍出版社,1996 年版,第 1587 页。

② 彭定求等编:《全唐诗》,郑州:中州古籍出版社,1996 年版,第 1587 页。

问题很多。严格地说,这首诗不能算七律。说明大历期间格律仍然不是很严格。

《九日登高》:"诗家九日怜芳菊,迟客高斋瞰浙江。汉浦浪花摇素壁,西陵树色入秋窗。木奴向熟悬金实,桑落新开泻玉缸。四子醉时争讲德,笑论黄霸屈为邦。"①钱起的《九日宴浙江西亭》内容极为相似,仅几个字有出入,据王定璋考证,钱起入仕后未在越中滞留,此作品是严维的可能性大。② 首联交代时间地点,时间是重阳日,地点是钱塘江边的楼上。颔联很自然地描写看到的景色,波涛滚滚,波浪中像有玉璧晃动,已经是秋天了,秋色摇入窗户。一剧烈,一轻微,轻重对比,有层次变化,此联写景还成磅礴之势。颈联写到农家的景色,果子成熟了。黄霸(前130—前51),字次公,淮阳阳夏(今河南太康县)人,西汉时官至丞相。尾联用典故,似是暗喻自己廉洁之意。写重阳的诗作汗牛充栋,名篇繁多,严维的这首重阳诗写景也是名句,这是亮色。《载酒园诗话又编》曰:

中唐数十年间,亦自风气不同。其初,类于平淡中时露一入情切景之语,故读元和以前诗,大抵如空山独行,忽闻兰气,馀则寒柯荒阜而已。如严维"柳塘春水漫,花坞夕阳迟",诚为佳句;但上云"窗吟绝妙辞",却鄙。余惟喜其《留别邹绍先刘

---

① 彭定求等编:《全唐诗》,郑州:中州古籍出版社,1996年版,第1591页。
② 佟培基撰:《全唐诗重出误收考》,西安:陕西人民教育出版社,1996年版,第177—178页。

长卿诗》:"中年从一尉,自懂此身非。道在甘微禄,时危耻息机。晨趋本郡府,昼掩故山扉。待得干戈毕,何妨更采薇!"颇有长厚之风。又"还家万里梦,为客五更愁",深切情事。"阳雁叫霜来枕上,寒山映月在湖中""渔浦浪花摇素壁,西陵树色入秋窗",时一神游,忽忽在目。①

故此诗的写景是严维不多的名句之一。结尾用廉吏典故结尾,和七律《送崔峒使往睦州兼寄薛司户》以汉吏范滂结尾方式一样,比较单一。

《全唐诗补编》从《宜兴县志》卷十补录严维诗一首,题为《游荆溪》:"铜官之山溪水南,周处庙前多夕岚。看捲云帆歌白苎,劝尝春酒破黄柑。长林独往谁能觅,幽事相关性所耽。若欲避喧那畏虎,尚从地主结松龛。"这首诗是游览诗,语言和其他七律不太一样。前四句诗写景叙述,写荆溪山雾缭绕,自己看着行驶的帆船唱起白苎歌,喝酒吃果,好不惬意。后四句转向议论,这生活不是他经常过的,避世养性,归隐山林才是他的本性。后面议论显得庄重,一本正经,对艺术上没帮助,这就是他的风格。

综之,严维七律宁静雅重。宁静指写景状物大多已经倾向冷色调,不热烈,如《书情献相公》:"年来白发欲星星,误却生涯是一经。魏阙望中何日见,商歌奏罢复谁听。孤根独弃惭山木,弱质无成状水萍。今日

---

① 陈伯海编:《唐诗汇评》,杭州:浙江教育出版社,1995年版,第1399页。

更须询哲匠,不应休去老岩扃。"①诗中"孤根独弃惭山木,弱质无成状水萍",孤弱中有宁静,虽沉下民间,但坦然面对,无义愤填膺之状。雅重是指语言雅正、庄重,严维很少口语化,语言并不平易直白,喜用历史人物典故,也增加了雅重之感。如《送房元直赴北京》:"犹道楼兰十万师,书生匹马去何之。临岐未断归家目,望月空吟出塞诗。常欲激昂论上策,不应憔悴老明时。遥知到日逢寒食,彩笔长裾会晋祠。"②这是常见的送别诗,前四句颇有气势,五、六句转入议论,表达自己不甘年老无为,欲为国家燃尽余光,态度庄重,语辞典雅,虽然这对艺术感染力不一定有增色作用,但严维是有这种倾向的。严维七律总体上成就不高,但有一定特色,缺点也是明显的,那就是形象感不强。

## (三)别致平和的秦系

秦系,中唐诗人,大部分时间隐逸,追求陶渊明之风范,与众多诗人、方外人士交往,在当时知名度较高。《新唐书·隐逸》记载:

> 秦系,字公绪,越州会稽人。天宝末,避乱剡溪,北都留守薛兼训奏为右卫率府仓曹参军,不就。客泉州,南安有九日山,大松百余章,俗传东晋时所植,系结庐其上,穴石为研,注《老子》,弥年不出。刺史薛播数往见之,岁时致羊酒,而系未尝至城门。姜公辅之谪,见系辄穷日不能去,筑室与相近,忘

---

① 彭定求等编:《全唐诗》,郑州:中州古籍出版社,1996 年版,第 1588 页。
② 彭定求等编:《全唐诗》,郑州:中州古籍出版社,1996 年版,第 1588 页。

流落之苦。公辅卒,妻子在远,系为葬山下。张建封闻系之不可致,请就加校书郎。与刘长卿善,以诗相赠答。权德舆曰:"长卿自以为五言长城,系用偏师攻之,虽老益壮。"其后东渡秣陵,年八十余卒。南安人恩之,为立于亭,号其山为高士峰云。①

列传对其一生轮廓勾描了清晰的线索,但对其作品叙述较少。高棅在《唐诗品汇·总叙》中评述唐诗历史时云:"大历、贞元中,则有韦苏州之雅澹,刘随州之闲旷,钱、郎之清赡,皇甫之冲秀,秦公绪之山林,李从一之台阁,此中唐之再盛也。"②将秦系与韦应物、刘长卿、钱起、郎士元、皇甫冉皇甫曾兄弟、李嘉祐并称,认为其是中唐诗歌的代表性诗人,可见对其诗歌的肯定。

秦系存诗不多,约 40 首,七律有 8 首,其中 2 首有争议:《题章野人山居》《题茅山李尊师山居》,据佟培基考证,著作权属秦系可能性大。③

《山中奉寄钱起员外兼简苗发员外》:"空山岁计是胡麻,穷海无梁泛一槎。稚子唯能觅梨栗,逸妻相共老烟霞。高吟丽句惊巢鹤,闲闭春风看落花。借问省中何水部,今人几个属诗家。"④"钱起",吴兴人,大历十才子之一。"苗发",潞州壶关(今山西壶关)人,宰相苗晋卿子,大历

---

① 欧阳修、宋祁撰:《新唐书》,北京:中华书局,1975 年版,第 5608 页。
② 高棅编选:《唐诗品汇》,上海:上海古籍出版社,1982 年版,第 8—9 页。
③ 佟培基撰:《全唐诗重出误收考》,西安:陕西人民教育出版社,1996 年版,第 208—209 页。
④ 彭定求等编:《全唐诗》,郑州:中州古籍出版社,1996 年版,第 1577 页。

十才子之一。"岁计",一年内收入和支出。"胡麻",即芝麻。相传汉张骞得其种于西域,故名。首联写隐居生活的重要收入是胡麻,日子过得不宽裕。颔联写家庭成员情况,小儿子在山中采摘山果,妻子陪伴在左右,一家人和睦恬静,显然作者很满意,并没有对清苦的抱怨。颈联写自己文雅的业余生活,吟诗作对,闲看烟霞。"何水部",即南朝诗人何逊(?—约518)。《梁书·文学传上·何逊传》:"天监中,起家奉朝请,迁中卫建安王水槽行参军及迁江州,逊犹掌书记。还,为安西安成王参军事,王爱文学之士,日与游宴,兼尚书水部郎。"最后一联表达对为官之中有几个真正的诗人的疑问,作者的观点有点失之偏颇,可能也是对自己隐逸生活的肯定和满足。进士群体是诗人最重要的来源群体,而进士是要做官的,作者不是不知道,这样说的目的应是对官宦生活的否定。诗作平淡自然,充满了怡情自乐之态。

《献薛仆射》:"由来那敢议轻肥,散发行歌自采薇。逋客未能忘野兴,辟书翻遣脱荷衣。家中匹妇空相笑,池上群鸥尽欲飞。更乞大贤容小隐,益看愚谷有光辉。"[①]《全唐诗》本序文作:"系家于剡山,向盈一纪。大历五年,人或以文闻于郏留守薛公。无何,奏系右卫率府仓参军。意所不欲,以疾辞免,因将命者,辄献斯诗。""薛仆射",即薛嵩,安史降将,为相州刺史,充相、卫、邢等州节度观察使。"轻肥",指豪华生活,《论语·雍也》:"赤之适齐也,乘肥马,衣轻裘。"首联直接抒情,开宗明义,不议论权贵,自己一心向往归隐。"逋客",逃离的人,指隐士;"荷衣",用荷叶制的衣裳,喻隐者之服。颈联叙述自己的归隐生活,妻子相陪,作

---

① 彭定求等编:《全唐诗》,郑州:中州古籍出版社,1996年版,第1577页。

者屡次写到他妻子,池塘有象征高洁的鸥鸟戏逐。"大贤",指才德超群的人;"小隐",指隐居山林;"愚谷",愚公谷,借指作者隐居之剡山。最后作者以诙谐与骄傲的口吻表明自己的隐居是值得炫耀的事。诗作以抒情为主,以幽默轻松的笔触阐述了自己的归隐志趣,书写方式比较特殊,和一般的痛恨社会、官场的隐逸诗区别较大,却与陶渊明的风格近似。清金圣叹在《贯华堂选批唐才子诗》中给予秦系《献薛仆射》诗高度评价,显然是考虑了其双重身份:"看他绝和平,绝耿介,丰棱又不错,气质又不乖,真为天地间第一等人,作此第一等诗也。……看他高人下笔,不惜公然竟写出'光辉'二字,便知真正冰雪胸襟,了无下土尘滓。"[①]

《题茅山李尊师山居》:"天师百岁少如童,不到山中竟不逢。洗药每临新瀑水,步虚时上最高峰。篱间五月留残雪,座右千年荫老松。此去人寰今远近,回看去壑一重重。"[②]《全唐诗》又作严维作,据佟培基考证应是秦系作。[③] "茅山",即会稽山,在浙江绍兴东南。首联写李尊师鹤发童颜,神采矍铄,如果不是深入山中不会遇到。颔联写尊师日常生活,"新瀑水"说明山上降水充沛,植物繁茂,同时也暗示尊师的高洁,"最高峰"显示了尊师道行的高尚,"最高峰"也可以看作修行达到的高度。颈联通过对五月残雪、千年老松的叙写,间接烘托出茅山奇丽的景色和尊师的坚韧精神,令人感到环境的奇特和人的超凡脱俗。最后写离开时的情况,回看山壑重重,尊师已经隐没在其中,我们仿佛看见作

---

① 金圣叹批评,曹方人等标点:《贯华堂选批唐才子诗》,南京:江苏古籍出版社,1986年版,第171页。

② 彭定求等编:《全唐诗》,郑州:中州古籍出版社,1996年版,第1578页。

③ 佟培基撰:《全唐诗重出误收考》,西安:陕西人民教育出版社,1996年版,第209页。

者留恋的身影,"重重"是山壑的重重,不也是道术的重重? 给人无尽的回味。诗作写景奇特,意象瑰丽,造语新鲜。"每临"与"时上"对得很精彩,使气韵柔婉,表意多样。"《载酒园诗话又编》:'篱间五月留残雪,座右千年荫怪松',工丽中不失矫健。"①

《题章野人山居》:"带郭茅亭诗兴饶,回看一曲倚危桥。门前山色能深浅,壁上湖光自动摇。闲花散落填书帙,戏鸟低飞碍柳条。向此隐来经几载,如今已是汉家朝。"②由于秦系是当时隐逸名人,在隐逸界、诗界有很大的影响,与隐逸人士的交往也是常有的事,这首诗就是交游隐逸人士章野人之作。开头写山居的环境,章野人在离城郭不远处居住。领联对仗工整,"山色"对"湖光"很工,"能""自"是副词。颈联写山居的鸟语花香,章隐士写字吟诗,生活倒也自在。最后一联用典,用的是陶渊明的《桃花源记》典故,《桃花源记》:"自云先世避秦时乱,率妻子邑人,来此绝境,不复出焉。遂与外人间隔,问今是何世,乃不知有汉,无论魏晋。""如今已是汉家朝"反其义而用之,甚妙。金圣叹《贯华堂选批唐才子诗》卷之五上:"既创茅亭,切忌带郭,带郭多令诗兴常时被扫。今章野人亭又带郭,兴又不扫,此是何故耶? 原来却是一曲清水,隔断来人,虽设危桥,实难度过。于是眼无俗物,手信天机,时得好诗,自吟自赏也。三言'山色深浅',是写野人门前并无送迎也;四言'湖光动摇',是写野人四座并无酬对也。写景固有之,而实不止写景,只是'倚危桥'一意成解也。五言窗中只是摊书。六言戏鸟不能入户。既与古

---

① 陈伯海编:《唐诗汇评》,杭州:浙江教育出版社,1995年版,第1390页。
② 彭定求等编:《全唐诗》,郑州:中州古籍出版社,1996年版,第1577—1578页。

人相对,乃至无暇拂花,安能手剪柳枝,通他闲人来往乎? 七、八,先生婉辞问之:目今无秦苛法,野人住此几年? 若终不作通融,无乃绝物已甚耶?"①诗作最大的特点是对自然景物的描写。

秦系存诗不多,七律只有 8 首,但是有其鲜明特点:别致平和,别致是指自然景物的新鲜别致,平和是指情感的欢悦平淡。先谈别致,秦系未做官,生活圈子相对狭小,经历的风浪相对平静,结交的人相对单一,必然对其创作造成影响。其接触最多的是隐逸人士,最经常看到的是山川景物,这些必然反映到作品中来。如《寄浙东皇甫中丞》:"闲闲麋鹿或相随,一两年来鬓欲衰。琴砚共依春酒瓮,云霞覆著破柴篱。注书不向时流说,种药空令道者知。久带纱巾仍藉草,山中那得见朝仪。"②这也是写他自己的隐居生活,"闲闲麋鹿"这不是山中吗,"种药""藉草"也带有隐居色彩,秦系在他不多的存诗中反复写到"药"。"云霞覆著破柴篱",柴篱还是破的,隐居生活的实录,云霞覆篱,富有创意。又如《山中枉皇甫温大夫见招书》:"十年木屐步苔痕,石上松间水自喧。三辟草堂仍被褐,数行书札忽临门。卧多共息嵇康病,才劣虚同郭隗尊。亚相已能怜潦倒,山花笑处莫啼猿。"③一、二句"木屐""苔痕"是长期在山中隐居生活的写照,石上水流是山中常见景物。正是这些山中景物的描绘使秦系的诗歌具有鲜明的特点,带有飘逸之气。但和陶渊明的诗歌有区别,陶渊明被称为"隐逸诗人之宗",他的诗大多和农活有关,和酒

---

① 金圣叹批评,曹方人等标点:《贯华堂选批唐才子诗》,南京:江苏古籍出版社,1986 年版,第 171 页。

② 彭定求等编:《全唐诗》,郑州:中州古籍出版社,1996 年版,第 1577 页。

③ 彭定求等编:《全唐诗》,郑州:中州古籍出版社,1996 年版,第 1578 页。

有关,常写的意象是鸟、白云、青松、菊花等,陶渊明喜发对于人生、富贵、生死等方面的议论。而秦系比较纯粹地描绘山景,所以秦系似有意有别于渊明。秦系和孟浩然的山水作品区别也很大,孟浩然的山水诗歌重概括、浑厚,精雕细刻的很少。如孟浩然《早寒江上有怀》:"木落雁南度,北风江上寒。我家襄水曲,遥隔楚云端。乡泪客中尽,孤帆天际看。迷津欲有问,平海夕漫漫。"①写的景物比较阔大雄壮,气势盛大。又如孟浩然《游凤林寺西岭》:"共喜年华好,来游水石间。烟容开远树,春色满幽山。壶酒朋情洽,琴歌野兴闲。莫愁归路暝,招月伴人还。"②写的景物搭配是常见和常情的。所以大历诗人写景偏于细刻,不重整体庞大的景物,秦系的新鲜别致、带隐逸色彩的景物刻画是其七律诗的重要特点。

另一特点是平和,隐逸生活是艰苦的,外界的诱惑是巨大的,心中的烦恼是少不了的。但秦系的七律诗的情感是欢悦的、满意的、平和的,当然秦系其他诗歌也有这个特点。如《耶溪书怀寄刘长卿员外(时在睦州)》:"时人多笑乐幽栖,晚起闲行独杖藜。云色卷舒前后岭,药苗新旧两三畦。偶逢野果将呼子,屡折荆钗亦为妻。拟共钓竿长往复,严陵滩上胜耶溪。"③第一句直接说出时人嘲笑隐居,随后悠然自得地叙述自己的隐居生活,一家人其乐融融,没有被贫穷折磨得愁眉苦脸。又如《献薛仆射》最后两句,"更乞大贤容小隐,益看愚谷有光辉",以"光辉"

---

① 彭定求等编:《全唐诗》,郑州:中州古籍出版社,1996 年版,第 891 页。
② 彭定求等编:《全唐诗》,郑州:中州古籍出版社,1996 年版,第 895 页。
③ 彭定求等编:《全唐诗》,郑州:中州古籍出版社,1996 年版,第 1578 页。

二字作结,可见其心之满足。这一点和陶渊明的安贫乐道还是很相似的,只是陶渊明用如椽之笔,把自己的思想表达得更加悠远深刻,秦系文采是弱了些,自己的平和心态表达得更直接一些。

### (四)禅静自适的皎然

释皎然,唐湖州长城(今浙江长兴)人,中唐时期著名诗僧,生年约为唐开元八年(720),约卒于贞元九年(793)至贞元十四年(798)间。生平事迹主要来自《宋高僧传·皎然传》:

> 释皎然,名昼,姓谢氏,长城人,康乐侯十世孙也。幼负异才,性与道合,初脱羁绊渐加削染,登戒于灵隐戒坛守直律师边听毗尼道,特所留心于篇什中,吟咏情性,所谓造其微矣。文章俊丽,当时号为释门伟器哉!后博访名山,法席罕不登听者。然其兼攻并进,子史经书各臻其极。凡所游历京师则公相敦重,诸郡则邦伯所钦!莫非始以诗句牵劝令入佛智,行化之意本,在乎兹?!及中年谒诸禅祖,了心地法门,与武丘山元浩会稽灵澈为道交,故时谚曰:之昼能清秀。贞元初居于东溪草堂,欲屏息诗道非禅者之意,而自诲之日。借使有宣尼之博识膺臣之多闻。终朝目前矜道侈义。适足以扰我真性。岂若孤松片云禅座相对无言而道合至静而性同哉。吾将入杼峯与松云为偶所著诗式及诸文笔并寝而不纪。因顾笔砚日。我疲尔役尔困我愚。数十年间。了无所得。况汝是外物何累于人哉。住既无心去亦无我。将放汝各归本性。使物自物不关于

予。岂不乐乎！……以贞元年终山寺。有集十卷。于顺序集。贞元八年正月敕写其文集入于秘阁，天下荣之。观其文也亹亹而不厌，合律乎清壮，亦一代伟才焉！[1]

可知是少有禀赋，精通经史子集，交游甚广，名传京师，著作甚富。但对皎然身世，争论也多。傅璇琮认为："皎然，俗姓谢，法名昼，字清昼，一字（名）皎然。"[2]周裕锴认为，清昼应为法名，皎然应为字。[3] 而贾晋华则认为："释皎然，俗姓谢，字清昼，晚年以字行，简称昼。"[4]皎然自称是谢灵运十世孙，但据贾晋华女士的考证，他实际上是梁吴兴守谢朓的七世孙。谢灵运于他为九世从祖。[5] 谢氏世居湖州长城县（今浙江长兴）之卞山，皎然约在唐玄宗开元八年（720）在那里出生。天宝年间出家于润州江宁县长干寺，后受具足戒于守真律师。唐肃宗至德初，皎然返回湖州，此后便长时间居住于此。皎然早年已有诗名，大历八年（773），颜真卿为湖州刺史，延文士编纂《韵海镜源》，皎然亦参与其中，与一大批南北名士酬唱往来，使其文名更甚。贞元八年（792）进京，名动京师，之所以闻名天下，主要是其佛家弟子身份。理论著作有《诗式》《诗议》《诗评》等，诗论水平代表当时最高水平。《全唐诗》录 484 首，其中七律 20 首，《唐诗品汇》增 1 首《晚春寻桃源观》，计 21 首。分类

① 赞宁撰，范祥雍点校：《宋高僧传》，北京：中华书局，1987 年版，第 728 页。
② 傅璇琮：《唐才子传校笺》，北京：中华书局，1995 年版，第 26 页。
③ 周裕锴：《略谈唐宋僧人的法名与表字》，《佛学研究中心学报》，2004 年第 9 期。
④ 贾晋华：《皎然年谱》，厦门：厦门大学出版社，1992 年版，第 1 页。
⑤ 贾晋华：《皎然非谢灵运裔孙考辨》，《江海学刊》1992 年第 2 期。

如下：

| 分类 | 题目 | 数量 |
|---|---|---|
| 寄赠类 | 兵后经永安法空寺寄悟禅师（其寺贼所焚）、春日杼山寄赠李员外纵 | 2 |
| 记游类 | 寻天目徐君、晚春寻桃源观 | 2 |
| 送别类 | 送皇甫侍御曾还丹阳别业、白蘋洲送洛阳李丞使还、送演上人之抚州觐使君叔、送大宝上人归楚山、送如献上人游长安、日曜上人还润州 | 6 |
| 隐逸闲居类 | 山居示灵澈上人 | 1 |
| 酬和类 | 酬秦山人赠别二首、遥和康录事李侍御萼小寒食夜重集康氏园林、答李侍御问、奉酬李员外使君嘉祐苏台屏营居春首有怀、和李舍人使君纾题云明府道室、奉和陆中丞使君长源寒食日作、赠和评事判官 | 8 |
| 题赠类 | 同李著作纵题尘外上人院、题周谏别业（予寺与周生所居俱临苕水） | 2 |
| 总计 | | 21 |

### 1. 寄赠类

《春日杼山寄赠李员外纵》："南山唯与北山邻，古树连拳伴我身。黄鹤有心多不住，白云无事独相亲。闲持竹锡深看水，懒系麻衣出见人。欲掇幽芳聊赠远，郎官那赏石门春。"①"杼山"，在浙江省湖州市城西南 13 公里，妙西镇西南侧。南北朝张韶之、江淹、鲍照、谢灵运都曾登临赋诗，大历八年（773），颜真卿任湖州刺史，携友人经常登临杼山，并形成"吴中诗派"。李纵，李纾之弟，时李纵带司直郎中之衔，在苏州

---

① 彭定求等编：《全唐诗》，郑州：中州古籍出版社，1996 年版，第 4968 页。

幕府中供职。这是作者居住在杼山写信给在苏州的李纵,首联写自己隐居的杼山的景色。颔联写杼山无黄鹤,崔颢《黄鹤楼》有"黄鹤一去不复返"句,白云相伴,志行归隐。"竹锡",指僧侣弘法的竹杖。颈联写作者生活,显示在杼山看山观水,交游的都是平民百姓。"石门",《会稽续志》卷七:"石门在嵊县五十余里。谢灵运隐居之所也,灵运诗云'跻险筑幽居,披云卧石门'即此地也。"尾联表达自己得出问候,幽芳赠远,是对二人之间纯洁友谊的肯定。诗作体现了作者作为僧人的行事规范和心之所志。

### 2.记游类

《晚春寻桃源观》:"武陵何处访仙乡,古观云根路已荒。细草拥坛人迹绝,落花沈涧水流香。山深有雨寒犹在,松老无风韵亦长。全觉此身离俗境,玄机亦可照迷方。"[①]桃源观,《景定建康志》卷七:"桃源观,在(嵊县)县城内东北四十步,唐武德八年置,号太清观,后废。汉干佑三年重置,仍改今额。"作者本是方外之人,带有强烈隐居色彩,现在来写到隐逸的象征之一——桃源,则更具有飘逸色彩。首联写来到桃源观,路上的荒草显示人迹稀少,这是平铺直叙的写法。颔联写桃源观周围环境,观内很长时间没有除草了,观外花开花落,随涧水西东,这和王维的《辛夷坞》相似,"木末芙蓉花,山中发红萼。涧户寂无人,纷纷开且落",富有禅意。颔联进行拓宽,眼界放大到桃源观以外更远的地方,不再局限于桃源观,这是诗作内涵和意境的拓展,松树是志向高洁的象

---

① 彭定求等编:《全唐诗》,郑州:中州古籍出版社,1996年版,第4983页。

征,山深雨寒是时节的变化,在这世外过了一年又一年,"不知有汉,无论魏晋"。"玄机",深奥的义理。结尾是对桃源观的高度赞扬,这是指点迷津的地方,点化俗人的地方。诗作前三联全是描写叙述,最后一联议论也显得水到渠成,有基础支撑。写景清秀淡雅,蒙上一层禅家色彩,令人感到仙气飘绕。

《寻天目徐君》:"常见仙翁变姓名,岂知松子号初平。逢人不道往来处,卖药还将鸡犬行。独鹤天边俱得性,浮云世上共无情。三花落地君犹在,笑抚安期昨日生。"[①]《舆地纪胜》卷四两浙西路"景物下":"在安吉县南七十五里,高三万六千尺,极高上有两池,为天之左右目。因名'天目山'。""徐君",不详。"松子",传说中神仙赤松子的省称。第一联暗指徐君隐姓埋名归隐天目山,求仙问道。第二联写徐君的平时行为,采药贩卖,"鸡犬行"是用典,陶渊明《桃花源记》中有"阡陌交通,鸡犬相闻"。第三联带佛教色彩,"独鹤"象征独来独往的孤傲的徐君,"浮云"象征荣华富贵的稍纵即逝。"三花",道教指人的精、气、神,精为玉花,气为金花,神为九花;"安期",安期生,仙人名,秦、汉间齐人,秦始皇曾向其问长生之事。最后归结到徐君是仙风道骨,世外之人。作品结构平缓,用词淡雅,无烟火气,似山中白云,悠闲来回。

### 3.送别类

《送如献上人游长安》:"关中四子教犹存,见说新经待尔翻。为法应过七祖寺,忘名不到五侯门。闲寻鄠杜看修竹,独上风凉望古原。高

---

① 彭定求等编:《全唐诗》,郑州:中州古籍出版社,1996 年版,第 4982 页。

逸诗情无别怨,春游从遣落花繁。"①佛号如献,不详。"上人",对持戒严格并精于佛学的僧侣之尊称。这是一首僧侣间相送的诗。既然是僧侣间的应酬,诗歌内容肯定和佛教有关。"关中四子",指罗什门人道生、僧肇、道融、僧睿四人。首联讲长安关中地区佛法传承谨严,是佛门弘扬之地,意思是去了好虚心学习请教。"七祖",佛教称传法相承的七代。"五侯",豪门权贵颔联是人生教义,皈依佛门要严遵教义,不要贪图富贵,游走权门。"鄠杜":鄠,指鄠县;杜,指杜陵,汉宣帝陵墓。"风凉",地名,指风凉原,郦道元《水经注·渭水三》:"《关中图》曰:丽山之西,川中有阜,名曰:'风凉原',在魄山之阴,雍州之福地,即是原。"颈联是送别诗的常用写法,就是想象对方到目的地后的活动,看修竹,寻古迹,怀古事。尾联是宽慰的话,如果有不顺,不要抱怨且看春天的落花,"落花繁"带有佛教色彩,一切皆空。诗作带有宗教色彩,议论抒情为主,和其他七律有点不一样,也反映皎然作品的多样性。

### 4.隐逸闲居类

《山居示灵澈上人》:"晴明路出山初暖,行踏春芜看茗归。乍削柳枝聊代札,时窥云影学裁衣。身闲始觉骧名是,心了方知苦行非。外物寂中谁似我,松声草色共无机。"②"灵澈",一作灵彻,俗姓汤,字源澄,会稽人,出家后,居越州云门寺,曾云游京师,名动京师。这是一首写自己在山中居住情况的诗。"春芜",浓碧的春草。首联写自己在山中闲时踏青,晴天日暖,春草方滋,茶叶飘香,一派春景山色图。颔联继续写山

---

① 彭定求等编:《全唐诗》,郑州:中州古籍出版社,1996年版,第4995页。
② 彭定求等编:《全唐诗》,郑州:中州古籍出版社,1996年版,第4968页。

行,削枝窥云,带有几分浪漫和闲适,无世尘烦恼。"隳名",隐姓埋名。颈联书写自己的感悟,觉得自己的修行是正确的选择,带有佛教色彩,符合自己身份。"无机",指任运自然。最后以"松声草色"意象结束,自然景色,淡然超脱。诗作描绘了山中秀丽的景色,叙述了自己娴雅的生活,表达自己忘却世尘的心态。

5.酬和类

《奉和陆中丞使君长源寒食日作》:"寒食江天气最清,庾公晨望动高情。因逢内火千家静,便睹行春万木荣。深浅山容飞雨细,萦纡水态拂云轻。腰章本郡谁相似,数日临人政已成。"①陆长源,字泳之(一说字泳),行十二,苏州吴(今江苏苏州市)人。寒食节,中国传统节日,在夏历冬至后 105 日,清明节前一二日。是日初为节时,禁烟火,只吃冷食。"庾公",东晋庾亮,字元规,虽位高权重,但有潇洒旷达之风。首联写明时间人物,寒食时节万木萌发,友人陆中丞有诗作。"内火",禁火,寒食期间停炊习俗;"行春",官吏春口出巡,视察民情。颔联由于大家停炊,显得格外安静,视察的官员看到草木萌发了,春天真正地来了。颈联是景色描写,细雨蒙蒙、流水轻轻、柔云飘飘,描绘的是一个祥和安谧的环境,也预示陆中丞治理地方有方,社会稳定。"腰章",古代官印常系腰间,故名。尾联照应颈联,地方安定,人心舒畅。中间两联就是一幅淡得几乎看不见的水墨画,充分体现了皎然淡逸的艺术特点。在诗作中,皎然间接歌颂了地方官的政绩,这在大历诸家中是很少的。有点像王

① 彭定求等编:《全唐诗》,郑州:中州古籍出版社,1996 年版,第 4974—4975 页。

维的《汉江临泛》:"楚塞三湘接,荆门九派通。江流天地外,山色有无中。郡邑浮前浦,波澜动远空。襄阳好风日,留醉与山翁。""襄阳好风日,留醉与山翁"赞扬襄阳太守治理有方。与《奉和陆中丞使君长源寒食日作》主题思想有相似之处。

6.题赠类

《题周谏别业(予寺与周生所居俱临苕水)》:"隐身苕上欲如何,不著青袍爱绿萝。柳巷任疏容马入,水篱从破许船过。昂藏独鹤闲心远,寂历秋花野意多。若访禅斋遥可见,竹窗书幌共烟波。"①"周谏",生平未详。"别业",别墅。"苕水",《舆地纪胜》卷四:"《寰宇记》云:'在安吉县西南七十里北流。'《山海经注》云:'勾馀山东南五百里曰浮玉山,苕水出其阴。'""青袍",唐贞观三年(787),规定八品、九品官服为青色,如白居易《琵琶行》:"座中泣下谁最多,江州司马青山湿。""隐身",指周谏隐居。首句发问,然后自答,"爱绿萝"即沉醉山水。颔联上句"容马入"指凡人市井生活,"许船过"指有人隐居生活,二者对比。"昂藏",气度轩昂;"寂历",凋零疏落。颈联上句写有人心存隐逸之意,下句写秋郊野外景色宜人,也是作者肯定、称许周谏怡情山水的行为,即景中寓情。"书幌",书帷,或书房。尾联从远处写别业,书斋映着碧波,体现了高雅的情趣。诗作也反映了淡的特色,景色小巧秀丽,心态平静闲适。

7.余论

皎然作为一代高僧,在自己的诗歌创作中带有禅意是很自然的事

---

① 彭定求等编:《全唐诗》,郑州:中州古籍出版社,1996年版,第4982页。

情,表现禅意很重要的方式是用"白云""浮云""闲云""鹤"来体现自己思想的。列表如下:

| 序号 | 篇名 | "云"意象 | "鹤"意象 | 莲(花)意象 |
|---|---|---|---|---|
| 1 | 春日杼山寄赠李员外纵 | 白云无事独相亲 | 黄鹤有心多不住 | |
| 2 | 山居示灵澈上人 | 时窥云影学裁衣 | | |
| 3 | 和李舍人使君纾题云明府道室 | | 黄鹤心期拟作群 | |
| 4 | 奉和陆中丞使君长源寒食日作 | 萦纡水态拂云轻 | | |
| 5 | 寻天目徐君 | | 独鹤天边俱得性 | |
| 6 | 送大宝上人归楚山 | 归云萧散会无因 | 独鹤翩翩飞不定 | |
| 7 | 日曜上人还润州 | 云碍初飞到寺迟 | 鹤令先去看山近 | |
| 8 | 答李侍御问 | | | 爱贫唯制莲花足 |
| 9 | 同李著作纵题尘外上人院 | | | 莲花天昼浮云卷 |
| 10 | 送演上人之抚州觐使君叔 | | | 白莲池上访高踪 |

带这些意象的有 10 篇,约占总数 21 篇的 50%,另外还有略带禅意的"泉""松"等以及直接带"禅"字有 7 篇:《酬秦山人赠别二首》《赠和评事判官》《同李著作纵题尘外上人院》《题周谏别业(予寺与周生所居俱临苕水)》《日曜上人还润州》等。所以皎然七律特点是禅心自适。在诗篇中,屡次表达自己心态的平静和闲适。如《同李著作纵题尘外上人

院》:"百缘唯有什公瓶,万法但看一字经。从遣鸟喧心不动,任教香醉境常冥。莲花天昼浮云卷,贝叶宫春好月停。禅伴欲邀何著作,空音宜向夜中听。"[①]颔联描述的是:百鸟喧闹,禅心不动;香飘阵阵,心沉佛理。颈联:浮云卷舒,明月经停。一切都那么安静超妙淡泊、圆融自适。

---

① 彭定求等编:《全唐诗》,郑州:中州古籍出版社,1996 年版,第 4982 页。

# 第五章
## 向元和过渡诗人的七律创作

# 一、清奇和婉的李益

李益(746—829),字君虞,郑州(今属河南)人,中唐前期著名诗人,大历四年(769)登进士第。六年(771),登制科举,授郑县主簿。历参渭北臧希让、朔方李怀光、灵州杜希全、邠宁张献甫幕。元和中召为都官郎中、中书舍人,出为河南少尹,复入为秘书少监、集贤学士,历太子右庶子。元和末,迁右散骑常侍。大和初,以礼部尚书致仕,卒。李益主要活跃于大历诗坛,在整体成就不高的大历文坛可谓一枝独秀。明代胡应麟称其“七言绝,开元以下,便当以李益为第一。如《夜上西城》《从军北征》《受降》《春夜闻笛》诸篇,皆可与太白、龙标竞爽”①。贞元末,李益与宗人李贺齐名,李益每有诗作,教坊乐人重金求之,其《征人歌》《早行篇》等篇,好事者将其画为屏障。《全唐诗》编诗二卷。

李益现存的可以确定的诗歌共有 150 多首,体裁有五言古诗、七言古诗、五言律诗、五言排律、七言律诗、五言绝句、七言绝句、联句八种。题材则主要为边塞、游仙、伤怀、唱和。诗歌数量虽然不多,但他的边塞诗质量很高,继承了盛唐高适、岑参边塞诗的传统,他的绝句含蓄凝练,风格独特,可与王昌龄并驾齐驱。七律存诗 7 首,大部分质量很高,在

---

① 陈伯海编:《唐诗汇评》,杭州:浙江教育出版社,1995 年版,第 1483 页。

中唐七律中有一定影响。

《同崔邠登鹳雀楼》:"鹳雀楼西百尺樯,汀洲云树共茫茫。汉家萧鼓空流水,魏国山河半夕阳。事去千年犹恨速,愁来一日即为长。风烟并起思归望,远目非春亦自伤。"①崔邠,曾任渭河尉,拾遗,吏部、礼部侍郎。鹳雀楼,在河中府(今山西省永济市蒲州镇)黄河中的高地上,常有鹳雀栖息,故名。此楼共三层,临黄河,对着中条山,故王之涣《登鹳雀楼》有"白日依山尽,黄河入海流"之诗句,后被水冲毁。沈括《梦溪笔谈》记载:"河中府鹳雀楼三层,前瞻中条,下瞰大河,唐人留诗者甚多,唯李益、王之涣、畅当三篇能状其景。"②畅当《登鹳雀楼》:"城楼多峻极,列酌恣登攀。迥林飞鸟上,高榭代人间。天势围平野,河流入断山。今年菊花事,并是送君还。"③李益的诗即这首诗。这首诗通过对环境的勾画以及对历史事件的回顾,表现了思虑和感伤。首联写眺望,远处是汀州树丛,这是蓄势,为即将到来的抒情做铺垫。"汉家箫鼓":据《汉武帝故事》记载,汉武帝曾到河东(今山西省境内)祭祀后土(土地神),在黄河中鼓乐齐鸣,饮酒赋诗,诗中有"箫鼓鸣兮发掉歌,欢乐极兮哀情多"之句,感叹日月飞逝、悲秋自伤。诗人以此来说明当年显赫一时的汉武帝随着流水一去不复返了。"箫鼓",这里泛指乐器。"魏国山河",魏国将领吴起曾经说过,"河山之险,不足保也"。接着颈联讲沧桑感慨,最后所见春景引起伤感,主题是老的,无非是光阴易逝,命运多蹇。诗作

---

①　彭定求等编:《全唐诗》,郑州:中州古籍出版社,1996年版,第1743页。

②　沈括著,诸雨辰译注:《梦溪笔谈》,北京:中华书局,2016年版,第十五卷《艺文二》。

③　彭定求等编:《全唐诗》,郑州:中州古籍出版社,1996年版,第1777页。

境界阔大,古今包容量大,有磅礴慷慨之声。这首诗与唐朝后来3首著名的登楼诗有近似之处。柳宗元《登柳州城楼寄漳汀封连四州刺史》:"城上高楼接大荒,海天愁思正茫茫。惊风乱飐芙蓉水,密雨斜侵薜荔墙。岭树重遮千里目,江流曲似九回肠。共来百越文身地,犹自音书滞一乡。"李商隐《安定城楼》:"迢递高城百尺楼,绿杨枝外尽汀洲。贾生年少虚垂泪,王粲春来更远游。永忆江湖归白发,欲回天地入扁舟。不知腐鼠成滋味,猜意鹓雏竟未休。"许浑《咸阳城东楼》:"一上高城万里愁,蒹葭杨柳似汀洲。溪云初起日沉阁,山雨欲来风满楼。鸟下绿芜秦苑夕,蝉鸣黄叶汉宫秋。行人莫问当年事,故国东来渭水流。"唐代4首登楼诗,主题近似,而李益是最早的。可以说,后三首或许借鉴了李益的作品。

《盐州过胡儿饮马泉(一作过五原胡儿饮马泉)》:"绿杨著水草如烟,旧是胡儿饮马泉。几处吹笳明月夜,何人倚剑白云天。从来冻合关山路,今日分流汉使前。莫遣行人照容鬓,恐惊憔悴入新年。"[1]"五原",唐郡名,即盐州五原郡,治所在五原,故址在今陕西省定边县。"著水",即着水,轻拂水面。诗作开头描绘一派生机盎然的景象,宛如三月的江南,原来曾是饮马的地方,让人忘记了刀光剑影的岁月。"吹笳",西晋时,刘琨在晋阳(今山西省太原市)被敌人重重包围,刘琨便乘月登城楼吹奏胡,使敌兵产生思乡之情,弃围而走。"倚剑白云天",化用宋玉《大言赋》:"长剑耿介兮,倚天云外。"颔联把边关的艰苦生活和将士豪气表现出来了,究竟谁能击退敌兵,为国分忧呢? 当时中唐在对外关系上,已

---

① 彭定求等编:《全唐诗》,郑州:中州古籍出版社,1996年版,第1743页。

经没有优势,且被边疆战事困扰。颈联一转,从颔联的忧郁走出来,春天来了,关口的路上已经解冻,潺潺的流水昭示着春天的美好。尾联又转入低沉,潺潺的溪水不能用来照容鬓,斑白的鬓发会凄凉地告诉将士又过去一年了,而战事还没有胜利的兆头。诗作有两个特点比较明显:其一,写景贯穿始终,和抒情夹辅而行,开头渲染犹似江南美景,然后写明月白云,再写关河解冻,溪水淙淙,再巧妙地引出以溪不堪为镜照衰颜。边塞本是尘沙飞扬,寒风割面为主要特点,而诗作却写杨柳吐翠、溪水流淌,使人遥想内地家乡,这也是写景的又一特色。其二,情感抒发顿挫回环,先写杨柳拂水,心情是愉悦的,接着写月夜胡笳吹起,思乡凄凉之情顿生,此为一变;颈联写关山解冻,春风挟绿,心情开朗起来,此为二变;结尾看到春光明媚,想到时间飞逝,归期无期,不禁又伤感起来,此为三变。这三变,衔接自然,融入家国之情、个人前途之思,意蕴丰富,动人心魄。《山满楼笺注唐诗七言律》:"首句七字,先将鹡鸰泉上太平风景一笔描出,想当年饮马之时,安能有此?次句倒落题面,何等自然!于是三四遂用凭吊法,遐企古人开疆辟土之功,笳吹月中,剑倚天外,写得十分豪迈,千载下犹堪令壮士色飞也。'从来'一纵,'今日'一擒,此二句是咏叹法;而'冻合''分流',觉犹是泉也,南北一判,寒暖顿殊,天时地气,宜非人力所能转移,而转移者已如此,写得何等兴会!七、八只就自己身上闲闲作结,妙在不脱'泉'字。"[1]李益善写边塞,尤其七绝边塞诗和王昌龄齐名。如《夜宴观石将军舞》:"微月东南上戍楼,

---

① 陈伯海编:《唐诗汇评》,杭州:浙江教育出版社,1996 年版,第 1480—1481 页。

琵琶起舞锦缠头。更闻横笛关山远,白草胡沙西塞秋。"①《听晓角》:"边霜昨夜堕关榆,吹角当城片月孤。无限塞鸿飞不度,秋风卷入小单于。"②《夜上受降城闻笛》:"回乐烽前沙似雪,受降城外月如霜。不知何处吹芦管,一夜征人尽望乡。"③故人们多讲李益的边塞七绝,但边塞七律也声色俱备,动人心魂。

《过马嵬二首(其一)》:"路至墙垣问樵者,顾予云是太真宫。太真血染马蹄尽,朱阁影随天际空。丹壑不闻歌吹夜,玉阶唯有薜萝风。世人莫重霓裳曲,曾致干戈是此中。"④以李杨遗事为题材的诗歌在唐代已大量出现,以杜甫写于 756 年的《哀江头》肇其端。诗作题名带"过"字,首句就开始问路,地点是残垣断壁间,凄凉之感立生,路上行人也少,问的是樵夫,说明杂草丛生、灌木横斜,何其荒凉。第二句"云是"说明什么呢,樵夫也是猜测,不敢断定,说明荒凉得有些年代了。颔联写马嵬兵变,杨贵妃血卧马嵬,香消玉殒。颔联是回忆,颈联回到现实,曾经的轻歌曼舞没有了,只剩下青山依旧,薜萝摇曳,对比鲜明,暗有讽意。最后婉劝世人,不要再听霓裳羽衣曲了,那曾经引起了国家动荡、生灵涂炭。诗作的主题主要是讽刺,讽刺的程度比较强烈,没有表现出对李杨二人的同情。"太真"是杨玉环出家的道号,是和唐玄宗结合的前奏,因为出家意味着离婚了,诗人把道号直接讲出来,而且出现了两次,讽刺意味更强烈。白居易《长恨歌》的主题众说纷纭,其中在篇中出现一次

① 彭定求等编:《全唐诗》,郑州:中州古籍出版社,1996 年版,第 1747 页。
② 彭定求等编:《全唐诗》,郑州:中州古籍出版社,1996 年版,第 1747 页。
③ 彭定求等编:《全唐诗》,郑州:中州古籍出版社,1996 年版,第 1748 页。
④ 彭定求等编:《全唐诗》,郑州:中州古籍出版社,1996 年版,第 1743 页。

"太真"字样——"中有一人是太真",这一句诗被"讽喻说"的人认为是白居易故意揭露出杨玉环曾经出过家,否定了篇首的"杨家有女初长成"。李益在短短的七律中出现两次"太真",明显有意表达讽刺之意。而且用今昔对比的方式,描绘杨玉环死后的凄冷荒芜,分明警告人们不要贪图享乐。此诗作于中唐,似在警戒皇帝要勤政不息,勿要荒废国事。有关马嵬的七律有几首名篇,主题不尽相同。李商隐《马嵬》:"海外徒闻更九州,他生未卜此生休。空闻虎旅传宵柝,无复鸡人报晓筹。此日六军同驻马,当时七夕笑牵牛。如何四纪为天子,不及卢家有莫愁?"这也是讽刺。温庭筠《马嵬驿》:"穆满曾为物外游,六龙经此暂淹留。返魂无验青烟灭,埋血空成碧草愁。香辇却归长乐殿,晓钟还下景阳楼。甘泉不复重相见,谁道文成是故侯。"①也是讽刺,但比李商隐和李益的要轻些。唐末徐夤《开元即事》:"曲江真宰国中讹,寻奏渔阳忽荷戈。堂上有兵天不用,幄中无策印空多。尘惊骑透潼关锁,云护龙游渭水波。未必蛾眉能破国,千秋休恨马嵬坡。"这首诗明显为杨玉环翻案,认为国破责任不在杨玉环,是唐玄宗以及他的朝臣无能。总之,李益这首七律在马嵬题材中有一席之地,不在于它的主题有新意,而在于它在艺术上的委婉别致。

李益的七律有个明显特点,就是写景贯穿诗作大部,抒情议论的部分较少,抒情议论是在写景的基础上,和写景契合紧密,这样艺术上形象生动,意象鲜明,没有空洞生硬的议论。《送贾校书东归寄振上人(一作振上人院喜见贾弇兼酬别)》:"北风吹雁数声悲,况指前林是别时。

---

① 彭定求等编:《全唐诗》,郑州:中州古籍出版社,1996年版,第3641—3642页。

秋草不堪频送远,白云何处更相期。山随匹马行看暮,路入寒城独去迟。为向东州故人道,江淹已拟惠休诗。"①诗作首先勾画出一个西风紧、北雁南飞的图景,这样送别的环境易产生荒凉萧索的情感。颔联是秋草意象,颈联是暮色、寒城,通过这些排列组合,感情抒发有基础,自然产生感人的力量。

# 二、典雅秀丽的权德舆

权德舆(759—818),字载之,秦州略阳(今甘肃秦安东南)人,居润州丹阳(今江苏丹阳)。建中中,为包佶转运从事。贞元初,以大理评事摄监察御史,佐江西李兼幕。元和五年(860),拜礼部尚书、同平章事。八年(813),留守东都。复历太常卿、刑部尚书。十一年(816),出镇兴元。卒。德舆工诗善文,掌诰九年,三知贡举,位历卿相,故时人尊为宗匠。权德舆不但是位高权重的政治家,也是一位留下近 400 首诗歌和400 多篇文章的文学家,也是最早将"意"和"境"结合起来论述的文艺理论家。有《权德舆集》五十卷,今存。

权氏以文章驰骋贞元、元和文坛,诗歌相对逊色一些,但后人对其评价也不低。中唐的诗僧清昼(皎然)评价曰:"观其立言典丽,文明意

---

① 彭定求等编:《全唐诗》,郑州:中州古籍出版社,1996 年版,第 1743 页。

精,实耳目所未接也,幸甚幸甚。"①南宋严羽称"大历以后,吾所深取者,李长吉、柳子厚、刘言史、权德舆、李涉、李益耳"②。以唐德宗贞元八年(792)他入朝作官为界,其诗歌风格前后期也有所不同。前期以抒情达志为主,或羡山水之乐,或展思亲之苦,这些诗歌富有生活气息,写得清新自然、省净自然。后期主要以饯行送别、酬酢奉和为主,记叙为官的环境,交往的官员,为官的谨慎和荣光,闲暇的放松和解脱,诗作带有刻板痕迹。总的来说,权德舆工古调,有中长篇乐府,情志深婉,叙述详尽,相对而言,七律不是长项,数量有 18 首,相对总数约 400 首而言,约占 5%。七律也有独特之处,和大历诸家有区别,显示了大历向贞元、元和过渡的特点。

《田家即事》:"闲卧藜床对落晖,翛然便觉世情非。漠漠稻花资旅食,青青荷叶制儒衣。山僧相访期中饭,渔父同游或夜归。待学尚平婚嫁毕,渚烟溪月共忘机。"③"藜床",藜制之榻,泛指简陋的坐榻。"翛然",形容无拘无束、自由自在的样子。诗作写在农村所见,内容不是很连贯,显示其写诗有时用写散文的笔法来写。用散文笔法写诗未尝不可,韩愈就是成功代表,但权德舆显然缺乏韩愈驾驭诗材的本领。诗作是要表达农人恬然自适、悠然忘机的生活。其中第二句和第七句是议论,但议论的出现位置不一定恰当,破坏了诗的整体审美。还有第五句"山僧"和田家有点分隔。这首诗的可取之处是取境的尝试。唐代王昌

---

① 皎然著:《昼上人集》卷九《答权从事德舆书》。
② 严羽著,郭绍虞校释:《沧浪诗话校释》,北京:人民文学出版社,1983 年版,第 163 页。
③ 彭定求等编:《全唐诗》,郑州:中州古籍出版社,1996 年版,第 1947 页。

龄首次提出"诗有三境",①物境、情境、意境,三境之中以意境最高,认为诗人能够成功地创造出意境,使自己之真性情、真怀抱得到充分体现,"则得其真矣"。② 最后一句"渚烟溪月"描绘了一个缥缈恬静的美好夜景,像是祝愿田家的生活美好,也寄托了作者向往农村生活的感情。

《待漏假寐梦归江东旧居》:"十年江浦卧郊园,闲夜分明结梦魂。舍下烟萝通古寺,湖中云雨到前轩。南宗长老知心法,东郭先生识化源。觉后忽闻清漏晓,又随簪珮入君门。"③这是一首记叙梦中到旧居的作品。首联一下子把人带到了十年前的岁月,第二句说自己在梦中,算是倒叙。颔联对仗工整,描述旧居的环境,旧居植被繁茂,离古寺不远,写到古寺,大有深意,意思是自己有恬淡的心境,有佛家的情怀。颈联写到自己和佛寺长老的交往,作者是朝廷大员,身兼重要政务,和长老交往,是心力交瘁?尾联写梦醒时分,还得继续处理繁杂而危险的政事。此诗巧妙地设置了两个世界,虚拟的世界是谈佛论道,身心随意;现实的世界是官场前景难测,身心疲惫。作者仕途比较顺利,官拜中书舍人,权倾朝野,但正因为这样,才感到高处不胜寒。诗作嵌进了几个关键意象,"烟萝""古寺""簪珮",构成了截然不同的对比。全诗构思巧妙,境界皆出。已经完全不同于大历诸家作品,诗中透露出富贵气了。

《送李处士归弋阳山居(限姓名中用韵)》:"暂来城市意何如,却忆

---

① 王昌龄:《诗格》卷下,据张伯伟撰《全唐五代诗格汇考》,南京:江苏古籍出版社 2002 年,第 172 页。

② 王昌龄:《诗格》卷下,据张伯伟撰《全唐五代诗格汇考》,南京:江苏古籍出版社 2002 年,第 173 页。

③ 彭定求等编:《全唐诗》,郑州:中州古籍出版社,1996 年版,第 1957 页。

葛阳溪上居。不惮薄田输井税，自将嘉句著州间。波翻极浦樯竿出，霜落秋郊树影疏。想到家山无俗侣，逢迎只是坐篮舆。"①首联讲来到城里如何呀，惦念的还是旧居。领联写家有薄产能应付温饱，闲时能吟诗作对，与志同道合的人唱和。颈联继续想象李处士的田园生活，在波光荡漾的江浦中垂钓，看两岸花开花落、林密林疏。"篮舆"，古代供人乘坐的交通工具，形制不一，一般以人力抬着行走，类似后世的轿子。尾联是说李处士洁身自好，不会逢迎奉承，是赞扬的话。诗作想象了友人的田园生活，赞扬友人的人品节操。这些是通过一系列的意象来完成的，这些意象和大历诸家的意象有近似的地方，但已经有意无意中透露出官家气息了。

《自桐庐如兰溪有寄》："东南江路旧知名，惆怅春深又独行。新妇山头云半敛，女儿滩上月初明。风前荡飏双飞蝶，花里间关百啭莺。满目归心何处说，欹眠搔首不胜情。"②首联讲来到如雷贯耳的江南，时间是暮春时节。中间两联写旅途所见："新妇山"，一般认为在桐庐境内；"女儿滩"，在兰溪境内。"飏"，飞扬。"间关"，拟声词，鸟鸣声，如白居易《琵琶行》：间关莺语花底滑。颈联是蝶飞鸟语，好一派风景。中间二联写尽江南美景，同时展现出作者怡然自乐的心情。本诗是权德舆作品中少有的表现出轻松愉悦格调的一首。

权德舆还有一首重阳七律《九日北楼宴集》："萧飒秋声楼上闻，霜风漠漠起阴云。不见携觞王太守，空思落帽孟参军。风吟蟋蟀寒偏急，

① 彭定求等编：《全唐诗》，郑州：中州古籍出版社，1996年版，第1965页。
② 彭定求等编：《全唐诗》，郑州：中州古籍出版社，1996年版，第1985页。

酒泛茱萸晚易醺。心忆旧山何日见,并将愁泪共纷纷。"①内容的特征有二:一、官员交往;二、心念国事。我们可以对比杜甫写重阳的七律《九日五首(其一)》:"重阳独酌杯中酒,抱病起登江上台。竹叶于人既无分,菊花从此不须开。殊方日落玄猿哭,旧国霜前白雁来。弟妹萧条各何往,干戈衰谢两相催。"杜甫内容特征有二:一、相忆兄妹;二、担忧国事。二者不同点就是叙述的圈子不同,权德舆的圈子官员居多,这必然影响诗歌的内容和艺术特点。

权德舆的七律典雅秀丽,典雅指带有一点官气,这和他的身份地位有关,他的很多作品是写给有官位的人或与政府有关联的人。如《奉和李给事省中书情寄刘苗崔三曹长因呈许陈二阁老》:"常寮几处伏明光,新诏联翩夕拜郎。五夜漏清天欲曙,万年枝暖日初长。分曹列侍登文石,促膝闲谣接羽觞。共说汉朝荣上赏,岂令三友滞冯唐。"②诗中"分曹列侍""上赏"等,是讲朝廷官员的上朝和赏罚。又如《送张阁老中丞持节册吊回鹘》:"旌旆翩翩拥汉官,君行常得远人欢。分职南台知礼重,辍书东观见才难。金章玉节鸣驺远,白草黄云出塞寒。欲散别离唯有醉,暂烦宾从驻征鞍。"③"分职南台""金章玉节"是官员的日常生活,描述官员生活是形成权德舆七律典雅的重要原因,还有其语言相对雅正,有一本正经的模样。其七律还有一特点,就是清秀。清秀特点的形成使七律中的意象往往清新可掬。如《送商州杜中丞赴任》:"安康地里接

---

① 彭定求等编:《全唐诗》,郑州:中州古籍出版社,1996 年版,第 1969 页。
② 彭定求等编:《全唐诗》,郑州:中州古籍出版社,1996 年版,第 1951—1952 页。
③ 彭定求等编:《全唐诗》,郑州:中州古籍出版社,1996 年版,第 1959 页。

商於,帝命专城总赋舆。夕拜忽辞青琐闼,晨装独捧紫泥书。深山古驿分骀骑,芳草闲云逐隼旟。绮皓清风千古在,因君一为谢岩居。"①诗作相对比较工稳,略带古板,这是大历诸家不存在的,但颈联"深山古驿分骀骑,芳草闲云逐隼旟"设置的画面尚清新可喜,透露出清秀的一面。

综之,权德舆诗歌主要成就在古调,七律不是其擅长,和大历诸家的七律区别较大,不再倾向雕刻内敛,而是倾向典雅,加上意象点缀,又有几许清秀。

## 三、精巧瑰丽的武元衡

武元衡(758—815),字伯苍,河南缑氏(今河南洛阳东南)人,唐肃宗乾元元年(758)生,建中四年(783),登进士第。元和二年(807)正月,自户部侍郎拜门下侍郎、平章事。十月,剑南西川节度使。八年(813),复征为相。十年(815)六月,因力主对藩镇用兵,并因此在唐宪宗元和十年六月三日为藩镇派遣的刺客所杀,年五十八,为此白居易上谏要捉拿凶手而被贬江州。文学上,武元衡的诗在古代较受重视,《旧唐书》本

---

① 彭定求等编:《全唐诗》,郑州:中州古籍出版社,1996 年版,第 1962 页。

传称:"元衡工五言诗,好事者传之,往往被于管弦。"①晚唐诗人张为高度认可武元衡,在《诗人主客图》将其奉为"瑰奇美丽主",连刘禹锡都是其座下客。② "瑰奇美丽"四字可以概括武诗的主体风格。关于此点,赵俊波《武元衡诗初探》认为,武诗的"瑰奇"主要表现为雕琢字句,求奇求工;"美丽"则表现在三方面:气象的富丽,色彩的艳丽,某些景物描写的清丽;气象的富丽,表现为诗中多用"金""玉""宝"等珠光宝气的字眼。③

有《武元衡集》十卷,已佚。《全唐诗》存诗二卷,其中有 19 首七律(除去《南昌滩》,多认为是元稹作),按分类如下:

| 分类 | 题目 | 数量 |
|---|---|---|
| 寄赠类 | 春暮郊居寄朱舍人、崔敷叹春物将谢恨不同览时余方为事牵束及往寻不遇题之留赠、秋灯对雨寄史近崔积 | 3 |
| 记游类 | 至栎阳崇道寺闻严十少府趋侍、春题龙门香山寺 | 2 |
| 抒情类 | 南徐别业早春有怀、秋日书怀、同诸公夜宴监军玩花之使 | 3 |
| 送别类 | 送崔判官使太原、同幕中诸公送李侍御归朝、送张六谏议归朝、送温况游蜀、送田三端公还鄂州、送李秀才赴滑州诣大夫舅 | 6 |
| 酬和类 | 幕中诸公有观猎之作因继之、酬严司空荆南见寄、摩诃池宴、酬陆三与邹十八侍御、酬谈校书长安秋夜对月寄诸故旧 | 5 |
| 总计 | | 19 |

---

① 刘昫等:《旧唐书》卷一百五十八《列传第一百八》,北京:中华书局,1975 年版,第4161 页。
② 胡思敬:《豫章丛书·主客图》,南昌:南昌古籍书店,1985 年版,第 38 页。
③ 赵俊波:《武元衡诗初探》,《乐山师范学院学报》,2002 年第 3 期。

1. 寄赠类

《崔敷叹春物将谢恨不同览时余方为事牵束及往寻不遇题之留赠》"九陌迟迟丽景斜,禁街西访隐沦赊。门依高柳空飞絮,身逐闲云不在家。轩冕强来趋世路,琴尊空负赏年华。残阳寂寞东城去,惆怅春风落尽花。"①题目很长,大意是崔敷感叹一次朋友聚会未成,而春景已谢,作者也没参加,就写了这首表达一下看法。崔敷,太常卿崔敦之弟,柳宗元《唐故朝散大夫永州刺史崔公(敏)墓志铭》中崔敏之兄。作者居东城,崔敷居西城。"九陌",九条大马路,代指长安;"隐沦",指隐居;"赊",时间久。首联是说长安城春景渐渐地快消失了,想拜访住在西城的崔敷很久了。颔联写崔敷门前的春景很美,只是很少在家。"轩冕",指为官。颈联是议论,是对颔联的解释,为什么经常不在家,是因为公务繁忙,弹琴饮酒聚会这些事有些不能参加,错失友人相聚,是件憾事。作者是住在东城,自己因为一些原因也没参加,感到失落,春风吹落了很多花,春将谢幕。诗作以略带惋惜的口吻回顾和叙述了二人都没参加的原因,表达对岁月流逝,不能相聚为欢的遗憾。虽然有点惋惜遗憾,但是写得很美,并没有伤感,原因很简单,武元衡是宰相,官途顺利,不是颠沛流离的杜甫,也不是寄人篱下的幕僚,所以武元衡笔下的景物带有一种富贵或雅娴的色彩。金圣叹《贯华堂选批唐才子诗》:"访隐沦,写是日九陌丽景,既用'迟迟'字,又用'斜'字,真得访隐沦妙理也。盖迟迟者,春日渐长,不便得斜也。斜者,迟迟既久,不能更迟也。今又

---

①　彭定求等编:《全唐诗》,郑州:中州古籍出版社,1996 年版,第 1923 页。

言'迟迟',又言'斜',则是本意出门欲访隐沦,而心闲步款,一路留赏,殆于到门,不觉傍晚也。因此"斜"字句,便早有崔君不复在家之理。三四似更妙于右丞蓝本一层,不信则试可共读之。五补为事牵求,六补春物将尽,恨不同览。七八补因题留赠也。"①

《秋灯对雨寄史近崔积》:"坐听宫城传晚漏,起看衰叶下寒枝。空庭绿草结离念,细雨黄花赠所思。蟋蟀已惊良节度,茱萸偏忆故人期。相逢莫厌尊前醉,春去秋来自不知。"②崔积,字实方,曾任检校金部郎中。从题目看,在静静的秋夜中,窗外细雨淅沥,写封信寄给史进、崔积二人。首联直接入题,秋风已起,落叶飘飘,"下"字有韵味,没有用"落",虽然杜甫在《登高》"无边落木萧萧下"中有"下",但武元衡是"下寒枝"显得柔和一些,前面还有"寒叶"做主语,这样过程更完整。中间四句两联用几个精美的事物来表达自己的思念:"绿草""细雨""黄花""茱萸",这几种是没有萧瑟之感的,虽然是秋天,写景仍然感到生机盎然,唯一明确是秋天的是第五句"蟋蟀已惊良节度",是用典故,来自《诗经》。蟋蟀鸣叫是天气转凉的象征,最早出自《诗经·七月》:"七月在野,八月在宇,九月在户,十月蟋蟀入我床下。"这在众多暖色中加入一点冷色。最后一联表达感慨,时光如飞,不知晓中一年又过去了。中国文人悲秋是常见话题,历来作品连篇累牍,但武元衡在秋夜秋雨的环境中把思念写得不感伤、不消沉,确实属于少数一派,让人感到与友人之间的深厚友谊。《贯华堂选批唐才子诗》:

---

① 陈伯海编:《唐诗汇评》,杭州:浙江教育出版社,1995 年版,1567 页。
② 彭定求等编:《全唐诗》,郑州:中州古籍出版社,1996 年版,第 1923 页。

坐听者,坐而无所事事,因闲听也。起看者,起而无所事事,因闲看也。坐而闲听,不必欲听晚漏,而适听晚漏,因而遽惊今日则已夕也。起而闲看,不必欲看落叶,而适看落叶,因而更惊不惟今日已夕,乃至今年则已秋也。三、四承之,言我行空度,天适细雨,绿草黄花,萧然尽暮,此即后解更无别法惟有一醉之根因也。故人茱萸之期,当在去年重九,意谓遥遥正隔,何期奄然忽至。嗟乎! 嗟乎! 人非金铁,遭此太迫,不入沉冥,奈何得避! 通篇只是约二子共醉意,可知。[①]

诗作注意炼字,景物清新,情感转折自然。

### 2.记游类

《至栎阳崇道寺闻严十少府趋侍》:"云连万木夕沈沈,草色泉声古院深。闻说羊车趋盛府,何言琼树在东林。松筠自古多年契,风月怀贤此夜心。惆怅送君身未达,不堪摇落听秋砧。"[②]"栎阳",古县名,秦置,治所在今陕西省临潼县北渭水北岸,东汉废入万年县,唐武德初改万年复置,治所在故县西南(今临潼北),至元并入临潼县。严十少府,指严绶,交往较多,如五律《夜坐闻雨寄严十少府》:"多负云霄志,生涯岁序侵。风翻凉叶乱,雨滴洞房深。迢递三秋梦,殷勤独夜心。怀贤不觉寐,清磬发东林。""趋侍",指严绶入京。首联写崇道寺环境,树木参天,

① 陈伯海编:《唐诗汇评》,杭州:浙江教育出版社,1995年版,1567页。
② 彭定求等编:《全唐诗》,郑州:中州古籍出版社,1996年版,第1922—1923页。

夕阳西下,草色葱绿,泉水潺潺,幽静深远。"羊车",小车,指严绶;"东林",庐山东林寺,这里借指枞阳崇道寺。颔联正式入题,叙述严绶进京。"筼",竹子,借指严绶品行高洁。颈联写自己怀念严绶。尾联表达遗憾之情,未能相送,自己在寺里听秋风落叶,有萧瑟的气氛。诗作不是纯抒情,而是以写景开头,以写景结束,表达遗憾及祝愿之情,这是此作的特点。

《春题龙门香山寺》:"众香天上梵仙宫,钟磬寥寥半碧空。清景乍开松岭月,乱流长响石楼风。山河杳映春云外,城阙参差茂树中。欲尽出寻那可得,三千世界本无穷。"①"龙门",在今河南省洛阳市城南,中有两山相对如阙,伊河穿其中,似龙状,故名。"香山寺",在今河南省洛阳市南龙门。龙门原有十寺八庵,香山寺雄踞诸寺观之首,是武则天授意修建。首联是远观香山寺,佛香缭绕上升,数下清脆的钟声,传到半空。中间两联写景清丽阔大,有宏伟之气。岭上明月洒辉松林,楼阁前潺潺流水;纵目山河,春云飘荡,城市隐隐,树木环绕。颈联写景与王维的《奉和圣制从蓬莱向兴庆阁道中留春雨中春望之作应制》的颈联"云里帝城双凤阙,雨中春树万人家"比较相似,有雄浑之状,接盛唐意蕴。三千世界,佛教名词,简称"大千世界"。以须弥山为中心,七山八海交统之,更以铁围山为外郭,是谓一小世界,合一千个小世界为小千世界,合一千个小千世界为中千世界,合一千个中千世界为大千世界,总称为三千大千世界。尾联表达的感情比较平淡,因为香山寺是佛门圣地,最后以佛家语结尾,意思是看到的景色如此美好,只不过是很小的一部分罢

---

① 彭定求等编:《全唐诗》,郑州:中州古籍出版社,1996 年版,第 1923 页。

了。诗作最大的特色是中间的写景,远近结合,动静结合,俯瞰结合,声色结合,富有变化,多层次再现了景致,景色呈美丽柔和色彩,没有孤寂感伤,略带富贵之气,这是武元衡特别之处。

### 3.抒情类

《南徐别业早春有怀》:"生涯扰扰竟何成,自爱深居隐姓名。远雁临空翻夕照,残云带雨过春城。花枝入户犹含润,泉水侵阶乍有声。虚度年华不相见,离肠怀土并关情。"①"南徐",即润州丹徒,在今江苏镇江。这是一首写早春在丹徒别墅所见并抒情。首联以问的形式开头,略带遗憾的口吻,官宦生涯有什么收获呀? 并表明态度:我本来是喜欢过深居简出的隐居生活的。这是写诗蓄势的一种技法,并不是说作者真是感到遗憾,而是因为诗歌要展开抒情,要定个基调。颔联开始写景,是远景,仿佛看见作者远眺的身影。大雁在空中翱翔,扇动的翅膀好像振动着黄昏的霞光,天边的云彩夹杂着雨滴飘过南徐。颈联写近景,刚刚采摘的花朵放在家中,湿润芳香;门前的泉水流过台阶,发出哗哗的水声。中间两联写景远近结合,蕴含生机,透露出闲适优雅,春景的美好。尾联表达了对时光的珍惜,对故土的思念。诗作写景细致,带有大历诗人的特点,情感闲适,没有哀伤,是成功士大夫的逢时节而叹。

《秋日书怀》:"金貂玉铉奉君恩,夜漏晨钟老掖垣。参决万机空有愧,静观群动亦无言。杯中壮志红颜歇,林下秋声绛叶翻。倦鸟不知归去日,青芜白露满郊园。"②"金貂",冠饰的一种。"玉铉",玉制的举鼎之

---

① 彭定求等编:《全唐诗》,郑州:中州古籍出版社,1996 年版,第 1922 页。
② 彭定求等编:《全唐诗》,郑州:中州古籍出版社,1996 年版,第 1924 页。

具。"掖垣",唐代称门下、中书两省,因分别在禁中左右掖。首联讲自己身受皇恩,贵为宰相,"夜漏晨钟"指自己日理万机,事务繁忙。颔联进一步深化,自己参与朝廷的重大决策,百官对自己没多大反感。颈联写时光流逝,作者身居高位,自然希望时光慢一些,在酒宴中壮年不再,林中的秋风扫着红叶。尾联讲自己已有归退之意,"倦鸟"化用陶渊明《归去来兮辞》中"鸟倦飞而知还"句,再看看郊园内,仍然焕发出生机。诗作句中对用了三处:第一句"金貂玉铉奉君恩"的"金貂"和"玉铉"相对;第二句"夜漏晨钟老掖垣"中的"夜漏"和"晨钟"相对;第八句"青芜白露满郊园"中的"青芜"和"白露"相对。三处句中对的运用,说明武元衡很注重文采。"绛叶翻"中的"翻"指秋风吹拂树叶的动态,作者在诗作中屡屡使用,主语或风或叶或雪,并不固定,如"林动叶翻风"(《以慈恩寺起上人院》)、"坠叶翻夕露"(《安邑里中秋怀寄高员外》)、"水筲凉簟翻"(《以夏日陪冯、许二侍郎……》)、"林下秋声绛叶翻"(《秋日书怀》)、"红烛摇风白雪翻"(《同诸公夜宴监军玩花之作》),作者炼字之功深。

### 4.酬和类

《幕中诸公有观猎之作因继之》:"刀州城北剑山东,甲士屯云骑散风。旌旆遍张林岭动,豺狼驱尽塞垣空。衔芦远雁愁矰缴,绕树啼猿怯避弓。为报府中诸从事,燕然未勒莫论功。"[①]诗作作于镇守西川时。"诸公",据《金石补正》卷六中《诸葛武侯祠堂碑》碑阴题名,包括裴堪、

---

① 彭定求等编:《全唐诗》,郑州:中州古籍出版社,1996年版,第1922页。

柳公绰、张正一、李虚中等人。"刀州",益州、蜀郡别称;"剑山",四川剑
阁县北剑门山。首联点名地点是四川,不是塞北,将士们铁骑如云,骑
射如风,雄壮威严之势已出。颔联继续描叙,旌旗遍布山岭,喊杀声惊
天动地,虎豹驱逐已尽。颈联是侧面描写这次狩猎,高飞大雁怕响镝,
啼叫猿猴躲弓箭,从动物角度写,正侧结合。尾联是拔高此次狩猎的意
义,从这些将士们围猎的声势看,有守土驱敌之力,为国效命的雄心定
能实现,表面写将士们,其实是表明自己的鞠躬尽瘁之意。这首诗如果
算边塞之作,有一定特殊性,因为主体部分是狩猎,最后才是写边塞建
功。但古代狩猎也带有军事演习的含义,所以这样能算边塞作品。诗
作气势宏大,声威显赫,表达唐军必胜的信念。余恕诚先生将唐代边塞
诗的主体分为"战士之歌"与"军幕文士之歌"。[①] 笔者认为此作可以算
是"将帅之歌",和高适相近。此首七律和其余七律区别较大,笔法有奇
崛之状,和作者的主流作品瑰奇清新的风格不一样,这也算是武元衡能
会主流风格之外的补充。

《酬严司空荆南见寄》:"金貂再领三公府,玉帐连封万户侯。帘卷
青山巫峡晓,烟开碧树渚宫秋。刘琨坐啸风清塞,谢朓题诗月满楼。白
雪调高歌不得,美人南国翠蛾愁。"[②]"严司空",即严绶,蜀人。《旧唐
书·严绶传》卷一四六:"(元和元年)蜀、夏平,加绶检校尚书左仆射,寻
拜司空,遭阶金紫,封扶凤郡公。"又《旧唐书·宪宗纪》曰:"元和六年三
月……丁未,以检校右仆射为江陵尹、荆南节度使。"诗作就写于严司空

---

①　余恕诚:《唐诗风貌》,合肥:安徽师范大学出版社,2000 年版,第 220 页。
②　彭定求等编:《全唐诗》,郑州:中州古籍出版社,1996 年版,第 1922 页。

荆南任上。"金貂",一种冠饰。"玉帐",玉饰之帐,借指严绶。首联写严绶接连封官进爵,仕途顺利。"渚宫",春秋楚国的别宫,故址在今湖北省江陵县。颔联写景,青山连连,红霞破晓,雾绕碧树,楚宫金碧辉煌,美不胜收。"刘琨",晋人,以刘琨喻严绶,刘琨曾任并州刺史峙作《扶风歌》,中有"揽辔命徒侣,吟啸绝岩中"句;"谢朓",南朝宋著名文学家,深刻影响唐代诗人。颈联用典,上句是北方名将刘琨,下句是江南文学家,一北一南,一武一文,相映成辉,阳刚与阴柔之美结合。自大历以来,骨力减弱,诗作倾向枯瘦、清婉一路发展,武元衡作为大历、贞元向元和过渡的诗人,诗歌表现手法已经发生明显变化,多用亮色、艳色、珠玉、金银等词语,展现富艳的一面。另外也向豪气一面转化,用慷慨激越的刘琨典故也是其中之一。最后一联以"白雪""美人""翠蛾"这些亮色和美艳结束,充分显示了武元衡"丽"的一面。诗作没有悲伤和惆怅,甚至没有直接表达二人深厚友谊的语句,描绘的是官职的升迁,生活的富足和娴雅,珠光宝气的氛围,预示人生的成功。金圣叹《贯华堂选批唐才子诗》曰:

答寄诗,乃于出手先盛述其入相出将一段异样荣贵者,直为世间有等先辈,得志一旦,尽弃生平,甚至开眼不见巫峡,岂惟秋来不念云树,故特于司空寄诗,大书其官,以志感也。三、四"帘卷""云微",顿挫又妙,"帘卷"还是每日晓色,"云微"方是此日秋心,其间并不平对也。五、六本意,只感其"裁诗月满",而又先补其"坐啸风清"者,一以见军务倥偬,尚劳垂注,一以见悠优坐镇,不废啸歌也。下句"美人"谓司空,"翠城",

武自谓也。①

金圣叹认为最后美人、翠蛾分别喻指友人和自己，表达自己的羡慕之意。

### 5.送别类

《同幕中诸公送李侍御归朝》："昔年专席奉清朝，今日持书即旧僚。珠履会中箫管思，白云归处帝乡遥。巴江暮雨连三峡，剑壁危梁上九霄。岁月不堪相送尽，颓颜更被别离凋。"②"李侍御"，即李虚中。"专席"，自指昔年曾任御史中丞。"持书"，官名，即治书侍御史。首联步入正题，叙述参加这次宴会的人都是同朝为官的，武元衡作为大员，在宴会中居主导地位。"珠履会"，指这次宴会，《史记》卷七八《春申君传》："春申君客三千余人，其上客皆蹑珠履。"颔联介绍宴会活动及展开联想，李侍御即将回到皇城。"巴江"，古水名，即今湖北东部的巴河。"剑壁"，即剑门山，在今四川省剑阁县北。颈联想象回程路上情景，这是送别诗常见写法，景色特点是孤寂和险要：暮雨连江、危峰耸天。最后表达时光易逝，这是武元衡七律常用的结尾方式，有点单调，但"颓颜"二字有亮点。武元衡七律很少有惆怅的情感，这是和其他诗人区别较大的地方。

---

① 陈伯海编：《唐诗汇评》，杭州：浙江教育出版社，1995年版，1566页。
② 彭定求等编：《全唐诗》，郑州：中州古籍出版社，1996年版，第1922页。

6.综论

武元衡是从大历、贞元向元和过渡的诗人,带有大历诸家的特点,但更主要的是变化。赵俊波认为:"武诗有着浓厚的感伤、忧戚情绪,据统计,其诗中'愁''泪''惊''怨'各字分别出现 23、13、12、9 次,此外,还有不少'恨''忧''悲'等字。与这种情绪相适应,其诗中景物描写多凄迷、孤苦色彩也就不足为奇了。"①但笔者认为,这主要集中在五律及绝句。如《送徐员外还京(一作使还上都)》:"九折朱轮动,三巴白露生。蕙兰秋意晚,关塞别魂惊。宝瑟连宵怨,金罍尽醉倾。庞头星未落,分手辘轳鸣。""别魂惊""连宵怨"凄迷色彩浓厚。又如武元衡《同洛阳诸公饯卢起居》:"萧条寒日晏,凄惨别魂惊。宝瑟无声怨,金囊故赠轻。赤墀方载笔,油幕尚言兵。暮宿青泥驿,烦君泪满缨。""别魂惊""怨"孤苦色彩明显。但在 18 首七律中,较少有这样的字眼,反而表现富贵、瑰丽的词语较频繁,如"金""玉""貂""珠"等。七律结构精巧纯熟,尤其值得指出的是,18 首七律,除去《至栎阳崇道寺闻严十少府趋侍》《幕中诸公有观猎之作因继之》《同幕中诸公送李侍御归朝》《送张六谏议归朝》《送温况游蜀》5 首有萧瑟或奇崛之景外,其余 13 首皆成瑰丽清新之状,约占 72%。司空图阐释"绮丽"风格时,做以下比喻,"神存富贵,始轻黄金。浓尽必枯,淡者屡深。雾余水畔,红杏在林。月明华屋,画桥碧阴。金尊酒满,伴客弹琴,取之自足,良殚美襟"②,有清新隽秀之意。如《送崔判官使太原》中的"笙歌几处胡天月,罗绮长留蜀国春":

---

① 赵俊波:《武元衡诗初探》,《乐山师范学院学报》,2002 年第 3 期。
② 司空图著,郭绍虞集解:《诗品集解》,北京:人民文学出版社,2006 年版,第 18 页。

"胡天月"本是寂寞苍凉,但是前面有"笙歌",添了几分暖意;"蜀国春"是南国之春,暖意融融,"罗绮"尤是亮丽富贵之物。两句写景瑰奇美丽,给友人以安慰。

　　武元衡七律结构也有明显特点,约有 4 首中间两联皆写景,约占总数的 22%,在其他诗人七律中这种情况是不多见的,中间两联要求对仗,大部分是一联写景,一联或叙述或抒情或议论。参看列表:

| 序号 | 篇目 | 诗句 |
|---|---|---|
| 1 | 幕中诸公有观猎之作因继之 | 颔联:旌旆遍张林岭动,豺狼驱尽塞垣空。<br>颈联:衔芦远雁愁矰缴,绕树啼猿怯避弓。 |
| 2 | 南徐别业早春有怀 | 颔联:远雁临空翻夕照,残云带雨过春城。<br>颈联:花枝入户犹含润,泉水侵阶乍有声。 |
| 3 | 送温况游蜀 | 颔联:山近峨眉飞暮雨,江连濯锦起朝霞。<br>颈联:云深九折刀州远,路绕千岩剑阁斜。 |
| 4 | 春题龙门香山寺 | 颔联:清景乍开松岭月,乱流长响石楼风。<br>颈联:山河杳映春云外,城阙参差茂树中。 |

　　中间两联写景容易造成起承转合的运用失灵,一般颈联抒情或叙述有利于对前二联的转,也有利于尾联的合。如武元衡《春暮郊居寄朱舍人》:"幽深不让子真居,度日闲眠世事疏。春水满池新雨霁,香风入户落花馀。目随鸿雁穷苍翠,心寄溪云任卷舒。回首知音青琐闼,何时一为荐相如。"①颔联纯写景,颈联不是纯写景,而是叙述,有作者的活动:目随、心寄,颈联叙述对过渡到尾联的合很自然省力,尾联"回首知音青琐闼,何时一为荐相如"是议论,议论的基础是颈联进行了叙述,所

---

　　① 彭定求等编:《全唐诗》,郑州:中州古籍出版社,1996 年版,第 1923 页。

以议论就不突兀,如果中间两联纯写景,尾联"合"的难度就增大很多。如《送温况游蜀》:"游人西去客三巴,身逐孤蓬不定家。山近峨眉飞暮雨,江连濯锦起朝霞。云深九折刀州远,路绕千岩剑阁斜。应到严君开卦处,将余一为问生涯。"①中间两联纯写蜀地景色,并没有自己的感情活动,结尾很难抒情或议论表达自己的思念之类的情感,但是尾联"应到严君开卦处,将余一为问生涯"仍然继续写行程,碰到算卦的,帮我算一卦吧。这样结尾就比较巧妙自然了,不显突兀。所以武元衡在结构上是精心设计的,顺着颔联、颈联的写景生发下去,尾联笼住颔联、颈联内容。

在结构上,结尾略显得单一,如结尾落到时光飞逝或与时光意思接近上的有 6 首,约占总数的 33%。

| 序号 | 篇目 | 诗句 | 诗句大意 |
|---|---|---|---|
| 1 | 同幕中诸公送李侍御归朝 | 岁月不堪相送尽,颓颜更被别离凋。 | 时光易逝 |
| 2 | 送张六谏议归朝 | 归去朝端如有问,玉关门外老班超。 | 时光易逝 自己衰老 |
| 3 | 南徐别业早春有怀 | 虚度年华不相见,离肠怀土并关情。 | 时光易逝 |
| 4 | 摩河池宴 | 昼短欲将清夜继,西园自有月裴回。 | 时光易逝 |
| 5 | 秋灯对雨寄史近崔积 | 相逢莫厌尊前醉,春去秋来自不知。 | 时光易逝 |
| 6 | 酬谈校书长安秋夜对月寄诸故旧 | 莫怪孔融悲岁序,五侯门馆重娄卿。 | 时光易逝 容颜衰老 |

综之,瑕不掩瑜,武元衡的七律结构继承了大历工整平稳的特点又

---

① 彭定求等编:《全唐诗》,郑州:中州古籍出版社,1996 年版,第 1923 页。

有所创新，以写景见长，景色以瑰奇暖意为主，七律成就不亚于其五律，做到了几乎篇篇精彩，这在唐代也是不多见的。

# 四、平缓持重的窦常

窦常（746—825），字中行，平陵（今陕西咸阳西北）人，郡望扶风（今陕西兴平东南）。大历十四年（779），登进士第。父叔向卒，遂卜居扬州之柳杨，著述不已，唱和诗友。贞元十四年（798），成德军节度使王武俊辟掌书记，不就。淮南节度使杜佑奏授校书郎，为节度参谋，后历泉府从事，由协律郎迁监察御史里行。元和中，佐薛苹、李众湖南幕，为团练判官、副使。入朝为侍御史、水部员外郎。八年（813），出为朗州刺史，转夔（固陵）、江（浔阳）、抚（临川）三州刺史，在江西、四川一带为官，也写下一些诗篇，后除国子祭酒致仕。有文集十八卷，已佚。大中中，褚藏言编常兄弟五人诗为《窦氏联珠集》，今存。《唐才子传》曰："常兄弟五人，联芳比藻，词价霭然，法度风流，相距不远。且俱陈力王事，膺宠清流，岂怀玉迷津区区之比哉！后人集其所著诗通一百首为五卷，名《窦氏联珠集》，谓若五星然。"①

窦常弟兄五人，和其父窦叔向，共六人皆善诗，形成窦氏文学家族，

---

①　陈伯海：《唐诗汇评》，杭州：浙江教育出版社，1995年版，第1432页。

和皇甫弟兄、包佶弟兄并列。大历诗人群与窦叔向几乎同一时代,大历诗风在窦氏文学家族的诗歌中,都有明显的痕迹。窦常等兄弟五人在内受家父的熏陶,外受大历诗风的影响,他们的诗歌创作和其父窦叔向一样,基本上是沿袭了大历诗风的诸多内容。如诗歌体裁,都长于近体五言律诗,格律工整,诗歌题材也都是围绕个人的生活小圈子展开,多是酬答唱和、写景咏怀、离愁别绪等。但窦常一直生活到元和年间,和韩愈、孟郊、李贺、刘禹锡又接上了,虽然诗作受他们的影响较小,但时代风向变了,面对生活、官场上的不顺,并未一味消沉,调子也未抑郁,而是总体上是积极的,想奋发有为的,这是和大历诗风不同的地方。至于原因,大历诗人经历盛唐从巅峰跌落,内心的震撼是巨大的,难以抽身出来。而窦常不是这样,窦常出生相对晚一些,而且活得比较肆意,越向后,动乱对心灵的冲击越弱化了,所以体现为诗歌有所变化。

《全唐诗》窦常存诗 26 首,以近体诗为主,有大历遗风,其中七律 5 首(佟培基疑《立春后言怀招汴州李匡衙推》为令狐楚作)。气象不够开阔,艺术想象力不太丰富。

《谒诸葛武侯庙》:"永安宫外有祠堂,鱼水恩深祚不长。角立一方初退舍,拟称三汉更图王。人同过隙无留影,石在穷沙尚启行。归蜀降吴竟何事,为陵为谷共苍苍。"①永安宫在奉节,夷林之战,蜀汉刘备惨败,在永安宫向诸葛亮托孤,奉节在唐时为夔州属地,窦常晚年曾在夔州任刺史,此作约作于元和十二年(817)以后长庆二年(822)其为抚州刺史之前。首联"鱼水恩深"当指刘备、诸葛亮君臣之属。颔联写刘备

---

① 彭定求等编:《全唐诗》,郑州:中州古籍出版社,1996 年版,第 1647 页。

失败，诸葛亮在蜀中辅佐刘禅。颈联是用比喻讲诸葛亮在蜀国最后功败垂成，没有取得最后胜利。尾联写蜀国灭亡，诸葛大计付诸流水。诗作以悲剧结尾，最后写景，留有韵味。写诸葛祠的有大量诗作，想写好很难，因为有标杆在这。且看杜甫《蜀相》："丞相祠堂何处寻，锦官城外柏森森。映阶碧草自春色，隔叶黄鹂空好音。三顾频烦天下计，两朝开济老臣心。出师未捷身先死，长使英雄泪满襟。"杜甫最后两句是千古名句，窦常和杜甫的意思都差不多，即诸葛亮功败垂成，蜀国灭亡，是历史悲剧，但由于诗作的概括能力、惊醒发省能力差距较大，故窦诗差一些。窦诗第三联意思玄游，不太得要领。

《之任武陵，寒食日途次松滋渡，先寄刘员外禹锡》："杏花榆荚晓风前，云际离离上峡船。江转数程淹驿骑，楚曾三户少人烟。看春又过清明节，算老重经癸巳年。幸得柱山当郡舍，在朝长咏卜居篇。"①"武陵"，即朗州。元和八年（813）至元和十年（815），窦常出任朗州刺史。首联写在春暖花开的季节登上了赴武陵的船。颔联写经过楚地，但人烟不稠密，原因是战乱的后果还没有完全消除，社会萧条。颈联写的时间是元和八年的清明节，尾联提到楚国屈原的《卜居》。诗作叙述了行程所见，自己的心情是平静的，文笔自然流畅，没有奇险聱牙。这也是元和之年，韩愈、孟郊的奇险派已经登上文坛，但是作品并没有这方面的痕迹，说明当时的韩孟诗派对窦氏影响不大，他仍然按着大历那种小山小水、清丽雅婉的一派延续，也说明其父窦叔向对其的影响很大，因为窦叔向是大历时的典型诗人，家庭教育对其的影响是终生的。不可否认，

---

①　彭定求等编：《全唐诗》，郑州：中州古籍出版社，1996 年版，第 1647 页。

窦诗的主观情绪要乐观一些,暖融一些,部分改变了大历典型诗人的悲观的色彩,是继承中有量变,留下了时代的影子。

《奉寄辰州房使君郎中》:"汉代文明今盛明,犹将贾傅暂专城。何妨密旨先符竹,莫是除书误姓名。蜗舍喜时春梦去,隼旟行处瘴江清。新年只可三十二,却笑潘郎白发生。"[1]题中的房使君,为房孺复,玄宗宰相房琯之子,河南偃师人,少黠慧,年七八岁,即粗解缀文,性狂傲疏慢,贞元四年(788)前后在杭州任刺史,与韦应物、顾况等酬唱。贞元五年(789)以妻杖杀侍儿事贬连州司马,后转辰州刺史、容管经略使,贞元十三年(797)卒,年四十二。诗作把房孺复比作汉代的贾谊,贾谊贬到长沙抑郁而终,是古代文人墨客常提到的贬谪失意者的典型,有志不能伸,有才不能施,首联用典。颔联讲房孺复因过于耿直而遭贬,尾联用潘岳的典故勉励友人来日方长,不必忧伤。诗作运行平稳,意象不多,略显枯燥。再看房孺复答诗,《酬窦大闲居见寄》:"来自三湘到五溪,青枫无树不猿啼。名惭竹使宦情少,路隔桃源归思迷。鵩鸟赋成知性命,鲤鱼书至恨暌携。烦君强著潘年比,骑省风流讵可齐。"[2]此诗的前三联富有诗意,提到了几个场景,使人产生联想。

五窦弟兄常、牟、群、庠、巩,现存的 130 首中,五律 41 首,五排 18 首,五绝 5 首,七律 13 首,七绝 51 首,七古 2 首。五窦长期生活在权要、幕僚、中小官吏的圈子里,没有试图去接触广阔的社会,对民情也不是很关心,下层民众的题材很少,这影响到他们作品的思想性和艺术性。

---

① 彭定求等编:《全唐诗》,郑州:中州古籍出版社,1996 年版,第 1647 页。
② 彭定求等编:《全唐诗》,郑州:中州古籍出版社,1996 年版,第 1661 页。

窦氏兄弟大都性情平稳,政治能力有限,接触的圈子相对有限,国家决策几乎不参与,这样会影响到作品的丰富性和典型性。

五窦七律 13 首,占五窦总数 130 首的 10％。窦常有 5 首,占其 26 首总数的约 20％,占比在五窦中最高。从这几首看,总体艺术成就不高,喜用典故,由于才力有限,用的典故是常见的。喜议论说理,意象不太鲜明,显诗意不足,呈平缓持重特点,这个特点在大历诸家中较少,原因可能为窦氏出身清流,常年与官宦打交道,对世情隔膜,故由此倾向,贞元时期的权德舆也有此特征。胡应麟曰:"作诗大要不过二端,体格声调,兴象风神而已。体格声调有则可循,兴象、风神,无方可执。"① 由于窦常才力不济,兴象、风神不丰满。

---

① 胡应麟:《诗薮·内编》卷五,《文渊阁四库全书本》。

# 第六章
## 历代唐诗选集对大历诗人七律的选录

# 一、诗选集的作用

　　唐诗诗篇约五万,外此散佚者尚多。世人欲取其精英而讽咏之,实感烟海苍茫,不得要津。自唐以来,选家辈出,代有名编。流风余韵,相传不废。自唐孙季良《正声集》起,至清末王闿运《唐诗选》止,据上海社科院孙琴安统计凡六百余种。

　　从现存的十种唐人选唐诗的情况来看,自殷璠的《河岳英灵集》后,基本上都是以选中唐或中唐以后的诗为主,即使像《箧中集》《中兴间气集》《才调集》这些非常著名的唐诗选本也不例外。到了宋代,基本上也是以选中、晚唐诗为主。至于原因,一些杰出的诗家本身就有单选本,如李白、杜甫、王维等,如果过多关注大家,可能造成重复,导致很多选本以中小作家为主体。对盛唐的重视,是到明代才有的事,高棅《唐诗品汇》高举盛唐大旗,从对作家作品的入选数量也能看出时代思潮。

　　从选入的作品也能洞悉诗人的接受史的脉络。刘长卿以“五言长城”自诩,掩盖他的七律光彩,其七律长期不被人重视。《极玄集》《又玄集》皆选其五言,七律1首不收,《中兴间气集》《才调集》仅收七律1首,元代《唐诗鼓吹》专选七律,其七律也仅1首。同是元代的《唐音》则选刘长卿七律15首,远在王维、李商隐诸家之上,为该书七律选篇最多的诗人,明代高棅《唐诗品汇》选21首,数量在整个唐代作家群中也算是多的,这样刘长卿成为七律杰出诗人被社会所承认。

# 二、唐宋朝唐诗选集

## (一)韦庄《又玄集》

《又玄集》是晚唐文人韦庄编选的一部唐诗选集,是唐人选唐诗中成就较高的一部唐诗选集,全集共分上、中、下三卷,共收诗人 146 位,作品 299 首,卷上诗人 53 位,卷中 36 位,卷下 58 位;所收作品 299 首,分布在三卷中分别为卷上 99 首,卷中 101 首,卷下 99 首。

唐人选唐诗由来已久,主要目的是为创作提供借鉴,也是对自己兴趣的肯定和延伸。陈尚君在《唐代文学丛考》之殷璠《〈丹阳集〉辑考》中说:"见于历代著录的唐人选唐诗,约有近五十种之多,有姓名传世的唐代选家,也有三四十人之众。"①

中晚唐人选唐诗重要诗集一览表:

| 选集名 | 编选者 | 成书时间 | 诗作产生年代 |
| --- | --- | --- | --- |
| 御览集 | 令狐楚 | 元和九年至十二年间(814—817) | 大历、贞元 |

---

① 陈尚君:《唐代文学丛考》,北京:中国社会科学出版社,1997 年版,第 223 页。

| 选集名 | 编选者 | 成书时间 | 诗作产生年代 |
|---|---|---|---|
| 中兴间气集 | 高仲武 | 贞元初 | 肃宗、代宗时代 |
| 极玄集 | 姚合 | 不详 | 以大历时期为主 |
| 又玄集 | 韦庄 | 光化三年(900) | 唐代 |
| 才调集 | 韦谷 | 仕后蜀时 | 以中晚唐为主代 |

在前代众多的唐诗选本中,对《又玄集》的产生发生直接影响的就是姚合所选的《极玄集》。韦庄在其《又玄集·序》中对此有过清楚的表述,他说:"昔姚合撰《极玄集》一卷,传于当代,已尽精微,今更探其玄者,勒成《又玄集》三卷。"①《极玄集》一卷成书于开成二年(837)左右,共选入 21 人的 100 首作品,所选除王维、祖咏为盛唐诗人外,其余 19 人皆大历时人,依选者姚合之意"此皆诗家射雕手也"。《极玄集》中选诗最多的有 6 家,各选 8 首入集,他们分别是郎士元、钱起、耿湋、司空曙、皇甫冉、戴叔伦。集子中收录的这 100 首作品中,从体裁上看,全部都是近体诗,分别是五律 87 首,五言排律 3 首,七绝 3 首,五绝 7 首。根据这个统计可知五律就占了全集中的 87%,但没有七律。可知当时七律不是主要体裁之一。《又玄集》集中五言律诗(不包括五言排律)有 117 首,居第一,占了总数的 1/3 还多,五言律诗多为写景咏物之作,所以集子中总是透出一种淡雅平和之气。除了五律,集中还有七律 95 首、五七言绝句 47 首、排律 22 首、古体诗 18 首。

《极玄集》和《又玄集》所收体裁对比情况如下表所示:

---

① 傅璇琮主编:《唐人选唐诗新编》,西安:陕西人民出版社,1996 年版,第 529 页。

| 选集名 | 五律 | 七律 | 五绝 | 七绝 | 排律 | 古体 | 总计 |
|--------|------|------|------|------|------|------|------|
| 极玄集 | 87 | 0 | 7 | 3 | 0 | 3 | 100 |
| 又玄集 | 117 | 95 | 13 | 34 | 22 | 18 | 299 |

可知韦庄《又玄集》当中七律共 95 首（不包括七言排律在内），这是收录体裁中区别《极玄集》最大的。邹云湖在他的《中国选本批评》中对选本有过这样的阐释，他认为选本就是一种批评，从文学角度而言，选本是指选者按照一定的选择意图和选择标准，在一定范围内的作品中选择相应的作品编排而成的作品集。从收录变化来看，可知当时社会上对七律已比较重视，而且出现了大量的七律，七律已成为新的诗歌增长点。七律在初唐以应制为主，盛唐题材扩大，扩展到或更多地增加了边塞、闺怨、送别、怀古等题材。安史之乱后，杜甫的七律极大地扩展了艺术手法，格律也成熟了，大历、贞元诗人的七律也异彩纷呈。作为晚唐诗人韦庄，知诗者莫如诗人，自己也大量创作七律，选七律入编，也是顺理成章了。韦庄在《又玄集》序中曰：

　　谢玄晖文集盈编，止诵澄江之句；曹子建诗名冠古，惟吟清夜之篇。是知美稼千箱，两岐爱少；繁弦九变，大濩殊稀。入华林而珠树非多，阅众籁而紫萧惟一。所以撷芳林下，拾翠岩边。沙之汰之，始辨辟寒之宝；载雕载琢，方成瑚避之珍。故知领下采珠，难求十斛；管中窥豹，但取二斑。自国朝大手名人，以至今之作者，或百篇之内，时记一章，或全集之中，惟征数首。但掇其清词丽句，录在西斋，莫穷其巨派洪澜，任归东海。总其记得者,才子一百五十人,诵得者,名诗三百首。长乐暇目,陋巷穷时,聊撼膝以书绅,匪攒心而就简……亦由执斧伐山,止求嘉木。挈瓶赴海,但汲甘泉。……。所以金盘饮露,唯采沆瀣之精;花界食珍,但飨醍醐之味。非独资于短见,亦可贻于后昆。采实去华,侯诸来者。昔姚合撰《极玄集》一卷,传于当代,已尽精微。今更采其玄者,勒成《又玄集》三卷。……光华三年七月二日,前左补阙韦庄述。

韦庄在序中阐发了自己的文学观点,攘取"清词丽句",还求"嘉木""甘泉",七律无疑是实现编者目的的重要来源,这是唐诗选编集中,七律第一次闪亮登场,为以后韦縠的《才调集》做了先导,也是《才调集》的重要蓝本。

《极玄集》选录七律及相关情况如下:

| 作者 | 选录总数 | 七律篇目 | 七律篇数 | 七律比重 |
|---|---|---|---|---|
| 司空曙 | 3 | 酬李端校书见赠、寄湖居士、送曲山人往(之)衡山 | 3 | 100% |
| 卢纶 | 3 | 长安春望 | 1 | 33.3% |
| 钱起 | 3 | | 0 | 0% |
| 李嘉祐 | 3 | | 0 | 0% |
| 李益 | 3 | 过五原至饮马泉(盐州过胡儿饮马泉) | 1 | 33.3% |
| 戴叔伦 | 2 | | 0 | 0% |
| 皇甫冉 | 2 | 秋日东郊作 | 1 | 50% |
| 郎士元 | 1 | | 0 | 0% |

续　表

| 作者 | 选录总数 | 七律篇目 | 七律篇数 | 七律比重 |
|------|---------|---------|---------|---------|
| 李端 | 2 | | 0 | 0% |
| 韩翃 | 3 | | 0 | 0% |
| 戎昱 | 2 | | 0 | 0% |
| 总计 | 27 | | 6 | 22.2% |

以上看出，选录七律最多的是司空曙，选录 3 首全是七律，卢纶、李益、皇甫冉各 1 首，其余选录诗中无七律，总数是 6 首，在选集中的 95 首中比例较低，不到十分之一。韦庄对大历的七律重视还是程度有限，这基本代表唐代一部分人的评价。

## （二）王安石《唐百家诗选》

宋代整理研究唐诗有明显的进展，据陈振孙《直斋书录解题》著录唐人诗集有 100 多部，王安石《唐百家诗选》就是宋人研究整理唐诗的具有代表性的选本。《唐百家诗选》成书于王安石入京前，清蔡上翔考证王安石编《唐百家诗选》于嘉祐五年（1060）。① 《文渊阁四库全书》在书前介绍道：

> 惟晁公武《读书志》云：《唐百家诗选》二十卷，皇朝宋敏求次道编。次道为三司判官，尝取其家所藏唐人一百八家诗，选择其佳者凡一千二百四十六首，为一编。王介甫观之，因再有

---

① 　詹大和、顾栋高、蔡上翔：《王安石年谱三种》，北京：中华书局，1994 年版，第 165 页。

所去取,且题曰:欲观唐诗者,观此足矣。世遂以为介甫所纂,
其说与诸家特异。案《读书志》作於南宋之初,去安石未远。
又晁氏自元祐以来,旧家文献,绪论相承,其言当必有自,邵博
《闻见后录》引晁说之之言,谓王荆公与宋次道同为群牧司判
官。次道家多唐人诗集,荆公尽即其本,择善者签帖其上,令
吏抄之,吏厌书字多,辄移所取长诗签,置所不取小诗上。荆
公性忽略,不复更视。今世所谓:《唐百家诗选》曰"荆公定",
乃群牧司吏人定也,其说与公武又异。然说之果有是说,不应
公武反不知。考周辉《清波杂志》,亦有是说,与博所记相合。
辉之曾祖与安石为中表,故辉持论多左袒安石,当由安石之党
以此书不惬於公论,造为是说以解之,托其言於说之,博不考
而载之耳?此本为宋乾道中倪仲传所刊,前有仲传《序》,其书
世久不传。国朝康熙中,商邱宋荦始购得残本八卷刻之,既又
得其全本,续刻以行,而二十卷之数复完,当时有疑其伪者。
阎若璩历引高棅《唐诗品汇》所称,以元宗《早渡蒲关诗》为开
卷第一,陈振孙《书录解题》所称,非惟不及李、杜、韩三家,即
王维、韦应物、元、白、刘、柳、孟郊、张籍皆不及,以证其真。又
残本佚去安石原序。若璩以《临川集》所载补之。其文俱载若
璩《潜邱劄记》中。惟今本所录共一千二百六十二首,较晁氏
所记多十六首。若璩未及置论,或传写《读书志》者,误以六十
二为四十六欤?至王昌龄《出塞诗》,诸本皆作"若使龙城飞将
在",惟此本作"卢城飞将在",若璩引唐平州治卢龙县以证之;
然唐三百年,更无一人称"卢龙"为"卢城"者,何独昌龄杜撰地

名？此则其过尊宋本之失矣。①

　　该段考证了编者是王安石可能性最大,对王安石的唐诗观也做了介绍。从所入选的诗人来看,此选虽选有像孟浩然、高适、岑参、王昌龄这样的大家,但像李、杜、韩、柳、元、白、刘长卿、刘禹锡、韦应物、杜牧、李商隐、王维诸大家、名家皆一首不收,更多的是选一些中小诗人,如刘言史、张碧等,甚至不知名的诗人,如刘威、刘驾、王驾等。这是《唐百家诗选》的一个重要特点,是王安石选诗旨趣与诸家迥异之处,也是后世众说纷纭、莫衷一是之处。

　　书中共选唐代诗人 102 家,诗歌 1260 余首,所选诗人多为中晚唐的中小诗人。所选的诗人中:初唐 5 人,诗歌 15 首;盛唐 12 人,诗歌 293 首;中唐 46 人,诗歌 577 首;晚唐 39 人,诗歌 382 首;而中唐诗人中,大历诗人 30 人,诗歌 347 首之多。大历诗人皇甫冉一人就被收录 85 首,仅次于王建的 92 首,另外司空曙、戴叔伦、郎士元、卢纶的诗歌也大量录入。明代何良俊亦云:"王荆公有《唐人百家诗选》……其中大半是晚唐诗。虽是晚唐,然中必有主,正所谓六艺无阙者也,与近世但为浮滥之语者不同。盖荆公学问有本,固是堂上人。"②

　　王安石偏重大历与中晚唐是和编者的诗歌观密不可分的,宋诗偏于议论,多走枯瘦一路,盛唐浑厚已难以再现。《唐百家诗选》所选的大历时期的诗作也是对王安石这一文学观最好的诠释,大历诗人的创作

---

① 王安石:《唐百家诗选》,影印文渊阁《四库全书》本。
② 何良俊:《四友斋丛说》卷二十四,北京:商务印书馆,1959 年版。

从宏观上来讲与王安石前期的文学创作有一致之处。大历后,盛唐繁荣难以再现,大历诗人经历了战火,看到了荣衰的对比,虽然青山白云很多,现实主义作品也不少。大历诗人没有气冲斗牛的诗人,也没有才华惊京城的天才,是稳扎稳打的二三流诗人,这也符合宋诗现状。宋代诗坛焉能出现李白、杜甫、韩愈这样的引领一代风气之人? 更多的是像大历这样的诗人。

大历诗人群在唐人的唐诗选本中就有所体现,姚合《极玄集》最早提出了"十才子"之名。唐高仲武的《中兴间气集》特别推崇大历时期的诗人,高氏在此选本序言中言:"仲武不撰菲陋,辄罄謏闻,博访词林,采察谣俗,起自至德元首,终于大历暮年,述者数千,选者二十六人,诗总一百三十二首,分为两卷,七言附之,略叙品汇人伦,命曰《中兴间气集》。"此选对至德至大历这二十三年间的一些有代表性的诗人做了一系列的评价。可见唐人已经注意到了大历这个特殊的时期。这一时期虽没有涌现一流的伟大诗人,也未产生许多杰作,但是诗人身历数朝的成长经历无疑使他们的诗歌有不同于初盛唐、中晚唐的风格。《唐百家诗选》中大历诗人约占四分之一,王安石应该是注意到了大历诗人的独特风格。王安石多选大历诗人是当时的社会现状和当时诗歌现状决定的,与其强调诗文革新的精神的宗旨"经世致用"有关。如大历诗人戴叔伦,是大历诗人中一位直接继承杜甫精神并最典型地体现了群体特征的诗人。其在江南为官,他的目光始终关注着现实的人事,江南的社会凋敝,老百姓在赋税下苦苦支撑,有的地方爆发了农民起义,反映了尖锐的官民矛盾,但是社会还是在向前发展,这是大历、贞元之际世事真实情况。《唐百家诗选》选戴叔伦的诗 47 首(戴诗共 187 首),占戴诗总数约四分之一。与戴叔伦并称为杜甫精神传人的戎昱,王安石选其诗 16 首,其一些反映战乱给民间带来的痛苦尤其真实可信,继承了杜甫光辉的现实主义传统,是大历诗人中最具有现实主义精神的诗人之一。《唐百家诗选》选李嘉祐诗 12 首,其中 5 首是七律。从内容上来讲,其《题灵台县东山村主人》指责玄宗晚年的穷兵黩武,用意与杜甫《兵车行》《后出塞》相仿,又如《自苏台至望亭骚人家尽空春物增思怅然有作因寄从弟纡》中"东吴黎庶逐黄巾"一句,客观地反映了浙江台州袁晁农民起义的真实状况。

大历诗人七律的选辑情况表如表所示:

| 作者 | 总选录数量 | 七律篇目 | 七律数量 | 占总选录百分比 |
|---|---|---|---|---|
| 戎昱 | 10 | | 0 | 0% |
| 李嘉祐 | 12 | 送宋中舍游江东、自苏台至望亭驿,人家尽空,春物增思,怅然有作,因寄从弟纡、题灵台县东山村主人、早秋京口旅泊章侍御寄书相问,因以寄之,时七夕、江湖愁思 | 5 | 41.7% |
| 戴叔伦 | 47 | 酬盩厔耿少府湋见寄、少女生日感怀 | 2 | 4.3% |
| 郎士元 | 21 | 郢城西楼吟、春宴王补阙城东别业、赠韦司直(在本书的皇甫冉中作《寄韦司直》,重出)、盖少府新除江南尉问风俗、酬王季友题半日村别业兼呈李明府 | 5 | 23.8% |
| 钱起 | 6 | (和李员外烶)驾幸温泉宫、赠阙下阎(裴)舍人 | 2 | 33.3% |

续　表

| 作者 | 总选录数量 | 七律篇目 | 七律数量 | 占总选录百分比 |
|---|---|---|---|---|
| 卢纶 | 36 | 早春归盩厔旧居却寄耿拾遗沣李校书端、长安春望、夜投丰德寺谒液（海）上人、酬李端公野寺病居见寄、送崔琦赴宣州幕、至德中途中书事却寄李偁、晚次鄂州、酬畅当寻嵩岳麻道士见寄 | 8 | 22.2% |
| 司空曙 | 25 | 题凌云寺、送曲山人之衡州、酬张芬有赦后见赠、秋日趋府上张大夫 | 4 | 16% |
| 耿沣 | 6 | 路旁老人、送友人游江南 | 2 | 33.3% |
| 李端 | 9 | | 0 | |
| 皇甫冉 | 85 | 三月三日义兴李明府后亭泛舟、送李录事赴饶州、奉和徐州王相公彭祖井之作（或彭祖井）、馆陶李丞旧居、送孔巢父赴河南军、同温丹徒登万岁楼、宿淮阴南楼酬常伯能、酬李补阙、送钱唐路少府赴制举、寄韦司直（又作《赠韦司直》，佟培基考证为郎士元作） | 10 | 11.8% |
| 武元衡 | 4 | | 0 | 0% |
| 于鹄 | 3 | | 0 | 0% |

　　七律占所选诗比例最高的是李嘉祐，达 41.6%，七律入选数量最多的是皇甫冉，为 10 首，但有大历诗人之首的刘长卿未选，令人有些惊讶。或许与刘长卿现实性不强有关，论才气，大历诸子无有出其右的，也或刘长卿距盛唐不远，留盛唐印记较多之故。

# 三、元明清朝唐诗选集

## （一）元好问《唐诗鼓吹》

《唐诗鼓吹》是现存最早的一部唐七言律诗选本，选96位诗人596首诗，最多的前五位诗人依次为：谭用之，38首；陆龟蒙，35首；李商隐，34首；杜牧，32首；许浑，31首。基本以中晚唐作者为主，不选李白、杜甫、韩愈、孟郊、元稹、白居易六大家诗，而多录中小家诗作，有心防止小家作品的散佚，有保存唐诗完整性之功。题材以伤感怀古为主，也有赠答、寄送、隐逸、宫怨、贬谪、闲适等诗作，诗作范围比较全面。《唐诗鼓吹》编者一般认为是元代元好问，不过也有争议，《文渊阁四库全书》本介绍道：

　　据赵孟𫖯《序》，称为金元好问所编，其门人中书左丞郝天
挺所注，国朝常熟陆贻典题词。则据《金史·隐逸传》，谓天挺
乃好问之师，非其门人。又早衰厌科举，不复充赋，亦非中书
左丞，颇以为疑。案：王士祯《池北偶谈》曰：金、元间有两郝天
挺，一为元遗山之师，一为遗山弟子。考元史《郝经传》云，其
先潞州人，徙泽州之陵川，祖天挺，字晋卿，元裕之尝从之学。

裕之谓经曰,汝貌类祖,才器非常者是也。其一字继先,出於多罗别族,父哈赏巴图尔元太宗世多著武功。天挺英爽刚直,有志略,受业於遗山元好问,累官河南行省平章事,追封冀国公,谥文定;为皇庆名臣,尝修《云南实录》五卷,又注《唐诗鼓吹集》十卷。近常熟刻《鼓吹集》,乃以为《隐逸传》之"晋卿",而致疑於赵文敏之《序》,称尚书左丞,又於尚书左丞上妄加"金"字,误甚云云。然则贻典等所考,知其一而不知其二矣。是集所录皆唐人七言律诗,凡九十六家,共五百九十六首,作者各题其名,惟柳宗元、杜牧题其字,未喻何故。第四卷中宋邕诗十一首,天挺注以为实出曹唐集中,题作宋邕,当必有据。然第八卷中胡宿诗二十三首,今并见文恭集中,实为宋诗误入,则亦不免小有疏舛,顾其书与方回《瀛奎律髓》同出元初,而去取谨严,轨辙归一,大抵道健宏敞,无宋末"江湖""四灵"琐碎寒俭之习,实出方书之上。天挺之注,虽颇简略,而但释出典,尚不涉於穿凿,亦不似明廖文炳等所解横生枝节,庸而至於妄也。据都印《三馀赘笔》,此书至大戊申江浙儒司刊本。旧有姚燧、武一昌二《序》,此本佚之。又载燧《序》,谓宋高宗尝纂唐、宋轶事为《幽闲鼓吹》,故好问本之。案三都二京,五经鼓吹,其语见於《世说》,好问立名,当由於此。燧所解,不免附会其文也。①

---

① 元好问:《唐诗鼓吹》,文渊阁四库全书本。

　　主要介绍的编者的争议和版本问题，以及选集相关内容。《唐诗鼓吹》的出现，也不是偶然，它是建立在发展到一定阶段，人们的审美观、文学观达到一定程度积累的基础上的。七律在唐人选唐诗中一向居于被忽视的地位，只有韦庄的《又玄集》和韦縠的《才调集》是作为重要体裁来选录的，大部分选集对七律不录或极少录。

　　唐人选唐诗部分选集关于七律选录情况列表如下：

| 选集名 | 体裁 | 七言 | 七律 |
| --- | --- | --- | --- |
| 箧中集 | 五言古诗 | 0 | 0 |
| 河岳英灵集 | 古体为主 | 38 | 6 |
| 国秀集 | | 33 | 8 |
| 御览诗 | 五律、七绝为主 | 119 | 12 |
| 中兴间气集 | 五排、五律为主 | 7 | 3 |

　　进入盛唐，七律逐渐增多。胡震亨《唐音癸签》："自景龙始创七律，诸学士所制，大都铺扬景物，宣诩燕游，以富丽竞工，亡论体变未极，声病亦多未调。开、天以还，喆匠迭兴，研揣备至，于是后调弥纯，前美益邕，字虚实互用，体正拗毕摄，七言能事始尽。所以溯龙门之派者，必求端沈、宋；穷沧海之观者，还归大杜陵。"[①]这时期较重要的七律作家有：王维、岑参、高适、李白、李颀、崔颢、孟浩然等。七律经杜甫的大力创作之后，出现了整体律化向前推进的局面。大历期间，七律数量也大幅增加，大部分作家把七律作为重要体裁加以书写，算作自己创作成绩重要代表。如刘长卿创作 58 首七律，占其作品数量的 10％，卢纶 48 首，约

---

　　① 　胡震亨：《唐音癸签》卷十，上海：上海古籍出版社，1981 年版，第 93 页。

占其作品数量的 16％,已经比较高了。大历诸子在七律的精细刻画景物、律化整齐方面占有重要地位。

从以上知,七言律诗是唐代尤其是中晚唐非常重要的一种诗体。元好问全部摘录七律,体现了他独特的眼光及对唐代诗歌精髓的深入把握。同时,其入选诗作较多的诗人大多为七律发展史上重要的人物。

《唐诗鼓吹》七律选录列表:

| 作者 | 卷数 | 篇目 | 篇数 |
|---|---|---|---|
| 耿沣 | 卷二 | 道傍老人、送友人归南海 | 2 |
| 皇甫冉 | 卷三 | 三月三日义兴李明府后亭泛舟、送李録事赴饶州、馆陶李丞旧居、送孔巢父赴河南军、同温丹徒登万岁楼、秋日东郊、宿淮阴南楼酬常伯熊 | 7 |
| 郎士元 | 卷三 | 寄韦司直、盖少府新除江南尉问风俗、酬王季友题半日村别业 | 3 |
| 窦常 | 卷三 | 寒食途次松滋渡先寄刘员外 | 1 |
| 李益 | 卷四 | 胡儿饮马泉、鹳雀楼 | 2 |
| 钱起 | 卷五 | 赠阙下阎舍人 | 1 |
| 卢纶 | 卷五 | 长安春望、夜投丰德寺谒液上人、送崔琦赴宣州幕、至德中途中书事却寄李偄、晚次鄂州 | 5 |
| 司空曙 | 卷五 | 题灵云寺(或作凌云)、送曲山人归衡州、寄胡居士 | 3 |
| 戴叔伦 | 卷五 | 酬耿少府见寄 | 1 |
| 李嘉祐 | 卷五 | 送中舍游江东、自苏台至望亭驿人家尽空春物增思怅然有作、题灵台县东山主人、早秋京口旅泊、赠别严士(佟培基考证为刘长卿作) | 5 |
| 崔峒 |  | 题同官李明府书舍 | 1 |
| 刘长卿 | 卷七 | 登余千古城 | 1 |

续　表

| 作者 | 卷数 | 篇目 | 篇数 |
|------|------|------|------|
| 武元衡 | 卷八 | 荆帅（酬严司空荆南见寄）、送张谏议、送崔巡使还本府 | 3 |
| 权德舆 | 卷八 | 田家即事、和司门殷员外早秋省中书直夜寄荆南衞家端公、奉和太常韦卿阁老左藏库中假山之什、送张阁老中丞持节册吊回鹘、送李处士弋阳山居 | 5 |
| 于鹄 | 卷八 | 送宫人入道（归山） | 1 |
| 总计 | | | 41 |

从数量上看，皇甫冉最多，为 7 首，卢纶、李嘉祐、权德舆各 5 首。所选篇目，与韦縠《才调集》所选篇目重合多。41 首约占总数 596 首的 7%，比重有限。

## （二）杨士弘《唐音》

杨士弘（一作宏），元朝人，字伯谦。许昌襄城（今属河南）人，寓临江（今属江西）。好学能文，尤工诗，编《唐音》。《唐音》成书于元至正四年（1344），被认为是元末至明中叶两百年间最有影响力的唐诗选本，《唐音》自成书起就受到世人的重视，同时代的虞集、后世的高棅、李东阳等都给予其很高的评价。选集分始音一卷，正音六卷，遗响七卷，而士弘自称十五卷，盖遗响有一子卷也。其始音唯录王杨卢骆四家；正音则诗以体分，而以初唐、盛唐为一类，中唐为一类；晚唐为一类；遗响则诸家之作咸在，而附以僧诗、女子诗。

李白、杜甫、韩愈三家都不入选，其凡例谓三家世多有全集，故弗录焉。历代唐诗选集对名家不录，多已有之。如韦縠《才调集》不录杜甫，王安石《唐百家诗选》不录李杜、韩柳、元白、二刘（刘长卿、刘禹锡）、韦应物、小李杜、王维诸大家、名家。《唐音》所选的 1341 首诗中,题材以送别诗为多,表达送、赠、别、钱、和、贻、答、寄的诗歌就达到 210 多首,近六分之一都是酬答、赠别的友情诗。王士祯曰:"古诗之传于后世者,大约有二:登临之作,易为幽奇;怀古之作,易为悲壮,故高人达士往往放此抒其怀抱,而寄其无聊不平之思,此其所以工而传也。"①乔亿《剑溪说诗》曰:"初、盛唐之人多酬应之篇,格韵既高,情景兼胜,词采又精。"②可见杨士弘比较注重反映人物内心客酬情感之类,客酬并非只是客套程序化,也有真实感情的自然流露,同时杨士弘喜欢慷慨任气、开朗勃发的气势。杨氏在序中曰:

> 襄城杨伯谦好唐人诗五言、七言、古诗、律诗、絶句,以盛唐、中唐、晚唐别之,凡几卷,谓之《唐音》。音也者,声之成文者也。可以观世矣,其用意之精深,岂一日之积哉!盖其所録必也有风雅之遗,骚些之变,汉魏以来乐府之盛其合作者则録之,不合乎此者虽多弗取。是以若是其严也,昔之选唐诗者非一家若伯谦之辩识度,越常情远哉。噫,先王之德盛而乐作,迹熄而诗亡,系于世道之升降也。风俗颓靡愈趋愈下,则其声文之盛不得不随之而然。必有特起之才,卓然之见,不系于习俗之所同,则君子尚之,然亦鲜矣。呜呼,唐虞三代其盛矣乎,

---

① 王士祯:《带经堂诗话》,北京:人民文学出版社,1963 年版,第 128 页。
② 郭绍虞编,富寿荪校点:《清诗话续编》第二册,北京:中华书局,1983 年版,第 1111 页。

元首股肱之歌见于唐书，一游一豫之叹闻诸夏。谚其仅存者，亦寥寥廓绝矣。若夫十五国风，大小雅周之盛衰，备矣。周颂者多周公之所作也，猗那之存太师传焉。駉駜之兴，鲁人作之，皆吾夫子之手笔也。千载之言诗者孰不本于此哉则吾于伯谦唐音之録安得不叹夫知言之难也虞集序夫诗莫盛于唐，李杜文章冠絶万世，后之言诗者皆知李杜之为宗也。至如子美所尊许者，则杨、王、卢、骆；所推重者，则薛少保、贺知章；所赞咏者，则孟浩然、王摩诘；所友善者，则高适、岑参；所称道者，则王季友。若太白登黄鹤楼，独推崔颢为杰作。游郎官湖复叹，张谓之逸兴，拟古之诗，则彷佛乎陈伯玉。古之人不独自专其美，相与发明斯道者如是，故其言皆足以没世不忘也。余自幼喜读唐诗，每慨叹不得诸君子之全诗，及观诸家选本，载盛唐诗者独《河岳英灵集》，然详于五言，畧于七言，至于律絶仅存一二。极□姚合所选，止五言律百篇，除王维、祖咏，亦皆中唐人。诗至如《中兴间气》又□《才调》等集，虽皆唐人，所选然亦多主于晚唐矣。王介甫《百家选唐》，除高、岑、王、孟数家之外，亦皆晚唐人。《诗吹》万以世次为编，于名家颇无遗漏。其所録之诗，则又驳杂简畧。他如洪容斋、曾苍山、赵紫芝、周伯弼、陈德新诸选非惟所择不精，大抵多畧于盛唐而详于晚唐也。后客章贡得、刘爱山家诸刻初盛唐诗，手自抄録，日夕涵泳。于是审其音律之正变，而择其精粹，分为始音、正音、遗响总名曰《唐音》九十五卷，共诗一千三百四十一首。始于乙亥，成于甲申。嗟夫，诗之为道，非惟吟咏情性流通精神而巳。其所以奏之郊庙歌之，燕射求之，音律知其世道，岂偶然也哉。观是，编者幸恕其僭妄，详其所用心，则自见矣。至正四年八月朔日襄城杨士□谨志。

杨士弘批评了一些选集过度关注中晚唐的倾向，认为盛唐才是"音"之正宗。认为诗歌不仅仅是情感流露的方式，也应是观风俗、知兴衰的明镜，把诗歌提高到政治、人伦高度，在思想上提高了一截。

虞集序，虞集（1272—1348），元代著名诗人，为《唐音》作序：

是书成於至正四年，虞集为之《序》。凡《始音》一卷，《正音》六卷，《遗响》七卷，而士宏《自记》称十五卷，盖《遗响》有一子卷也。其《始音》惟录王、杨、卢、骆四家；《正音》则诗以体分，而以初唐、盛唐为一类，中唐为一类，晚唐为一类；《遗响》则诸家之作咸在，而附以僧诗、女子诗。李白、杜甫、韩愈三家，皆不入选。其凡例谓三家，世多有全集，故弗录。其书积十年之力而成，去取颇为不苟。明苏衡作《刘敬伯古诗选序》，颇以是书所分《始音》《正音》《遗响》为非。李东阳《怀麓堂诗话》则曰，选诗诚难，必识足以兼诸家者，乃能选诸家，识足以兼一代者，乃能选一代。一代不数人，一人不数篇，而欲以一人选之，不亦难乎？选唐诗者，惟杨士宏《唐音》为庶几云云。其推之可谓至矣。高棅《唐诗品汇》即因其例而稍变之，冯舒兄弟评韦縠《才调集》，深斥棅杜撰排律之非，实则排律之名，亦因此书，非棅创始也。曹安《谰言长语》称，旧有丹阳颜润卿

注,今未见其本,此本题张震辑注。震字文亮,新淦人。其仕
履始末及朝代先后皆未详,注极弇陋,明唐觐《延州笔记》尝摘
其注李商隐《咸阳诗》"自是当时天帝醉"一条,李颀《赠从弟
诗》"第五之名齐骠骑"一条,卢照邻《送赵司仓入蜀诗》"潘年
三十外"一条。他如杨炯《刘生》一首,乃乐府古题,而震曰:刘
生不知何许人。后篇亦有"刘生要皆从军之士"也。又炯《夜
送赵纵》一首,其诗作於初唐,而震曰:赵纵,郭子仪之婿也,仕
至侍郎。如斯之类,不可毛举,殆必明人也。以原本所有,且
间有一二可采者,姑附存之,备一解焉。

该序介绍了成书的时间、选作的内容安排以及选诗原则,也叙述了
当时学界对《唐音》的争议以及自己的观点。

《唐音》在内容上偏重盛唐,改变宋代宗"中晚唐"的诗风,使初盛唐
诗歌受到关注的观点。早在南宋时期,严羽在《沧浪诗话·诗辩》中就
提出"次取沈、宋、王、杨、卢、骆、陈拾遗之诗而熟参之,次取开元、天宝
诸家之诗而熟参之,次独取李、杜二公之诗而熟参之,又取大历十才子
之诗而熟参之,又取元和之诗而熟参之,又尽取晚唐诸家之诗而熟参
之"①的五个阶段,这五个阶段,是在总结前人的基础上并概括得出的,
对厘清唐诗脉络具有重要作用,是高棅"四分法"的先声。杨士弘在诗
体的辨析中将唐代的诗歌分为"唐初体""盛唐体""大历体""元和体"

---

① 　何文焕:《历代诗话》下,严羽:《沧浪诗话》,北京:中华书局,1981年版,第686页。

"晚唐体""大历体""元和体"①,合起来就是中唐,把中唐化为两个阶段,大历是重要一极,表明杨氏对大历诗歌的重视及独特把握。

对于七言律诗,杨士弘曰:"唐初作七言律者极少,诸家不过所录者是。然其音律纯厚自然可法者九人,共诗二十六首,选其近盛唐者一十七人,共诗五十八首,中唐来作者渐盛,然音律亦见微,晚唐来作者愈盛而音律愈降,独许浑、李商隐对偶精密,有可发者两人,共诗二十首。"②"盛唐"诗歌,艺术上可得"音律之纯",世运上可得"世道之盛",足为万世师法,此为杨士弘最为关注与大力提倡者。因而大历以下,能"正音"即"正格"者,取舍颇严。《正音》卷首言"自大历以降,虽有卓然成家,或沦于怪,或迫于险,或近于庸俗,或穷于寒苦,或流于靡丽,或过于刻削,皆不及录"③,七言律诗卷中说"中唐来,作者渐盛,然音律亦渐微,选其近盛唐者,通得十七人,共计诗五十八首"④。表现了宗盛唐之倾向,但对中晚唐也重视,体现了完整的诗学观。

《唐音正音》收录七律列表如下所示:

| 分期 | 七律 |
|---|---|
| 初盛唐 | 9 人共 26 首(王维 9 首;岑参 5 首) |
| 中唐 | 17 人共 58 首(刘长卿 15 首;张籍 6 首;卢纶 6 首) |
| 晚唐 | 2 人共 20 首(李商隐、许浑各 10 首) |
| 总计 | 106 首 |

---

① 何文焕:《历代诗话》下,严羽:《沧浪诗话》,北京:中华书局,1981 年版,第 689 页。
② 杨士弘编选:《唐音评注》上,保定:河北大学出版社,2006 年版,第 300 页。
③ 杨士弘:《唐音》,《文渊阁四库全书》本。
④ 杨士弘:《唐音》,《文渊阁四库全书》本。

| 分期 | 七律 |
| --- | --- |
| 诗歌占正音总共数量比例 | 11.8％ |

中唐比重超过二分之一,虽然编者宗盛唐,但杜甫的七律未收入,影响了盛唐七律数量,但有的选集把杜甫七律列入中唐,如果这样,中唐七律就更多。

《唐音正音》收录大历诗人七律列表如下所示:

| 作者 | 卷数 | 篇目 | 篇数 |
| --- | --- | --- | --- |
| 皇甫冉 | 卷五 | 秋日东郊、同温丹徒登高万岁楼 | 2 |
| 严维 | 卷五 | 送薛居士和州读书 | 1 |
| 李嘉祐 | 卷五 | 苏台至望亭驿人家尽空怅然有作寄从弟纾、早秋京口赠张侍御、与从弟兵曹宴集、暮春宜阳郡斋愁坐忽闻枉刘七侍御诗因以酬答 | 4 |
| 刘长卿 | 卷五 | 献南平王、送陆澧仓曹西上、谪官后卧病官舍蓟贺兰侍御、送皇甫曾赴工部、别严士元、三月李明府后庭泛舟、赋得、送梆使君赴袁州、送李录事兄归襄阳、送马秀才落茅归江南、次安陆寄友人、青黪口送人归岳州、自夏口至鹦鹉洲夕望岳阳寄源中丞、登余干(县)城、过贾谊宅 | 15 |
| 卢纶 | 卷五 | 长安春望、长安秋夜即事、晚次鄂州、酬李端野寺病居寄、酬畅当寻嵩岳麻道士、早春归盩屋旧居寄耿沣 | 6 |
| 韩翃 | 卷五 | 同题仙防观、送长沙李少府入蜀、送客归江洲 | 3 |
| 耿沣 | 卷五 | 送友人游江南 | 1 |
| 钱起 | 卷五 | 和李员外扈驾幸温泉宫、赠阙下裴舍人、山中酬补阙见过、幽居春暮书怀 | 4 |
| 郎士元 | 卷五 | 寄韦司直、赠王季友秋夜宿露台见寄 | 2 |
| 司空曙 | 卷五 | 酬张芬赦后见寄、酬李端见赠、南原望汉宫 | 3 |

| 作者 | 卷数 | 篇目 | 篇数 |
|------|------|------|------|
| 李端 | 卷五 | 夜投丰德寺谒海上人（佟培基考证为卢纶作）、宿淮浦寄司空曙 | 2 |

《唐音正音》选唐人七律28人104首,其中初盛唐26首,中晚唐78首。李杜韩三家不收。入选前十位的分别是:刘长卿15首,李商隐10首,许浑10首,王维9首,卢纶6首,张籍6首,岑参5首,李颀4首,钱起4首,李嘉祐4首。前十位中有4位是大历诗人:刘长卿、卢纶、钱起、李嘉祐。其中刘长卿以15首远多于10首的李商隐。再看其他选集七律选录数量前十名排名:1.方回《瀛奎律髓》选唐人七律共65人,535首,入选最多的前十位:杜甫67首,白居易67首,韩偓30首,刘禹锡28首,李商隐17首,吴融14首,罗隐13首,张籍12首,柳宗元8首,贾岛8首,许浑8首。无一人是大历诗人。2.元好问《唐诗鼓吹》选唐人七律96人,共597首,入选最多的前十位:谭用之(本五代末人,误收于此)38首,陆龟蒙35首,李商隐34首,杜牧32首,许浑31首,皮日休23首,胡宿(本宋人,误收于此)23首,薛蓬22首,韩偓19首,韦庄19首。无一人是大历诗人。由此可知,《唐音正音》对大历诗人的关注度是最高的,尤其是刘长卿的15首位居第一,这是值得思考的。刘长卿位于中唐,但一直不受选家重视,如《唐诗鼓吹》选大历皇甫冉7首,卢纶、李嘉祐各5首,郎士元3首,而刘长卿只1首,数量处于下游。看一下历代对刘长卿的相关评论,"能以苍秀接盛唐之绪"①,"婉清切,尽羁

---

① 郭绍虞:《清诗话续编》,贺贻孙:《诗筏》,上海:上海古籍出版社,1983年版,第185页。

人怨士之思，盖其情险固然"①。刘长卿初仅以五言诗闻名，曾自诩为"五言长城"。对刘长卿五绝、五律的评价一向较高，吴乔说他"五律胜于钱起，……皆言外有远神"②。牟原相曾曰："刘文房五言长律，博厚深醇，不减少陵。"③刘长卿七律有 58 首，居大历诗人之冠，比钱起、卢纶各多出约 10 首，约是皇甫冉、李嘉祐的 2 倍。但《极玄集》《又玄集》《唐诗鼓吹》仅录他七律各一首。而《唐音正音》却录 15 首，为该书七律之首，远超王维、李商隐等。难怪后来乔亿《剑溪说诗》："随州五言长城，七律亦最佳。"④

顾璘，字华玉，上元人，弘治丙辰进士。璘少负才名，对《唐音正音》的七律几乎每首皆评。

顾璘批点七律（批点超过五首）数量情况列表如下：

| 唐音所选诗人 | 所选诗人诗歌数量 | 顾璘批点诗歌数量 |
| --- | --- | --- |
| 刘长卿 | 15 | 14 |
| 王维 | 9 | 8 |

---

①　丁福保：《历代诗话续编》，李东阳：《麓堂诗话》，北京：中华书局，1983 年版，第 1379 页。

②　郭绍虞：《清诗话续编》，吴乔：《围炉诗话》，上海：上海古籍出版社，1983 年版，第 541 页。

③　郭绍虞：《清诗话续编》，《小瀼草堂杂论诗》，上海：上海古籍出版社，1983 年版，第 919 页。

④　郭绍虞：《清诗话续编》，乔亿：《剑溪说诗》，上海：上海古籍出版社，1983 年版，第 1094 页。

| 唐音所选诗人 | 所选诗人诗歌数量 | 顾璘批点诗歌数量 |
|---|---|---|
| 李商隐 | 10 | 8 |
| 许浑 | 10 | 8 |
| 岑参 | 5 | 5 |

批点数量刘长卿居第一,《唐音正音》对大历诗人七律的重视与肯定是很明显的。杨士弘以"音"定诗,大历诗作客观反映了当时动乱年代的社会生活和中下层文人的期望和挣扎,真实的感情较多抒发,少矫揉造作,少为情为文。其间多酬唱送别之作,符合杨士弘的选诗倾向。

## (三)高棅《唐诗品汇》

高棅的《唐诗品汇》编成于明洪武二十六年(1393),九十卷,共选作者620人,诗5769首。《唐诗品汇》在明代唐诗学发展历史上占据着举足轻重的地位,在整个中国古代诗学批评史的发展流程中是不容忽视的重要环节。

《文渊阁四库全书》介绍曰:

> 棅有《啸台集》,已著录。宋之末年"江西"一派与"四灵"一派,并合而为"江湖派"。猥杂细碎,如出一辙,诗以大弊。元人欲以新艳奇丽矫之,迨其末流,飞卿、长吉一派,与卢仝、马异、刘义一派并合而为纤体,妖冶俳诡,如出一辙,诗又大弊。百馀年中,能自拔於风气外者,落落数十人耳。明初闽人林鸿,始以规仿盛唐立论,而棅实左右之,是集其职志也。所录凡六百二十家,得诗五千七百六十九首。分体编次,为五言

古诗二十四卷，七言古诗十三卷，长短句附焉；五言绝句八卷，六言附焉；七言绝句十卷，五言律诗十五卷，五言排律十一卷，七言律诗九卷，排律附焉。始於洪武甲子，成於癸酉；至戊寅，又搜补作者六十一人，诗九百五十四首，为《拾遗》十卷附於后。考《玉台新咏》有古绝句四首，棪以绝句居律诗前，盖有所考。至排律之名，古所未有。杨仲宏撰《唐音》，始别为一目。棪祖其说，遂至今沿用。二冯批点《才调集》，以堆砌板滞，杂乱无章之病归咎於"排"之一字，诋棪为作俑。然诗家不善隶事，即二韵、四韵，未尝不堆砌板滞，杂乱无章。是亦不必尽以"排"字为误矣。诸体之中，各分正始、正宗、大家、名家、羽翼、接武、正变、馀响、旁流九格，其凡例谓：大略以初唐为正始，盛唐为正宗，为大家，为名家，为羽翼；中唐为接武；晚唐为正变，为馀响；方外异人等诗为旁流。间有一二成家，特立自异者，则不以世次拘之。如以陈子昂与李白列在正宗；刘长卿、钱起、韦应物、柳宗元与高适、岑参同在名家是也。其分初、盛、中、晚，盖宋严羽已有是说，二冯尝以刘长卿亦盛亦中之类，力攻其谬。然限断之例，亦论大概耳。寒温相代，必有半冬半春之一日，遂可谓四时无别哉？《明史·文苑传》谓，终明之世，馆阁以此书为宗。厥后李梦阳、何景明等摹拟盛唐，名为崛起，其胚胎实兆於此。平心而论，唐音之流为肤廓者，此书实启其弊；唐音之不绝於后世者，亦此书实衍其传。功过并存，不能互掩，后来过毁过誉，皆门户之见，非公论也。至於章怀太子《黄台瓜词》，沈佺期《古意》之类，或点窜旧文；康宝月、刘

令娴之类，或泛收六代。杜常、胡宿之类，或误采宋人。小小
瑕疵，尤所未免；卷帙既富，核检为难，第观其大体可矣。①

高棅把唐诗分为正始、正宗、大家、名家、羽翼、接武、正变、馀响、旁
流九格是一大创造，虽说界限有点疏隔，但大致能行的，为后来研究唐
诗提供了学术依据，贡献是很大的。另把大历的刘长卿、钱起列为名
家，也是对大历诗人的充分肯定。

高棅在编选《唐诗品汇》时也批评了前代的几家诗选，如："《英华》
以类见拘，《乐府》为题所界，是皆略于盛唐而详于晚唐；如《朝英》《国
秀》《箧中》《丹阳》《英灵》《间气》《极玄》《又玄》《诗府》《诗统》《三体》《众
妙》等集，立意造论各该一端。"②接着就批评"得唐人之三尺"的《唐音》：
"李、杜大家不录，岑、刘古调微存，张籍、王建、许浑、李商隐诸律载诸
《正音》，渤海高适、江宁王昌龄五言稍见《遗响》，每一批读，未尝不叹息
于斯。"③《唐诗品汇·总叙》中论中唐诗人："大历、贞元中，则有韦苏州
之雅淡，刘随州之闲旷，钱郎之清瞻，皇甫之冲秀，秦公绪之山林，李从
一之台阁。"④高棅认为大历、贞元间，虽"篇什讽咏不减盛时，然而近体
颇繁，古声渐远"⑤。

《唐诗品汇》七律收录部分情况如下：

---

① 高棅：《唐诗品汇》，影印文渊阁《四库全书》本。
② 高棅：《唐诗品汇·总叙》，影印文渊阁《四库全书》本。
③ 高棅：《唐诗品汇·总叙》，影印文渊阁《四库全书》本。
④ 高棅：《唐诗品汇·总叙》，影印文渊阁《四库全书》本。
⑤ 高棅：《唐诗品汇·总叙》，影印文渊阁《四库全书》本。

| 正始 | 正宗 | 大家 | 羽翼 | 接武 |
|---|---|---|---|---|
| 杜审言、沈佺期、宋之问、苏瑰、韦元旦、宗楚客、卢藏用、李峤、赵彦昭、李适、刘宪、岑羲、徐彦伯、马怀素、郑愔、苏颋、张说、贾曾、武平一、李邕、蔡希周、张九龄、孙逖 | 崔颢、李白、贾至、王维、李憕、李颀、祖咏、崔曙、孟浩然、万楚、张谓、高适、岑参、王昌龄 | 杜甫 | 钱起、刘长卿 | 韦应物、皇甫冉、皇甫会、李嘉祐、刘方平、郎士元、韩翃、卢纶、司空曙、李端、秦系、窦叔向、张志和、严维、崔峒、耿湋、张继、张南史、于鹄、李益、朱湾、权德舆、戴叔伦、张濯、杨巨源、武元衡、刘禹锡、柳宗元、韩愈、陈羽、张籍、王建、白居易、元稹、殷尧藩、贾岛、姚和、王初、李绅、周贺 |

　　大历刘长卿、钱起为七律羽翼，其余大历、贞元为接武。高棅论七律道曰："中唐来作者渐多，如韦应物、皇甫伯仲，以及乎大历才子诸人，相与接迹而起者，篇什虽盛，而气或不逮。贞元后李益、权德舆、杨巨源、戴叔伦、刘禹锡之流，宪章祖述。再盛于元和间，尚可以继盛时诸家。贾岛、姚合后出，格力犹有一二可取。今分为二卷，以韦应物、皇甫伯仲与乎大历诸贤，凡十九人，共诗七十三首为上卷；又自李益而下，以尽乎元和诸人，得二十一人，共诗五十九首为下卷。"①高棅在此段论述中认为大历诸子七律虽渐多，但气不够。何为"气"，不过是盛唐雄浑气象。大历诸子不存，这也是事实，但历史是演进的，辉煌的盛唐一去不复返了，对文学的影响终究要表现出来。社会萧条、民众流离，文学还沉浸在华丽宏伟中，那是昙花一现的，终究要走到气抑歌沉上来，这恰恰反映了大历诸子的现实性。至于艺术，那是多面化的一面。

---

　　①　高棅：《唐诗品汇·叙目·七律》，影印文渊阁《四库全书》本。

《唐诗品汇》收录大历、贞元部分七律列表如下：

| 作者 | 篇名 | 数量 |
|---|---|---|
| 钱起 | 和李员外扈驾幸温泉宫、赠阙下裴舍人、汉武出猎、和王员外雪晴早朝、宴曹王宅、登刘宾客高斋、乐游原晴望上中书李侍郎、长信怨、送张员外出牧岳州、送裴頔侍御使蜀、送李评事赴潭州使幕、送兴平王少府游梁、送严维尉河南、送韦信爱子归觐、赠张南史、山中酬杨补阙见过、七盘岭阻寇闻李端公先到南楚、夜宿灵台寺寄郎士元、题嵩阳焦道士石壁 | 19 |
| 刘长卿 | 上阳宫望幸、（长沙）过贾谊宅、登余干古（县）城、献怀宁军节度使李相公、送李将军迎故使中丞旅梓赴京（送开府侄随故李使君旅梓却赴上都）、使次安陆寄友人、自夏口至鹦鹉洲夕望岳阳寄源中丞、江州重别薛六柳八二员外、（赠）别严士元、送耿拾遗归上都、送常十九归嵩少故林、送陆澧仓曹西上、送柳使君赴袁州、青溪口送人归岳州、送马秀才落第归江南、送李录事兄归襄阳（邓）、送皇甫曾赴上都、送惠法师游天台因怀智大师故居、送灵澈上人还越中、将赴岭外留题萧寺远公院、题灵裕和尚故居 | 21 |
| 韦应物 | 燕李录事、自巩洛舟行入黄河即事，寄府县僚友、寄李儋元锡 | 3 |
| 皇甫冉 | 同温丹徒登万岁楼、宿淮阴南楼酬常伯能、秋日东郊作、三月三日义兴李明府后亭泛舟、送李录事赴饶州、送钱唐路少府赴制举、酬李补阙、使往寿州淮路寄刘长卿、秋夜有怀高三十五兼呈空和尚（佟培基考证为刘长卿作） | 9 |
| 李嘉祐 | 同皇甫冉登重玄阁、宋州东登望题武陵驿、早秋京口旅泊赠张侍御（早秋京口旅泊，章侍御寄书相问，因以赠之，时七夕）、自苏台至望亭驿人家尽空春物增思怅然有作因寄从弟纾、暮春宜阳郡斋愁坐、忽枉刘十侍御新诗，因以酬答、送皇甫冉往安宜、送朱中舍游江东、晚发咸阳，寄同院遗补、题游仙阁白公庙 | 9 |
| 郎士元 | 春日燕王起城东别业（春宴王补阙城东别业）、酬王季友题半日村别业兼呈李明府、寄（赠）韦司直、赠钱起秋夜宿灵台寺见寄（题精舍寺）、送粲上人兼寄梁镇员外 | 5 |
| 韩翃 | 同题仙游观、送冷朝阳还上元、送王光辅归青州兼寄储侍郎、送（长史）李少府入蜀、送高别驾归汴州、寄徐州郑使君、送故人赴江陵寻庾牧 | 7 |

续　表

| 作者 | 篇名 | 数量 |
|------|------|------|
| 卢纶 | 长安春望、晚次鄂州、至德中途中书事却寄李僴、酬畅当寻嵩岳麻道士见寄、酬李端公野寺病居见寄 | 5 |
| 司空曙 | 长安晓望寄程补阙、南原望汉宫、秋日趋府上张大夫、酬李端校书见赠、题睄上人院、赠衡岳隐禅师、送王尊师归湖州 | 7 |
| 李端 | 宿淮浦忆司空文明、送濮阳录事赴忠州、夜投丰德死谒液上人（佟培基考证为卢纶作） | 3 |
| 秦系 | 题茅山李尊师山居、献薛仆射 | 2 |
| 崔峒 | 赠同官李明府（一作题桐庐李明府官舍）、送韦八少府判官归东京 | 2 |
| 耿湋 | 塞上曲、上裴行军中丞、送友人归南海（送友人游江南）、书情寄上苏州韦使君兼呈吴县李明府、赠窦十九（时公车待诏长安） | 5 |
| 于鹄 | 醉后寄山中友人、送宫人入道归山 | 2 |
| 李益 | 送贾校书东归寄振上人、盐州过胡儿饮马泉、鹳雀楼（或作同崔邠登鹳雀楼） | 3 |
| 权德舆 | 和司门殷员外早秋省中书直夜、寄荆南卫象端公、送张阁老中丞持节册吊回鹘、田家即事、待漏假寐梦归江东旧居 | 4 |
| 戴叔伦 | 赠司空拾遗、越溪村居、赠韩道士 | 3 |
| 总计 | | 40 |

　　列为"羽翼"的钱起、刘长卿在卷八十五，其余在卷八十六、卷八十七。刘长卿最多为 21 首，其次钱起 19 首，对比列为"大家"的杜甫 37 首，列为正始的崔颢 4 首，李白 6 首，钱起、刘长卿收录的数量也是惊人的。当然一方面钱起、刘长卿本身创作数量很多了，刘长卿创作七律 58 首，收录 21 首，占 36.2%；钱起创作 45 首，收录 19 首，占 42.2%；杜甫创作 151 首，收录 37 首，占 24.5%，钱起、刘长卿在七律收录比上远超

杜甫,这是值得深思的。这是高棅宗盛唐的宗旨的表现,崔颢创作 7 首,收录 4 首,李白几乎全收,这和高棅的唐诗观是一致的。

皇甫冉、李嘉祐收录各 9 首。

## (四)金圣叹《贯华堂选批唐才子诗》

金圣叹(1608—1661),名采,字若采。一说原姓张。明亡后改名人瑞,字圣叹。明末清初苏州吴县人,著名的文学家、文学批评家。《贯华堂选批唐才子诗》是其成就之一。《贯华堂选批唐才子诗》共选批由唐初至唐末 145 位诗人的 595 首七律。金圣叹在序中提到编写这部选批本最初动因:"顺治十七年(1660 年)春二月八之日,儿子雍强欲予粗说唐诗七言律体。予不能辞,既受其请矣。至夏四月望之日前后,通计所说过诗,可得满六百首。"①随后在序中阐述了自己的文学思想以及七言诗的发展演化过程:

> 吾尝闲访乎翰墨之林,固亦窃骇于龙鸾之多也。然而王迹歇矣,风人不存,即有荣华,何关制作。惜乎停云妙笔,尚嗟其狂狷不及受裁也已,岂况玉树新声,乃欲与风雅居然接轸者也。天不丧文,聿挺大唐,圻斧乍息,人文随变,圣情则入乎风云,天鉴则比乎日月,帝心则周乎神变,王度则合乎规矩。于是乘去圣之未远,依名山之多才,酌六经之至中,制一代之妙

---

① 金圣叹选评,曹方人、周锡山标点:《金圣叹全集(四)贯华堂选批唐才子诗等六种》,南京:江苏古籍出版社,1985 年版,第 32 页。

格。选言则或五或七，开体则起承转收。选言或五或七者，少于五，则忧其促，多于七，则悲其曼也。开体起承转收者，先欲其如威凤之树耀，继欲其如祥麟之无迹也。当其时也，上自殿廷，下行郡县，内连宫闼，外涉关河，以至山阿蕙帐之中，破院芋炉之侧，沧江蓬舟之上，怨女锦机之前，固无不波遭风而尽靡，山出云而成雨矣。夫诗之为言诎也，谓言之所之也；诗之为物志也，谓心之所之也。心之所之必于无邪，此孔子之法也。心之所之必于无邪，而言之所之不必其皆无邪，此则郑卫不能全删，为孔子之戚也。今也，一敬遵于孔子之法，又乘之以一日之权，而使心之所之必于无邪，言之所之亦必于无邪。然则唐之律诗，其真为三百之所未尝有也。夫圣者，天之所命以斟酌群言也；王者，天之所命以总一众动也。圣人之事，王者必不能代；王者之事，圣人必不敢尸。然而孔子之时，世无王者，则孔子固于斟酌群言之暇，亦既总一众动矣。如哀周东迁，而奋作《春秋》，是也。大唐之时，世无孔子，则大唐固于总一众而王迹歇矣，风人不存，即有荣华，何关制作。惜乎停云妙笔，尚嗟其狂狷不及受裁也已，岂况玉树新声，乃欲与风雅居然接辔者也。天不丧文，聿挺大唐，斧乍息，人文随变，圣情则入乎风云，天鉴则比乎日月，帝心则周乎神变，王度则合乎规矩。于是乘去圣之未远，依名山之多才，酌六经之至中，制一代之妙格。选言则或五或七，开体则起承转收。选言或五或七者，少于五，则忧其促，多于七，则悲其曼也。开体起承转收者，先欲其如威凤之树耀，继欲其如祥麟之无迹也。当其时也,上自殿廷,下行郡县,内连宫阃,外涉关河,以至山阿蕙帐之中,破院芋炉之侧,沧江蓬舟之上,怨女锦机之前,固无不波遭风而尽靡,山出云而成雨矣。大唐之时,世无孔子,则大唐固于总一众动之便,亦遂斟酌群言矣,如惩隋浮艳,而特造律体,是也。

　　故夫唐之律诗,非独一时之佳构也,是固千圣之绝唱也,吐言尽意之金科也,观文成化之玉牒也。其必欲至于八句也,甚欲其纲领之昭畅也;其不得过于八句也,预坊其芜秽之填厕也。其四句之前开也,情之自然成文,一二如献岁发春,而三四如孟夏滔滔也。其四句之后合也,文之终依于情,五六如凉秋转杓,而七八如玄冬肃肃也。故后之人如欲豫悦以舒气,此可以当歌矣;如欲怆怏以疏悲,此可以当书矣;如欲婉曲以陈谏,此可以当讽矣;如欲揄扬以致美,此可以当颂矣;如欲辨雕以写物,此可以当赋矣;如欲折衷以谈道,此可以当经矣。何也? 三百犹先为诗而后就删,唐律乃先就删而后为诗者也。[1]


　　金圣叹认为七言是天造地设,更有利于细致婉转地表达情感,而律体能清除浮艳,有利于表达当时大唐的气魄。在序中提出了"分解法",即将每首律诗八句平均分为前后二解,指出它们起承转合的固定范式,并加以评论。

---

① 金圣叹选评,曹方人、周锡山标点:《金圣叹全集(四)贯华堂选批唐才子诗等六种》,南京:江苏古籍出版社,1985 年版,第 33—34 页。

　　陈伯海先生认为："清人评点之学首推金圣叹的《贯华堂选批唐才子诗》和《唱经堂杜诗解》,他以分解法解说唐人七律,尽管带有'起承转合'的八股套式,却是第一个试图从规律性着眼来总结诗歌法式的,可说是把传统的直觉式评点提升到了理论的高度。"①《贯华堂选批唐才子诗》选诗数量,初盛唐 100 首,中唐 191 首,晚唐 304 首,晚唐数量超过二分之一,说明金圣叹格外关注晚唐,同时也是因为晚唐七律产生新变,创作数量大增,远远多于盛唐。

　　选诗最多的前十位唐代诗人分别为:许浑 33 首、李商隐 29 首、王建 21 首、温庭筠 20 首、刘长卿 17 首、杨巨源 16 首、韦庄 16 首、杜牧 15 首、赵瑕 15 首、刘沧 15 首。大历诗人只有刘长卿一人进入前十。

　　《贯华堂选批唐才子诗》选批大历诗人七律情况列表:

| 序号 | 作者 | 卷数 | 篇目 | 篇数 |
|---|---|---|---|---|
| 1 | 刘长卿 | 卷二 | 汉阳献李相公、献怀宁军节度使李相公、(赠)别严士元、登余干古(县)城、将赴岭外留题萧寺远公院、使次安陆寄友人、送耿拾遗归上都、送陆澧仓曹西上、自夏口至鹦鹉洲夕望岳阳寄源中丞、江州重别薛六柳八二员外、送柳使君赴袁州、题灵裕和尚故居、登松江驿楼北望故园、送灵澈上人还越中、过贾谊故居(长沙过贾谊宅)、北归入至德州界偶逢洛阳邻家李光宰、赋得(一作皇甫冉诗,题作〈春思〉) | 17 |
| 2 | 钱起 | 卷三 | 幽居春暮书怀、赠阙下裴舍人、山中酬杨补阙见过、夜宿灵台寺寄郎士元 | 4 |
| 3 | 秦系 | 卷三 | 献薛仆射、题章野人山居 | 2 |

---

①　陈伯海:《唐诗学引论》,上海:知识出版社,1988 年版,第 204—205 页。

| 序号 | 作者 | 卷数 | 篇目 | 篇数 |
|---|---|---|---|---|
| 4 | 李嘉祐 | 卷三 | 题游仙阁息(白)公庙、题灵台县东山村主人、早秋京口旅泊赠张侍御(早秋京口旅泊,章侍御寄书相问,因以赠之,时七夕)、自苏台至望亭驿人家尽空春物增思怅然有作因寄从弟纾、送朱中舍游江东、暮春宜阳郡斋愁坐、忽枉刘七侍御新诗,因以酬答 | 6 |
| 5 | 韩翃 | 卷三 | (同)题仙游观、送王少府归杭州、送(长史)李少府入蜀、送冷朝阳还上元、送高别驾归汴州、送故人赴江陵寻庾牧、送客归江州 | 7 |
| 6 | 皇甫冉 | 卷三 | 同温丹徒登万岁楼、宿淮阴南楼酬常伯能、使往寿州淮路寄刘长卿、秋日东郊作、酬李补阙、酬张二仓曹扬子所居见寄兼呈韩郎中、送孔巢父赴河南军 | 7 |
| 7 | 韦应物 | 卷三 | 宴李录事、自巩洛舟行入黄河即事寄府县僚友、寓居澧(沣)上精舍寄于张二舍人、寄李儋元锡 | 4 |
| 8 | 郎士元 | 卷五 | 春宴王补阙城东别业、酬王季友题半日村别业兼呈李明府、赠钱起秋夜宿灵台寺见寄(题精舍寺)、盖少府新除江南尉问风俗 | 4 |
| 9 | 卢纶 | 卷五 | 长安春望、晚次鄂州、早春归盩厔旧居却寄耿拾遗沣李校书端 | 3 |
| 10 | 耿沣 | 卷五 | 上裴行军中丞 | 1 |
| 11 | 司空曙 | 卷五 | 南原望汉宫、酬李端校书见赠、题陕上人院、寄胡居士、九日登高(一般认为严维作) | 5 |
| 12 | 李益 | 卷五 | 送贾校书东归寄振上人、同崔邠登鹳雀楼 | 2 |
| 13 | 崔峒 | 卷五 | 寄上韦苏州兼呈吴县李明府 | 1 |
| 14 | 李端 | 卷五 | 宿淮浦忆司空文明、送濮阳录事赴忠州 | 2 |
| 15 | 窦常 | 卷五 | 寒食途次松滋渡先寄刘员外 | 1 |
| 16 | 于鹄 | 卷五 | 送宫人入道 | 1 |

| 序号 | 作者 | 卷数 | 篇目 | 篇数 |
|---|---|---|---|---|
| 17 | 戴叔伦 | 卷五 | 和汴州李相公勉人日立(喜)春、赠司空拾遗、过故人陈羽山居、酬(盖屋)耿少府沨见寄、过贾谊旧居 | 5 |
| 18 | 武元衡 | 卷五 | 崔敷叹春物将谢恨不同览时余方为事牵束……不遇题之留赠、秋夕对雨寄崔积、(酬)严司空荆南见寄、春题龙门香山寺 | 4 |
| 19 | 权德舆 | 卷五 | 田家即事、待漏假寐梦归江东旧居、送李居士弋阳山居 | 3 |
| 总计 | | | | 79 |

以上可知,刘长卿选批数量在大历诗人中最多,在选集中是排名第一的许浑33首的约一半,其次是皇甫冉、韩翃各7首,总计72首(暂除去武元衡、权德舆7首),约占选集总数595首的十分之一略多。从选批的篇目看,送别酬和的居多,以刘长卿17首为例,送别酬和的篇目有10首,即《汉阳献李相公》《献怀宁军节度使李相公》《(赠)别严士元》《使次安陆寄友人》《送耿拾遗归上都》《送陆澧仓曹西上》《自夏口至鹦鹉洲夕望岳阳寄源中丞》《江州重别薛六柳八二员外》《送柳使君赴袁州》《送灵澈上人还越中》,约占总数的60%。再看选批7首的皇甫冉篇目,有5首是关于送别酬和的,即《宿淮阴南楼酬常伯能》《使往寿州淮路寄刘长卿》《酬李补阙》《酬张二仓曹扬子所居见寄兼呈韩郎中》《送孔巢父赴河南军》,约占总数的70%,所以大历诗人这类题材的创作居于优势地位。对比其他时段诗人就知道这种差别很明显。选批韦庄16首,送别酬和的有4首:《奉和左司郎中春物暗度感而成章》《鄜州留别张员外》《江皋赠别》《婺州屏居蒙右省王拾遗车枉降访病中延候不得因成寄

谢》。其余 12 首以写景、怀古为主:《雪夜泛舟游兰溪》《柳谷道中作却寄》《忆昔》《天井关》《天上题所居》《鹧鸪》《鄠杜旧居》《庭前桃》《悼亡姬》《霸陵道中》《咸阳怀古》《题盘豆驿水馆后轩》。韦庄的送别酬和占总数的 25%,其他非大历诗人的送别酬和之作所占百分比也不高。

## (五)沈德潜《唐诗别裁集》

沈德潜(1673—1769),字确士,号归愚,江南长洲(今江苏苏州)人。《唐诗别裁集》最初由他和陈培脉二人共同编选。全书共 10 卷,选诗 1600 多首,后由陈培脉带到广南去镌刻。在沈德潜 91 岁时,重修《唐诗别裁集》,增入了初唐四杰诗,白居易的讽喻诗,张籍、王建的乐府诗,李贺诗等,并且为诗人各立小传,详明评释。重订本共 20 卷,收诗人 278 位,辑录唐及五代各个时期不同体裁的诗歌共 1940 篇。

沈德潜在《唐诗别裁集·凡例》中言:"唐人选唐诗,多不及李、杜。蜀韦縠《才调集》收李不收杜,宋姚铉《唐文粹》只收老杜《莫相疑行》《花卿歌》等十篇,真不可解也。元杨伯谦《唐音》,群推善本,亦不收李、杜。明高廷礼《正声》,收李、杜浸广,而未极其盛。是集以李、杜为宗,玄圃夜光,五湖原泉,汇集卷内,别于诸家选本。"①沈德潜宗盛唐,高扬李杜,在这种背景下,大历诗人作为中唐前期自然处于次要地位。但是从录入总数看,刘长卿、钱起的录入总数较多,刘长卿各体总数 54 首,钱起各体录入 30 首。共选录大历十才子诗歌 82 首,其中钱起 30 首,卢纶

---

① 沈德潜选编,刘福元等点校:《唐诗别裁集》,石家庄:河北人民出版社,1997 年版,凡例第 1 页。

15首,韩翃、司空曙12首,李端9首,耿湋3首,崔峒1首,吉中孚、苗发和夏侯审则没有选录。表明沈德潜对大历诗人也给予足够重视,也是实践他"五湖原泉"的宗旨。

《唐诗别裁集》收录大历诗人七律如下:

| 作者 | 篇目 | 篇数 |
|---|---|---|
| 刘长卿 | 长沙过贾谊宅、登余干古(县)城、献怀宁军节度使李相公、赠别严士元、自夏口至鹦鹉洲夕望岳阳寄源中丞、观校猎上淮西相公、送柳使君赴袁州、使次安陆寄友人、送耿拾遗归上都、送陆沣仓曹西上、题灵祐和尚故居 | 11 |
| 钱起 | 和李员外扈驾幸温泉宫、赠阙下裴舍人、汉武出猎、和王员外雪晴早朝、山中酬杨补阙见访 | 5 |
| 韦应物 | 自巩洛舟行入黄河即事,寄府县僚友、寄李儋元锡 | 2 |
| 皇甫冉 | 同温丹徒登万岁楼、三月三日义兴李明府后亭泛舟、送李录事赴饶州、春思 | 4 |
| 李嘉祐 | 暮春宜阳郡斋愁坐,忽枉刘七侍御诗,因以酬答、自苏台至望亭驿,人家尽空,春物增思,怅然有作,因寄从弟纾 | 2 |
| 郎士元 | 赠钱起秋夜宿灵台寺见寄 | 1 |
| 韩翃 | 同题仙游观、送刘评事赴广州使幕、送冷朝阳还上元、送王光辅归青州,兼寄储侍御 | 4 |
| 秦系 | 题茅山李尊师山居 | 1 |
| 卢纶 | 长安春望、至德中途中书事,却寄李侗、夜投丰德寺谒浤上人、晚次鄂州、酬畅当寻嵩岳麻道士见寄 | 5 |
| 戴叔伦 | 宫词 | 1 |
| 司空曙 | 长安晓望寄程补阙、酬李端校书见赠、酬张芬赦后见赠 | 3 |
| 李端 | 宿淮浦忆司空文明、闲园即事,赠考功王员外 | 2 |
| 耿湋 | 上裴行军中丞 | 1 |
| 李益 | 送贾校书东归、寄振上人、盐州过胡儿饮马泉 | 2 |
| 窦常 | 之任武陵、寒食日途次松滋渡,先寄刘员外禹锡 | 1 |

| 作者 | 篇目 | 篇数 |
|---|---|---|
| 武元衡 | 送张六谏议归朝、酬严司空荆南见寄 | 2 |
| 崔峒 | 赠同官李明府 | 1 |
| 总计 | | 48 |

刘长卿以 11 首排第一，而且远远高于第二名钱起、卢纶的 5 首。对比一下其他时期的收录篇数。

| 排名 | 作者 | 篇数 |
|---|---|---|
| 1 | 杜甫 | 57 |
| 2 | 李商隐 | 20 |
| 3 | 白居易 | 18 |
| 4 | 刘禹锡 | 13 |
| 5 | 王维 | 11 |
| 6 | 李颀 | 7 |
| 7 | 岑参 | 6 |
| 8 | 柳宗元 | 5 |

杜甫以 57 首远远高于第二名李商隐的 20 首，杜甫有七律 151 首，收录比重超过三分之一。大历的钱起、卢纶以 5 首和柳宗元齐平，和盛唐的李颀 7 首、岑参 6 首近似，足见大历的七律实力不俗。沈氏评七言律：

> 七言律，平叙易于径直，雕镂失之佻巧，比五言更难。初
> 唐英华乍启，门户未开，不用意而自胜。后此摩诘、东川，春容

大雅，时崔司勋、高散骑、岑补阙诸公，实为同调，而大历十才子及刘宾客、柳柳州，其绍述也。少陵胸次阔阔，议论开辟，一时尽掩诸家，而义山咏史，其余响也。外是曲径旁门，雅非正轨，虽有搜罗，概从其略。①

沈德潜把七律分成两派：以王维、李颀为一派，"春容大雅"，包括崔浩、高适、岑参，亦包括大历十才子、刘禹锡、柳宗元；杜甫为一派，宏阔精深，包括李商隐的咏史诗，其余皆为外围。从以上可以看出，大历十才子（诸家）是王（维）李（颀）一派的重要成员。沈德潜对大历七律评价："七律至随州，工绝亦秀绝矣，然前此浑厚兀鼻之气不存。降而君平茂政，抑又甚焉。风会使然，岂作者莫能自主耶！"②沈氏认为，七律至大历工稳秀丽，工稳指格律渐严而规范，秀丽指艺术特点，写景格局相对狭窄，磅礴之作少矣，时代风气使然。"降而君平茂政"，"君平"指韩翃，"茂政"指皇甫冉，到韩翃、皇甫冉时，清秀之气更甚。然而也不是绝对，盛唐之音在中唐仍丝缕微存，《诗薮》：

中唐起句之妙，有不减盛唐者。如钱起"未央月晓度疏钟，凤辇时巡出九重"，皇甫曾"长安雪后见归鸿，紫禁朝天拜舞同"，司空曙"迢递山河拥帝京，参差宫殿接云平"，皇甫冉

① 沈德潜选编，刘福元等点校：《唐诗别裁集》，石家庄：河北人民出版社，1997 年版，凡例第 2 页。

② 沈德潜选编，刘福元等点校：《唐诗别裁集》，石家庄：河北人民出版社，1997 年版，卷十四第 215 页。

"北人南去雪纷纷,雁叫汀洲不可闻",韩栩"仙台初见五城楼,风物凄凄宿雨收",韩愈"南伐旋师太华东,天书夜到册元功",韩偓"星斗疏明禁漏残,紫泥封后独凭栏",皆气雄调逸,可观。①

文学风格虽然会因社会环境的急剧变化而产生较大变化,但文学的转变也是有自身的规律,有时和社会并非同步,前代的风格会存续很长时间。

---

① 陈伯海主编:《唐诗论评类编》,济南:山东教育出版社,1993年版,第509页。

# 附　录

# 附录一　大历诗人研究参考文献一览

## （一）古代文献

1.唐·孟棨:《本事诗》,中华书局 1983 年版《历代诗话续编》本

2.唐·司空图撰,郭绍虞辑注:《诗品集解》,人民文学出版社 1963 年本

3.唐·元结等:《唐人选唐诗十种》,上海古籍出版社 1958 年本

4.唐·张为:《诗人主客图》,中华书局 1983 年版《历代诗话续编》本

5.后晋·刘昫等:《旧唐书》,中华书局 1975 年本

6.乔亿选编,雷恩海笺注:《大历诗略笺释辑评》,天津古籍出版社 2008 年本

7.唐·刘长卿撰,储仲君笺注:《刘长卿诗编年笺注》,中华书局 1996 年本

8.范之麟:《李益诗注》,上海古籍出版社 1984 年本

9.陈尚君:《全唐诗补编》,中华书局 1992 年本

10.唐·韦应物撰,孙望校笺:《韦应物诗集系年校笺》,中华书局 2002 年本

11.唐·卢纶著,刘初棠校注:《卢纶诗集校注》,上海古籍出版社1989年本

12.宋·欧阳修等:《新唐书》,中华书局1975年本

13.宋·司马光:《资治通鉴》,中华书局1956年本

14.元·辛文房撰,傅璇琮校笺:《唐才子传校笺》,中华书局2002年本

15.元·方回选评,李庆甲集评校点:《瀛奎律髓汇评》,上海古籍出版社1986年本

16.宋·计有功:《唐诗纪事》,上海古籍出版社1987年本

17.宋·欧阳修:《六一诗话》,中华书局1981年版《历代诗话》本

18.宋·严羽:《沧浪诗话》,人民文学出版社2005年本

19.宋·陈师道:《后山诗话》,中华书局1981年版《历代诗话》本

20 元·元好问:《唐诗鼓吹》,文渊阁《四库全书》本,上海古籍出版社2003年本

21.明·高棅:《唐诗品汇》,上海古籍出版社1982年本

22.明·胡震亨:《唐音癸签》,上海古籍出版社1981年本

23.明·胡应麟:《诗薮》,中华书局1958年本

24.明·谢榛:《四溟诗话》,人民文学出版社1961年本

25.明·许学夷著,杜维沫校点:《诗源辩体》,人民文学出版社2001年本

26.清·方东树:《昭昧詹言》,人民文学出版社1961年本

27.清·彭定求等编:《全唐诗》,中州古籍出版社1996年本

28.清·何文焕:《历代诗话》,中华书局1981年本

29.清·沈德潜选编,刘福元等点校:《唐诗别裁集》,河北人民出版社 1997 年本

30.清·金雍集:《金圣叹选批唐诗六百首》,北京出版社 1989 年本

31.金圣叹选评,曹方人等标点:《金圣叹全集(四)贯华堂选批唐才子诗等六种》,江苏古籍出版社 1985 年本

32.清·刘熙载撰:《艺概》,上海古籍出版社 1978 年本

33.丁福保:《历代诗话续编》,中华书局 1983 年本

34.郭绍虞:《清诗话续编》,上海古籍出版社 1983 年本

## (二)现代文献

第一类:著作

1.陈伯海:《唐诗汇评》,浙江教育出版社 1995 年本

2.陈伯海:《唐诗学引论》,知识出版社 1988 年本

3.陈伯海:《唐诗论评类编》,山东教育出版社 1993 年本

4.蒋寅:《大历诗风》,上海古籍出版社 1992 年本

5.蒋寅:《大历诗人研究》,中华书局 1995 年本

6.佟培基:《全唐诗重出误收考》,陕西人民教育出版社 1996 年本

7.孙琴安:《唐七律诗精评》,上海社会科学院出版社 1989 年本

8.傅璇琮:《唐代诗人丛考》,中华书局 1980 年本

9.余恕诚:《唐诗风貌》,中华书局 2010 年本

10.郭绍虞、王文生:《中国历代文论选》,上海古籍出版社 2001 年本

11.陈尚君:《唐代文学丛考》,中国社会科学出版社 1997 年本

12.李泽厚:《美的历程》,生活·读书·新知三联书店 2009 年本

13.傅璇琮主编:《唐五代文学编年史》,辽海出版社 1998 年本

14.袁行霈:《中国文学史》,高等教育出版社 2005 年本

15.孟二冬:《中唐诗歌之开拓与新变》,北京大学出版社 1998 年本

16.陈植锷:《诗歌意象论》,中国社会科学出版社 1990 年本

17.陈顺智:《刘长卿诗歌透视》,湖北人民出版社 1994 年本

18.钱志熙:《唐诗近体源流》,北京大学出版社 2015 年本

19.张学松等:《大历十才子诗传》,吉林人民出版社 2000 年本

20.李红霞、贾建钢校注:《唐代司空曙、刘言史诗歌注释与研究》,河北教育出版社 2012 年本

21.罗宗强:《隋唐五代文学思想史》,中华书局 1999 年本

22.陈增杰编:《唐人律诗笺注集评》,浙江古籍出版社 2003 年本

第二类:论文

1.刘国瑛:《论大历十才子的创作倾向》,《湖南师范大学社会科学学报》1990 年第 6 期

2.刘国瑛:《论大历十才子诗的影响》,《求索》1988 年第 6 期

3.许总:《从文人心态看大历诗风的基本内涵》,《晋阳学刊》1995 年第 1 期

4.黎文丽:《大历诗歌风格形成原因探析》,《西藏民族学院学报》2007 年第 3 期

5.丁放:《大历十才子诗歌的艺术特征》,《安徽师大学报》1985 年第

3 期

6.储仲君:《试论"大历十才子"的诗作》,《晋阳学刊》1984 年第 4 期

7.张学松:《沉凉哀惋的时代悲歌——大历十才子诗歌思想内容论析》,《中国人民大学学报》1999 年第 4 期

8.陈顺智:《试论大历诗歌的社会心理特征》,《中州学刊》1987 年第 4 期

9.刘国瑛:《大历十才子的审美心理及其对创作的影响》,《湘潭大学学报》1988 年第 1 期

10.彭洁莹、张学松:《大历十才子诗歌意象论》,《郑州大学学报》2005 年第 6 期

11.房日晰:《刘长卿诗的思想评价》,《西南师范学院学报》1983 年第 1 期

12.罗宗强:《论唐大历初至贞元中的文学思想》,《社会科学战线》1983 年第 3 期

13.陈庆惠:《钱起和他的诗》,《浙江师范学院学报》1983 年第 3 期

14.王定璋:《钱起诗歌艺术风格初探》,《南充师范学院学报》1985 年第 4 期

15.王定璋:《钱起部分诗歌系年考证》,《南充师范学院学报》1986 年第 4 期

16.王定璋:《钱起诗歌系年续考》,《文献》1986 年第 4 期

17.王达津:《卢纶、戎昱生平系诗》,《南开学报》1979 年第 4 期

18.孔祥祯:《谈卢仝和他的政治讽刺诗》,《青海师范学院学报》1982 年第 4 期

19.白云奇:《司空曙何以能取胜韦应物和白居易?》,《柳泉》1982 年第 1 期

20.陈庆惠:《大历诗人司空曙的生平及其创作》,《浙江师范学院学报》1984 年第 4 期

21.蒋寅:《论卢纶诗及其对中唐诗坛的影响》,《文学遗产》1993 年第 6 期

22.郭居梅:《耿沛及其诗歌研究》,南京师范大学硕士学位论文,2011 年

23.任南玲:《李益诗歌意象意蕴研究》,新疆师范大学硕士学位论文,2010 年

24.文航生:《司空曙诗歌的艺术意味与表达》,《长春理工大学学报》2011 年第 3 期

25.张帆:《刘长卿诗歌创作特征浅探》,北京语言大学硕士学位论文,2009 年

26.张华:《皇甫冉及其诗歌研究》,南京师范大学硕士学位论文,2012 年

27.赵俊波:《武元衡诗初探》,《乐山师范学院学报》2002 年第 3 期

28.张斌生:《戴叔伦抚州对事及其辨对诗》,《镇江师专学报》1985 年第 4 期

29.蒋寅:《戴叔伦作品考述》,《中华文史论丛》1985 年第 4 期

30.李廷先:《试论刘长卿和韦应物诗歌的思想性》,《扬州师范学院学报》1959 年第 3 期

31.卞孝萱、乔长阜:《刘长卿诗初探》,《社会科学战线》1982 年第

4 期

32.李鼎文:《甘肃唐代诗人李益》,《西北师大学报》1962 年第 1 期

33.吴庚舜:《"大历十才子"无李益》,《社会科学战线》1979 年第 3 期

# 附录二　郎士元籍贯考

　　郎士元,生卒年不详,唐代大历年间著名诗人,彭定求《全唐诗》存诗一卷,共 73 首。诗作天然秀颖,音节流美,意境闲逸,清绝有味,历代对其评价甚高,众多的唐诗选本一般皆有其诗作入选。唐代高仲武《中兴闲气集》收录 12 首,明代高棅《唐诗品汇》收录 44 首,清代沈德潜《唐诗别裁集》收录 7 首。郎士元是否是大历十才子,历史上有争议。宋代计有功在《唐诗纪事》卷三十:"卢纶、钱起、郎士元、司空曙、李端、李益、苗发、皇甫曾、耿沣、李嘉祐,又云吉顼、夏侯审亦是,或云钱起、卢纶、司空曙、皇甫曾、李嘉祐、吉中孚、苗发、郎士元、李益、耿沣、李端。"①认为大历十才子有郎士元。清人王士禛《分甘余话》卷三所列大历十才子中也有郎士元。② 范文澜《中国通史简编》、中国科学院文学研究所《中国文学史》所列大历十才子皆有郎士元。以上说法出发点不同,均有一定道理。大历十才子最早见于唐人姚合《极玄集》:"李端,字正己,赵郡人,大历五年进士。与卢纶、吉中孚、韩翃、钱起、司空曙、苗发、崔峒、耿

　　① 　计有功著,王仲镛校笺:《唐诗纪事校笺》,成都:巴蜀书社,1989 年版,第 813 页。
　　② 　王士禛著,张世林点校:《分甘余话》,北京:中华书局,1989 年版,第 58 页。

沣、夏侯审唱和,号十才子。"①卷上北宋时编纂的《新唐书》卷二〇三《文艺下·卢纶传》所载,人名与《极玄集》同。现在学术界从史料探源的角度,一般以《极玄集》和《新唐书》为是,这样大历十才子不包括郎士元。

笔者有幸在 2015 年修宗谱时得见郎士元的谱系。此谱最早修于南宋庆元元年(1195),然后分别四次续修:元代至正甲申年(1344),明万历乙巳年(1605),清乾隆十九年(1754),清光绪二十六年(1900)。这样从宋代到清末 700 余年间,共修五次,约 140 年修一次。其中宋代最为隆重,聘请了著名的理学家蔡元定赠序,至正、万历、乾隆年间再修时都有进士身份的人作序或赠序,但清末时作序人的身份只是廪生,也显示这个家族在仕林的停歇。

南宋蔡元定《郎氏宗谱序》:"山必祖于昆仑之脉,千峰万岫皆其支也;水必祖于天一之精,千淮万川皆其派也;人必生于有生之源,亿子兆孙皆其胤也。今阅郎氏谱牒以迄于今,统宗衍派,一览百世,兼总无遗孝子慈孙。家藏珍玩,拟诸天球河图,其亦可矣。敬为序。"落款是"庆元元年孟春月吉旦,西山蔡元定题"。庆元元年,是公元 1195 年。蔡元定(1135—1198),字季通,学者称西山先生,建宁府建阳县(今属福建)人,南宋著名理学家、律学家、堪舆学家,朱熹理学的主要创建者之一。

吴仕奎在元至正甲申年(1344)郎氏续谱时作序。据《新安名族志》记载,吴仕奎是皖南休宁石岭人,后卷吴记载:"至正元年进士,累官云南楚雄定远县尹。"②吴仕奎的序对郎氏的源流介绍较为明晰。吴仕奎

---

① 元结、殷璠等选:《唐人选唐诗十种》,上海:上海古籍出版社,1958 年版,第 325 页。
② 戴廷明等撰,朱万曙等点校:《新安名族志》,合肥:黄山书社,2004 年版,第 391 页。

《郎氏源流序》：

按中山郎氏之先出，鲁懿公之费孙伯城郎居之，子孙因氏传至宗公为一世。始字仲绥，居安丘北海，生二子，伯曰顗，汉顺帝时拜郎中，拖疾不就；次颐，为县簿。四世孙缙为尚书令使。六世曰弈，西晋时为障郡刺史。奕之弟　有"孝友"称。八世为凉，东晋为散骑常侍，生三子。长子曰坦，任大中大夫；次子偓，承事郎；三堤。坦公五世曰基，字世业，本文吏，有武略。时化齐擢海西镇将梁兵攻城，基削木为箭，剪纸为羽，固守还朝，官拜侍御史。子茂，七岁诵《骚》《雅》，日千余言，生楎为光禄事吏。茂弟楚，字蕃之，与兄并齐，名载《北史》，后裔曰余令、余庆。仕唐，为郎家二贤余令，八世孙士元，晚唐诗人佳句甚灵，与钱起齐名，时人语"前有沈宋，后有钱郎"。子勋，唐僖宗时为仕不就。曾孙懋学迁姑苏；懋爵迁临安。

落款是"至正甲申年（1344）春三月之吉，赐进士第累官翰林修谡，新安吴仕奎顿首拜撰"。

从吴仕奎《郎氏源流序》看出：西汉郎顗是二世祖。郎顗，东汉经学家、占候家，推阴阳言灾异的重要人物之一，《后汉书·文苑传》有传。传至郎余令、郎余庆时是十三世。郎余令在《新唐书·儒学》有传。唐代诗人郎士元是二十世。对郎士元籍贯，历来典籍寥寥数语，后世以《新唐书·艺文志》为准，"字君胄，中山人"。[①]《郡斋读书志》卷四上、《直斋书录解题》卷十九皆言"中山人"。中山，古国名，汉高帝置郡，唐改为定州，今河北定县，1986 年改为定州市。唐时州县皆无中山之名，为古用

---

①　欧阳修、宋祁等撰：《新唐书》，北京：中华书局，1975 年版，第 1610 页。

名。当代大多有影响的唐诗选集定为"中山（今河北定县人）"，如马茂元、霍松林的唐诗选本，傅璇琮主编的《唐才子校笺》也是这种说法。他们这种说法的根据就是《新唐书·艺文志》。汉代的中山国在汉代的诸侯王封国中属于比较重要的封国之一，其治所为卢奴，即今定州市。《读史方舆纪要》卷二载："中山国，本赵地，景帝三年为中山国，都卢奴，有县十四……"①据《定县志》卷一《舆地志》载："卢奴，自汉景置国以来代为州郡治所，西汉领县十四，东汉领县十三，北齐改安喜后，卢奴之名始不复见于史氏。"②"卢奴，以城中旧有黑水池而名，水黑曰卢，不流曰奴。……"③卢奴即今之定州。

现在学术界对郎士元籍贯的介绍皆根据《新唐书·艺文志》中的"字君胄，中山人"而标为河北定县。现根据宗谱，应为河北新乐县人。"汉，始置新市县，属中山国。"④"开皇十六年析置新乐县。"⑤故新乐县也属中山国，与《新唐书·艺文志》记载郎士元为中山人吻合。

据谱系载，郎士元有四子：勣、烈、勋、燃，长子郎勣后代迁往姑苏。郎士元三子郎颐生子鸾、凤，鸾生子懋爵、懋赏，郎懋爵迁杭州临安。

郎懋爵曾孙郎简，即郎士元七世孙，进士出身，据《浙江通志》记载，是景德二年（1005）乙巳李迪榜进士，是年浙江有八人中进士，郎简是其

---

① 顾祖禹辑著：《读史方舆纪要》，北京：商务印书馆，1937年版，第64页。
② 贾恩绂等纂修：《定县志》，台北：台湾成文出版社，1969年版，第75—76页。
③ 雷鹤鸣等修、赵文濂纂：《新乐县志》，台北：台湾成文出版社，1968年版，第43页。
④ 雷鹤鸣等修、赵文濂纂：《新乐县志》，台北：台湾成文出版社，1968年版，第43页。
⑤ 雷鹤鸣等修、赵文濂纂：《新乐县志》，台北：台湾成文出版社，1968年版，第44页。

新乐派

临安派

姑苏派

中之一。①《宋史》列传五十八有传，郎简曾在宁国、福清、分宜、窦州、海

---

①　浙江省地方志编纂委员会编：《清雍正朝浙江通志》，北京：中华书局，2001年版，第3034页。

州、泉州、广州、扬州、明州等地为官,最后累官工部侍郎。宋真宗曾对其评价较高:"简历官无过,而无一人荐,是必恬于进者。"①宗谱显示,北宋文学家苏辙(1039—1112)曾评价"廊庙之才,瑚琏之器,尽躬王室,功盖一世"。郎简后人有的迁至浙江吴兴,有支脉再迁至安徽泾县,再南陵县、芜湖县。

---

① 脱脱等撰:《宋史》,北京:中华书局,1977 年版,第 9927 页。

# 附录三　大历贞元部分诗人七律选粹

## （一）刘长卿

### 1　上阳宫望幸

玉辇西巡久未还，春光犹入上阳间。

万木长承新雨露，千门空对旧河山。

深花寂寂宫城闭，细草青青御路闲。

独见彩云飞不尽，只应来去候龙颜。

### 2　长沙过贾谊宅

三年谪宦此栖迟，万古惟留楚客悲。

秋草独寻人去后，寒林空见日斜时。

汉文有道恩犹薄，湘水无情吊岂知。

寂寂江山摇落处，怜君何事到天涯。

### 3 登馀干古县城

孤城上与白云齐，万古荒凉楚水西。

官舍已空秋草绿，女墙犹在夜乌啼。

平江渺渺来人远，落日亭亭向客低。

沙鸟不知陵谷变，朝飞暮去弋阳溪。

### 4 献淮宁军节度使李相公

建牙吹角不闻喧，三十登坛众所尊。

家散万金酬士死，身留一剑答君恩。

渔阳老将多回席，鲁国诸生半在门。

白马翩翩春草细，郊原西去猎平原。

### 5 送李将军(一作送开府俀随故李使君旅亲却赴上都)

征西诸将一如君，报德谁能不顾勋。

身逐塞鸿来万里，手披荒草看孤坟。

擒生绝漠经胡雪，怀旧长沙哭楚云。

归去萧条灞陵上，几人看葬李将军。

### 6 使次安陆寄友人

新年草色远萋萋，久客将归失路蹊。

暮雨不知涢口处，春风只到穆陵西。

孤城尽日空花落，三户无人自鸟啼。

君在江南相忆否，门前五柳几枝低。

## 7 自夏口至鹦鹉洲夕望岳阳寄源中丞

汀洲无浪复无烟，楚客相思益渺然。

汉口夕阳斜渡鸟，洞庭秋水远连天。

孤城背岭寒吹角，独戍临江夜泊船。

贾谊上书忧汉室，长沙谪去古今怜。

## 8 江州重别薛六柳八二员外

生涯岂料承优诏，世事空知学醉歌。

江上月明胡雁过，淮南木落楚山多。

寄身且喜沧洲近，顾影无如白发何。

今日龙钟人共弃，愧君犹遣慎风波。

## 9 别严士元

春风倚棹阖闾城，水国春寒阴复晴。

细雨湿衣看不见，闲花落地听无声。

日斜江上孤帆影，草绿湖南万里情。

东道若逢相识问，青袍今日误儒生。

## 10 送耿拾遗归上都

若为天畔独归秦，对水看山欲暮春。

穷海别离无限路，隔河征战几归人。

长安万里传双泪，建德千峰寄一身。

想到邮亭愁驻马，不堪西望见风尘。

## 11　送常十九归嵩少故林

迢迢此恨杳无涯，楚泽嵩丘千里赊。

歧路别时惊一叶，云林归处忆三花。

秋天苍翠寒飞雁，古堞萧条晚噪鸦。

他日山中逢胜事，桃源洞里几人家。

## 12　青溪口送人归岳州

洞庭何处雁南飞，江菼苍苍客去稀。

帆带夕阳千里没，天连秋水一人归。

黄花裹露开沙岸，白鸟衔鱼上钓矶。

歧路相逢无可赠，老年空有泪沾衣。

## 13　送马秀才落第归江南

南客怀归乡梦频，东门怅别柳条新。

殷勤斗酒城阴暮，荡漾孤舟楚水春。

湘竹旧斑思帝子，江蓠初绿怨骚人。

怜君此去未得意，陌上愁看泪满巾。

## 14　送李录事兄归襄邓

十年多难与君同，几处移家逐转蓬。

白首相逢征战后，青春已过乱离中。

行人杳杳看西月，归马萧萧向北风。

汉水楚云千万里，天涯此别恨无穷。

### 15　送惠法师游天台，因怀智大师故居

翠屏瀑水知何在，鸟道猿啼过几重。

落日独摇金策去，深山谁向石桥逢。

定攀岩下丛生桂，欲买云中若个峰。

忆想东林禅诵处，寂寥惟听旧时钟。

### 16　将赴岭外，留题萧寺远公院（寺即梁朝萧内史创）

竹房遥闭上方幽，苔径苍苍访昔游。

内史旧山空日暮，南朝古木向人秋。

天香月色同僧室，叶落猿啼傍客舟。

此去播迁明主意，白云何事欲相留。

### 17　题灵祐和尚故居

叹逝翻悲有此身，禅房寂寞见流尘。

多时行径空秋草，几日浮生哭故人。

风竹自吟遥入磬，雨花随泪共沾巾。

残经窗下依然在，忆得山中问许询。

## （二）韦应物

### 1　燕李录事

与君十五侍皇闱，晓拂炉烟上赤墀。

花开汉苑经过处，雪下骊山沐浴时。

近臣零落今犹在，仙驾飘飘不可期。

此日相逢思旧日，一杯成喜亦成悲。

## 2　自巩洛舟行入黄河即事,寄府县僚友

夹水苍山路向东,东南山豁大河通。

寒树依微远天外,夕阳明灭乱流中。

孤村几岁临伊岸,一雁初晴下朔风。

为报洛桥游宦侣,扁舟不系与心同。

## 3　寄李儋元锡

去年花里逢君别,今日花开已一年。

世事茫茫难自料,春愁黯黯独成眠。

身多疾病思田里,邑有流亡愧俸钱。

闻道欲来相问讯,西楼望月几回圆。

## 4　寓居沣上精舍,寄于、张二舍人

万木丛云出香阁,西连碧涧竹林园。

高斋犹宿远山曙,微霰下庭寒雀喧。

道心淡泊对流水,生事萧疏空掩门。

时忆故交那得见,晓排阊阖奉明恩。

## 5　送章八元秀才擢第往上都应制

决胜文场战已酣,行应辟命复才堪。

旅食不辞游阙下,春衣未换报江南。

天边宿鸟生归思,关外晴山满夕岚。

立马欲从何处别,都门杨柳正毵毵。

## （三）李嘉祐

### 1　同皇甫冉登重玄阁

高阁朱栏不厌游，蒹葭白水绕长洲。

孤云独鸟川光暮，万井千山海色秋。

清梵林中人转静，夕阳城上角偏愁。

谁怜远作秦吴别，离恨归心双泪流。

### 2　宋州东登望题武陵驿

梁宋人稀鸟自啼，登舻一望倍含凄。

白骨半随河水去，黄云犹傍郡城低。

平陂战地花空落，旧苑春田草未齐。

明主频移虎符守，几时行县向黔黎。

### 3　早秋京口旅泊，章侍御寄书相问，因以赠之，时七夕

移家避寇逐行舟，厌见南徐江水流。

吴越征徭非旧日，秣陵凋弊不宜秋。

千家闭户无砧杵，七夕何人望斗牛。

只有同时骢马客，偏宜尺牍问穷愁。

### 4　自苏台至望亭驿人家尽空春物增思怅然有作因寄从弟纾

南浦菰蒋覆白蘋，东吴黎庶逐黄巾。

野棠自发空临水，江燕初归不见人。

远岫依依如送客，平田渺渺独伤春。

那堪回首长洲苑，烽火年年报虏尘。

5　暮春宜阳郡斋愁坐,忽枉刘七侍御新诗,因以酬答

　　子规夜夜啼楮叶,远道逢春半是愁。

　　芳草伴人还易老,落花随水亦东流。

　　山临睥睨恒多雨,地接潇湘畏及秋。

　　唯羡君为周柱史,手持黄纸到沧洲。

6　送皇甫冉往安宜

江皋尽日唯烟水,君向白田何日归。

楚地蒹葭连海迥,隋朝杨柳映堤稀。

津楼故市无行客,山馆荒城闭落晖。

若问行人与征战,使君双泪定沾衣。

7　送朱中舍游江东

孤城郭外送王孙,越水吴洲共尔论。

野寺山边斜有径,渔家竹里半开门。

青枫独映摇前浦,白鹭闲飞过远村。

若到西陵征战处,不堪秋草自伤魂。

8　晚发咸阳,寄同院遗补

征战初休草又衰,咸阳晚眺泪堪垂。

去路全无千里客,秋田不见五陵儿。

秦家故事随流水,汉代高坟对石碑。

回首青山独不语,羡君谈笑万年枝。

### 9　题游仙阁白公庙

仙冠轻举竟何之,薜荔缘阶竹映祠。

甲子不知风驭日,朝昏唯见雨来时。

霓旌翠盖终难遇,流水青山空所思。

逐客自怜双鬓改,焚香多负白云期。

## （四）戴叔伦

### 1　赠韩道士

日暮秋风吹野花,上清归客意无涯。

桃源寂寂烟霞闭,天路悠悠星汉斜。

还似世人生白发,定知仙骨变黄芽。

东城南陌频相见,应是壶中别有家。

### 2　越溪村居

年来桡客寄禅扉,多话贫居在翠微。

黄雀数声催柳变,清溪一路踏花归。

空林野寺经过少,落日深山伴侣稀。

负米到家春未尽,风萝闲扫钓鱼矶。

### 3　和汴州李相公勉人日喜春

年来日日春光好,今日春光好更新。

独献菜羹怜应节,遍传金胜喜逢人。

烟添柳色看犹浅,鸟踏梅花落已频。

东阁此时闻一曲,翻令和者不胜春。

## （五）皇甫冉

### 1　同温丹徒登万岁楼

高楼独立思依依，极浦遥山合翠微。

江客不堪频北顾，塞鸿何事复南飞。

丹阳古渡寒烟积，瓜步空洲远树稀。

闻道王师犹转战，谁能谈笑解重围。

### 2　宿淮阴南楼酬常伯能

淮阴日落上南楼，乔木荒城古渡头。

浦外野风初入户，窗中海月早知秋。

沧波一望通千里，画角三声起百忧。

伫立分宵绝来客，烦君步屐忽相求。

### 3　秋日东郊作

闲看秋水心无事，卧对寒松手自栽。

庐岳高僧留偈别，茅山道士寄书来。

燕知社日辞巢去，菊为重阳冒雨开。

浅薄将何称献纳，临岐终日自迟回。

### 4　三月三日义兴李明府后亭泛舟

江南烟景复如何，闻道新亭更可过。

处处艺兰春浦绿，萋萋藉草远山多。

壶觞须就陶彭泽，时俗犹传晋永和。

更使轻桡徐转去，微风落日水增波。

### 5　送李录事(一作裴员外)赴饶州

北人南去雪纷纷,雁叫汀沙不可闻。

积水长天随远客,荒城极浦足寒云。

山从建业千峰出,江至浔阳九派分。

借问督邮才弱冠,府中年少不如君。

### 6　送钱唐路少府赴制举

公车待诏赴长安,客里新正阻旧欢。

迟日未能销野雪,晴花偏自犯江寒。

东溟道路通秦塞,北阙威仪识汉官。

共许郄诜工射策,恩荣请向一枝看。

### 7　酬李补阙

十年归客但心伤,三径无人已自荒。

夕宿灵台伴烟月,晨趋建礼逐衣裳。

偶因麋鹿随丰草,谬荷鸳鸾借末行。

纵有谏书犹未献,春风拂地日空长。

### 8　使往寿州淮路寄刘长卿(一作判官)

榛草荒凉村落空,驱驰卒岁亦何功。

蒹葭曙色苍苍远,蟋蟀秋声处处同。

乡路遥知淮浦外,故人多在楚云东。

日夕烟霜那可道,寿阳西去水无穷。

## 9　春思

莺啼燕语报新年，马邑龙堆路几千。

家住层城邻汉苑，心随明月到胡天。

机中锦字论长恨，楼上花枝笑独眠。

为问元戎窦车骑，何时反旆勒燕然。

# （六）戎昱

## 1　秋日感怀

洛阳岐路信悠悠，无事辞家两度秋。

日下未驰千里足，天涯徒泛五湖舟。

荷衣半浸缘乡泪，玉貌潜销是客愁。

说向长安亲与故，谁怜岁晚尚淹留。

## 2　江城秋霁

霁后江城风景凉，岂堪登眺只堪伤。

远天蟏蛸收残雨，映水鸬鹚近夕阳。

万事无成空过日，十年多难不还乡。

不知何处销兹恨，转觉愁随夜夜长。

## 3　辰州闻大驾还宫

闻道銮舆归魏阙，望云西拜喜成悲。

宁知陇水烟销日，再有园林秋荐时。

渭水战添亡虏血，秦人生睹旧朝仪。

自惭出守辰州畔，不得亲随日月旗。

# （七）钱起

## 1　和李员外扈驾幸温泉宫

未央月晓度疏钟，凤辇时巡出九重。

雪霁山门迎瑞日，云开水殿候飞龙。

经寒不入宫中树，佳气常薰仗外峰。

遥羡枚皋扈仙跸，偏承霄汉渥恩浓。

## 2　赠阙下裴舍人

二月黄莺飞上林，春城紫禁晓阴阴。

长乐钟声花外尽，龙池柳色雨中深。

阳和不散穷途恨，霄汉长怀捧日新。

献赋十年犹未遇，羞将白发对华簪。

## 3　汉武出猎

汉家无事乐时雍，羽猎年年出九重。

玉帛不朝金阙路，旌旗长绕彩霞峰。

且贪原兽轻黄屋，宁畏渔人犯白龙。

薄暮方归长乐观，垂杨几处绿烟浓。

## 4　宴曹王宅

贤王驷马退朝初，小苑三春带雨馀。

林沼葱茏多贵气，楼台隐映接天居。

仙鸡引敌穿红药，宫燕衔泥落绮疏。

自叹平生相识愿，何如今日厕应徐。

## 5　乐游原晴望上中书李侍郎

爽气朝来万里清，凭高一望九秋轻。

不知凤沼霖初霁，但觉尧天日转明。

四野山河通远色，千家砧杵共秋声，

遥想青云丞相府，何时开阁引书生。

## 6　长信怨

长信萤来一叶秋，蛾眉泪尽九重幽。

鸡鹊观前明月度，芙蓉阙下绛河流。

鸳衾久别难为梦，凤管遥闻更起愁。

谁分昭阳夜歌舞，君王玉辇正淹留。

## 7　送李评事赴潭州使幕

湖南远去有馀情，蘋叶初齐白芷生。

谩说简书催物役，遥知心赏缓王程。

兴过山寺先云到，啸引江帆带月行。

幕下由来贵无事，伫闻谈笑静黎氓。

## 8　赠张南史

紫泥何日到沧洲，笑向东阳沈隐侯。

黛色晴峰云外出，縠文江水县前流。

使臣自欲论公道，才子非关厌薄游。

溪畔秋兰虽可佩，知君不得少停舟。

### 9　山中酬杨补阙见过

日暖风恬种药时，红泉翠壁薜萝垂。
幽溪鹿过苔还静，深树云来鸟不知。
青琐同心多逸兴，春山载酒远相随。
却惭身外牵缨冕，未胜杯前倒接罗。

### 10　夜宿灵台寺寄郎士元

西日横山含碧空，东方吐月满禅宫。
朝瞻双顶青冥上，夜宿诸天色界中。
石潭倒献莲花水，塔院空闻松柏风。
万里故人能尚尔，知君视听我心同。

### 11　题嵩阳焦道士石壁

三峰花畔碧堂悬，锦里真人此得仙。
玉体才飞西蜀雨，霓裳欲向大罗天。
彩云不散烧丹灶，白鹿时藏种玉田。
幸入桃源因去世，方期丹诀一延年。

### 12　七盘岭阻寇闻李端公先到南楚

日暮穷途泪满襟，云天南望羡飞禽。
阮肠暗与孤鸿断，江水遥连别恨深。
明月既能通忆梦，青山何用隔同心。
秦楚眼看成绝国，相思一寄白头吟。

## 13  山花

山花照坞复烧溪，树树枝枝尽可迷。

野客未来枝畔立，流莺已向树边啼。

从容只是愁风起，眷恋常须向日西。

别有妖妍胜桃李，攀来折去亦成蹊。

# （八）李端

## 1  宿淮浦忆司空文明

愁心一倍长离忧，夜思千重恋旧游。

秦地故人成远梦，楚天凉雨在孤舟。

诸溪近海潮皆应，独树边淮叶尽流。

别恨转深何处写，前程唯有一登楼。

## 2  送濮阳录事赴忠州

成名不遂双旌远，主印还为一郡雄。

赤叶黄花随野岸，青山白水映江枫。

巴人夜语孤舟里，越鸟春啼万壑中。

闻说古书多未校，肯令才子久西东。

## 3  野寺病居喜卢纶见访

青青麦垄白云阴，古寺无人新草深。

乳燕拾泥依古井，鸣鸠拂羽历花林。

千年驳藓明山屐，万尺垂萝入水心。

一卧漳滨今欲老，谁知才子忽相寻。

## 4　赠郭驸马(其一)

青春都尉最风流,二十功成便拜侯。

金距斗鸡过上苑,玉鞭骑马出长楸。

熏香荀令偏怜少,傅粉何郎不解愁。

日暮吹箫杨柳陌,路人遥指凤凰楼。

## 5　送马尊师(一作送侯道士)

南入商山松路深,石床溪水昼阴阴。

云中采药随青节,洞里耕田映绿林。

直上烟霞空举手,回经丘垄自伤心。

武陵花木应长在,愿与渔人更一寻。

## 6　题故将军庄

曾将数骑过桑干,遥对单于饬马鞍。

塞北征儿谙用剑,关西宿将许登坛。

田园芜没归耕晚,弓箭开离出猎难。

唯有老身如刻画,犹期圣主解衣看。

## 7　代弃妇答贾客(一作妾薄命)

玉垒城边争走马,铜鞮市里共乘舟。

鸣环动珮恩无尽,掩袖低巾泪不流。

畴昔将歌邀客醉,如今欲舞对君羞。

忍怀贱妾平生曲,独上襄阳旧酒楼。

# （九）司空曙

## 1 长安晓望寄程补阙

迢递山河拥帝京，参差宫殿接云平。

风吹晓漏经长乐，柳带晴烟出禁城。

天净笙歌临路发，日高车马隔尘行。

独有浅才甘未达，多惭名在鲁诸生。

## 2 南原望汉宫

荒原空有汉宫名，衰草茫茫雉堞平。

连雁下时秋水在，行人过尽暮烟生。

西陵歌吹何年绝，南陌登临此日情。

故事悠悠不可问，寒禽野水自纵横。

## 3 酬李端校书见赠

绿槐垂穗乳乌飞，忽忆山中独未归。

青镜流年看发变，白云芳草与心违。

乍逢酒客春游惯，久别林僧夜坐稀。

昨日闻君到城阙，莫将簪弁胜荷衣。

## 4 题凌云寺

春山古寺绕沧波，石磴盘空鸟道过。

百丈金身开翠壁，万龛灯焰隔烟萝。

云生客到侵衣湿，花落僧禅覆地多。

不与方袍同结社，下归尘世竟如何。

## 5　题暕上人院

闭门不出自焚香，拥褐看山岁月长。

雨后绿苔生石井，秋来黄叶遍绳床。

身闲何处无真性，年老曾言隐故乡。

更说本师同学在，几时携手见衡阳。

## 6　送张炼师还峨眉山

太一天坛天柱西，垂萝为幌石为梯。

前登灵境青霄绝，下视人间白日低。

松籁万声和管磬，丹光五色杂虹霓。

春山一入寻无路，鸟响烟深水满溪。

# （十）耿沣

## 1　塞上曲

惯习干戈事鞍马，初从少小在边城。

身微久属千夫长，家远多亲五郡兵。

懒说疆场曾大获，且悲年鬓老长征。

塞鸿过尽残阳里，楼上凄凄暮角声。

## 2　上将行（一作上裴行军中丞）

萧关扫定犬羊群，闭阁层城白日曛。

枥上骅骝嘶鼓角，门前老将识风云。

旌旗四面寒山映，丝管千家静夜闻。

谁道古来多简册，功臣唯有卫将军。

## 3　九日

重阳寒寺满秋梧，客在南楼顾老夫。

步蹇强登游藻井，发稀那更插茱萸。

横空过雨千峰出，大野新霜万叶枯。

更望尊中菊花酒，殷勤能得几回沽。

# （十一）崔峒

## 1　题桐庐李明府官舍（一作赠同官李明府）

讼堂寂寂对烟霞，五柳门前聚晓鸦。

流水声中视公事，寒山影里见人家。

观风竞美新为政，计日还知旧触邪。

可惜陶潜无限酒，不逢篱菊正开花。

## 2　送韦八少府判官归东京

玄成世业紫真官，文似相如貌胜潘。

鸿雁南飞人独去，云山一别岁将阑。

清淮水急桑林晚，古驿霜多柿叶寒。

琼树相思何日见，银钩数字莫为难。

## 3　书情寄上苏州韦使君兼呈吴县李明府

数年湖上谢浮名，竹杖纱巾遂性情。

云外有时逢寺宿，日西无事傍江行。

陶潜县里看花发，庾亮楼中对月明。

谁念献书来万里，君王深在九重城。

### 4　赠窦十九（时公车待诏长安）

灵台暮宿意多违，木落花开羡客归。

江海几时传锦字，风尘不觉化缁衣。

山阳会里同人少，灞曲农时故老稀。

幸得汉皇容直谏，怜君未遇觉人非。

# （十二）韩翃

### 1　同题仙游观

仙台下见五城楼，风物凄凄宿雨收。

山色遥连秦树晚，砧声近报汉宫秋。

疏松影落空坛静，细草香闲小洞幽。

何用别寻方外去，人间亦自有丹丘。

### 2　送冷朝阳还上元

青丝祎引木兰船，名遂身归拜庆年。

落日澄江乌榜外，秋风疏柳白门前。

桥通小市家林近，山带平湖野寺连。

别后依依寒食里，共君携手在东田。

### 3　送长史李少府入蜀

行行独出故关迟，南望千山无尽期。

见舞巴童应暂笑，闻歌蜀道又堪悲。

孤城晚闭清江上，匹马寒嘶白露时。

别后此心君自见，山中何事不相思。

## 4　寄徐州郑使君

江城五马楚云边，不羡雍容画省年。

才子旧称何水部，使君还继谢临川。

射堂草遍收残雨，官路人稀对夕天。

虽卧郡斋千里隔，与君同见月初圆。

## 5　留题宁川香盖寺壁

爱远登高尘眼开，为怜萧寺上经台。

山川谁识龙蛇蛰，天地自迎风雨来。

柳放寒条秋已老，雁摇孤翼暮空回。

何人会得其中事，又被残花落日催。

# （十三）卢纶

## 1　长安春望

东风吹雨过青山，却望千门草色闲。

家在梦中何日到，春生江上几人还。

川原缭绕浮云外，宫阙参差落照间。

谁念为儒逢世难，独将衰鬓客秦关。

## 2　晚次鄂州（至德中作）

云开远见汉阳城，犹是孤帆一日程。

估客昼眠知浪静，舟人夜语觉潮生。

三湘衰鬓逢秋色，万里归心对月明。

旧业已随征战尽，更堪江上鼓鼙声。

### 3　至德中途中书事却寄李僴

乱离无处不伤情，况复看碑对古城。

路绕寒山人独去，月临秋水雁空惊。

颜衰重喜归乡国，身贱多惭问姓名。

今日主人还共醉，应怜世故一儒生。

### 4　酬畅当寻嵩岳麻道士见寄

闻逐樵夫闲看棋，忽逢人世是秦时。

开云种玉嫌山浅，渡海传书怪鹤迟。

阴洞石床微有字，古坛松树半无枝。

烦君远示青囊箓，愿得相从一问师。

### 5　酬李端公野寺病居见寄

野寺钟昏山正阴，乱藤高竹水声深。

田夫就饷还依草，野雉惊飞不过林。

斋沐暂思同静室，清赢已觉助禅心。

寂寞日长谁问疾，料君惟取古方寻。

### 6　夜投丰德寺谒海上人

半夜中峰有磬声，偶逢樵者问山名。

上方月晓闻僧语，下路林疏见客行。

野鹤巢边松最老，毒龙潜处水偏清。

愿得远公知姓字，焚香洗钵过浮生。

**7 早春归鳌屋旧居却寄耿拾遗沣李校书端**

野日初晴麦垄分,竹园相接鹿成群。

几家废井生青草,一树繁花傍古坟。

引水忽惊冰满涧,向田空见石和云。

可怜荒岁青山下,惟有松枝好寄君。

**8 数颜鲁公送挺赟归翠微寺**

挺赟惠学该儒释,袖有颜徐真草迹。

一斋三请纪行诗,诮我垂鞭弄鸣镝。

寺悬金榜半山隅,石路荒凉松树枯。

虎迹印雪大如斗,闰月暮天过得无。

**9 酬金部王郎中省中春日见寄**

南宫树色晓森森,虽有春光未有阴。

鹤侣正疑芳景引,玉人那为簿书沈。

山含瑞气偏当日,莺逐轻风不在林。

更有阮郎迷路处,万株红树一溪深。

**10 晚次新丰北野老家书事呈赠韩质明府**

机鸣春响日瞰瞰,鸡犬相和汉古村。

数派清泉黄菊盛,一林寒露紫梨繁。

衰翁正席矜新社,稚子齐襟读古论。

共说年来但无事,不知何者是君恩。

## 11　宿石瓮寺

殿有寒灯草有萤,千林万壑寂无声。

烟凝积水龙蛇蛰,露湿空山星汉明。

昏霭雾中悲世界,曙霞光里见王城。

回瞻相好因垂泪,苦海波涛何日平。

# (十四)郎士元

## 1　春宴王补阙城东别业

柳陌乍随州势转,花源忽傍竹阴开。

能将瀑水清人境,直取流莺送酒杯。

山下古松当绮席,檐前片雨滴春苔。

地主同声复同舍,留欢不畏夕阳催。

## 2　酬王季友题半日村别业兼呈李明府

村映寒原日已斜,烟生密竹早归鸦。

长溪南路当群岫,半景东邻照数家。

门通小径连芳草,马饮春泉踏浅沙。

欲待主人林上月,还思潘岳县中花。

## 3　赠韦司直

闻君感叹二毛初,旧友相依万里馀。

烽火有时惊暂定,甲兵无处可安居。

客来吴地星霜久,家在平陵音信疏。

昨日风光还入户,登山临水意何如。

**4　题精舍寺（一作酬王季友秋夜宿露台寺见寄）**

石林精舍武溪东，夜扣禅关谒远公。

月在上方诸品静，僧持半偈万缘空。

秋山竟日闻猿啸，落木寒泉听不穷。

惟有双峰最高顶，此心期与故人同。

**5　送粲上人兼寄梁镇员外**

季月还乡独未能，林行溪宿厌层冰。

尺素欲传三署客，雪山愁送五天僧。

连空朔气横秦苑。满目寒云隔灞陵。

借问从来香积寺，何时携手更同登。

**6　盖少府新除江南尉问风俗**

闻君作尉向江潭，吴越风烟到自谙。

客路寻常随竹影，人家大底傍山岚。

缘溪花木偏宜远，避地衣冠尽向南。

惟有夜猿啼海树，思乡望国意难堪。

## （十五）于鹄

### 1　醉后寄山中友人

昨日山家春酒浓，野人相劝久从容。

独忆卸冠眠细草，不知谁送出深松。

都忘醉后逢廉度，不省归时见鲁恭。

知己尚嫌身酪酊，路人应恐笑龙钟。

## 2 送宫人入道归山

十岁吹箫入汉宫,看修水殿种芙蓉。

自伤白发辞金屋,许著黄衣向玉峰。

解语老猿开晓户,学飞雏鹤落高松。

定知别后宫中伴,应听猴山半夜钟。

## 3 公子行

少年初拜大长秋,半醉垂鞭见列侯。

马上抱鸡三市斗,袖中携剑五陵游。

玉箫金管迎归院,锦袖红妆拥上楼。

更向院西新买宅,月波春水入门流。

# (十六)严维

## 送崔峒使往睦州兼寄薛司户

如今相府用英髦,独往南州肯告劳。

冰水近开渔浦出,雪云初卷定山高。

木奴花映桐庐县,青雀舟随白露涛。

使者应须访廉吏,府中惟有范功曹。

# (十七)秦系

## 1 题茅山李尊师山居

天师百岁少如童,不到山中竟不逢。

洗药每临新瀑水,步虚时上最高峰。

篱间五月留残雪，座右千年荫老松。

此去人寰今远近，回看去壑一重重。

## 2 献薛仆射

由来那敢议轻肥，散发行歌自采薇。

逋客未能忘野兴，辟书翻遣脱荷衣。

家中匹妇空相笑，池上群鸥尽欲飞。

更乞大贤容小隐，益看愚谷有光辉。

# (十八)皎然

## 1 春日杼山寄赠李员外纵

南山唯与北山邻，古树连拳伴我身。

黄鹤有心多不住，白云无事独相亲。

闲持竹锡深看水，懒系麻衣出见人。

欲掇幽芳聊赠远，郎官那赏石门春。

## 2 晚春寻桃源观

武陵何处访仙乡，古观云根路已荒。

细草拥坛人迹绝，落花沈涧水流香。

山深有雨寒犹在，松老无风韵亦长。

全觉此身离俗境，玄机亦可照迷方。

## 3 寻天目徐君

常见仙翁变姓名，岂知松子号初平。

逢人不道往来处，卖药还将鸡犬行。

独鹤天边俱得性，浮云世上共无情。

三花落地君犹在，笑抚安期昨日生。

#### 4　奉和陆中丞使君长源寒食日作

寒食江天气最清，庾公晨望动高情。

因逢内火千家静，便睹行春万木荣。

深浅山容飞雨细，萦纡水态拂云轻。

腰章本郡谁相似，数日临人政已成。

#### 5　山居示灵澈上人

晴明路出山初暖，行踏春芜看茗归。

乍削柳枝聊代札，时窥云影学裁衣。

身闲始觉隳名是，心了方知苦行非。

外物寂中谁似我，松声草色共无机。

## （十九）李益

#### 1　送贾校书东归寄振上人（一作振上人院喜见贾奔兼酬别）

北风吹雁数声悲，况指前林是别时。

秋草不堪频送远，白云何处更相期。

山随匹马行看暮，路入寒城独去迟。

为向东州故人道，江淹已拟惠休诗。

#### 2　盐州过胡儿饮马泉（一作过五原胡儿饮马泉）

绿杨著水草如烟，旧是胡儿饮马泉。

几处吹笳明月夜，何人倚剑白云天。

从来冻合关山路,今日分流汉使前。

莫遣行人照容鬓,恐惊憔悴入新年。

### 3　同崔邠登鹳雀楼

鹳雀楼西百尺樯,汀洲云树共茫茫。

汉家萧鼓空流水,魏国山河半夕阳。

事去千年犹恨速,愁来一日即为长。

风烟并起思归望,远目非春亦自伤。

# (二十)权德舆

### 1　和司门殷员外早秋省中书直夜,寄荆南卫象端公

共嗟王粲滞荆州,才子为郎忆旧游。

凉夜偏宜粉署直,清言远待玉人酬。

风生北渚烟波阔,露下南宫星汉秋。

早晚得为同舍侣,知君两地结离忧。

### 2　送张阁老中丞持节册吊回鹘

旌旆翩翩拥汉官,君行常得远人欢。

分职南台知礼重,辍书东观见才难。

金章玉节鸣驺远,白草黄云出塞寒。

欲散别离唯有醉,暂烦宾从驻征鞍。

### 3　田家即事

闲卧藜床对落晖,翛然便觉世情非。

漠漠稻花资旅食,青青荷叶制儒衣。

山僧相访期中饭,渔父同游或夜归。

待学尚平婚嫁毕,渚烟溪月共忘机。

### 4 待漏假寐梦归江东旧居

十年江浦卧郊园,闲夜分明结梦魂。

舍下烟萝通古寺,湖中云雨到前轩。

南宗长老知心法,东郭先生识化源。

觉后忽闻清漏晓,又随簪珮入君门。

### 5 送李处士归弋阳山居

暂来城市意何如,却忆葛阳溪上居。

不惮薄田输井税,自将嘉句著州闾。

波翻极浦樯竿出,霜落秋郊树影疏。

想到家山无俗侣,逢迎只是坐篮舆。

# (二一)武元衡

### 1 酬严司空荆南见寄

金貂再领三公府,玉帐连封万户侯。

帘卷青山巫峡晓,烟开碧树渚宫秋。

刘琨坐啸风清塞,谢朓题诗月满楼。

白雪调高歌不得,美人南国翠蛾愁。

### 2 春题龙门香山寺

众香天上梵仙宫,钟磬寥寥半碧空。

清景乍开松岭月,乱流长响石楼风。

山河杳映春云外，城阙参差茂树中。

欲尽出寻那可得，三千世界本无穷。

### 3　秋日书怀

金貂玉铉奉君恩，夜漏晨钟老掖垣。

参决万机空有愧，静观群动亦无言。

杯中壮志红颜歇，林下秋声绛叶翻。

倦鸟不知归去日，青芜白露满郊园。

### 4　至栎阳崇道寺闻严十少府趋侍

云连万木夕沈沈，草色泉声古院深。

闻说羊车趋盛府，何言琼树在东林。

松筠自古多年契，风月怀贤此夜心。

惆怅送君身未达，不堪摇落听秋砧。

### 5　崔敷叹春物将谢恨不同览时余方为事牵束及往寻不遇题之留赠

九陌迟迟丽景斜，禁街西访隐沦赊。

门依高柳空飞絮，身逐闲云不在家。

轩冕强来趋世路，琴尊空负赏年华。

残阳寂寞东城去，惆怅春风落尽花。

## （二二）窦常

### 1　立春后言怀招汴州李匡衙推

闲斋夜击唾壶歌，试望夷门奈远何。

每听寒笳离梦断，时窥清鉴旅愁多。

初惊宵漏丁丁促，已觉春风习习和。

海内故人君最老，花开鞭马更相过。

## 2　谒诸葛武侯庙

永安宫外有祠堂，鱼水恩深祚不长。

角立一方初退舍，拟称三汉更图王。

人同过隙无留影，石在穷沙尚启行。

归蜀降吴竟何事，为陵为谷共苍苍。